桂苑古代文学研究丛书

# 晚清文学研究

程翔章◎著

中国出版集团
世界图书出版公司
广州·上海·西安·北京

**图书在版编目（CIP）数据**

晚清文学研究 / 程翔章著 .—广州：世界图书出版广东
有限公司 , 2025.1重印

ISBN 978-7-5100-7840-8

Ⅰ . ①晚… Ⅱ . ①程… Ⅲ . ①中国文学—古典文学研
究—清后期 Ⅳ . ① I206.2

中国版本图书馆 CIP 数据核字（2014）第 081320 号

**晚清文学研究**

策划编辑　刘婕妤

责任编辑　翁　晗

出版发行　世界图书出版广东有限公司

地　　址　广州市新港西路大江冲 25 号

http:// www.gdst.com.cn

印　　刷　悦读天下（山东）印务有限公司

规　　格　710mm×1000mm　1/16

印　　张　13

字　　数　225 千

版　　次　2014 年 5 月第 1 版　2025 年 1 月第 3 次印刷

ISBN　978-7-5100-7840-8/I・0307

定　　价　58.00 元

# 目 录

### 第四辑

### 第五辑

# 龚自珍《己亥杂诗》的艺术特点

《己亥杂诗》是近代杰出的爱国主义诗人龚自珍的代表作品之一。

道光十九年己亥（1839 年）四月二十三日，龚自珍因不满朝政，又受到当权者的排挤，愤而辞官，告别友人，只身南归；五月十二日抵江苏清江浦，七月九日到达杭州省父，八月底回到昆山的羽琌山馆；九月十五日自昆山北上，至十二月二十六返回羽琌山馆。往返河北、山东、江苏、浙江之间，计八个多月，行程九千余里。途中创作了三百一十五首诗，这就是著名的大型组诗《己亥杂诗》。

《己亥杂诗》所反映的思想内容既丰富义广泛，涉及政治、经济、军事、文化等各个方面，在一定程度上反映了鸦片战争前夜中国社会的阶级矛盾和民族矛盾，抒发了对清朝政府腐朽黑暗的愤懑和要求改革时弊、变革社会以及反对侵略、反对屈膝投降的爱国主义思想情感。同时，也反映了作者作为一个地主阶级知识分子在激烈变化的社会斗争中找不到出路时所表现出来的那种苦闷、彷徨、忧愁的心情。在表达这些思想内容时，诗人采用了独特、新奇的艺术手法，取得了非常好的效果。

《己亥杂诗》的结构形式奇特，具有创造性。诗人将各种复杂的思想、议论、感情，凝聚成精练警策的诗句。全诗以七言绝句体形式写成，有记叙，有议论，有抒情。它的每一首诗，都可以独立成章，反映某一个方面的社会现象，而它们之间又是一个有机的整体，且以类似叙事诗的结构，互相关联，错落有致。

全诗分成十个部分，"出都归里"是一条线索，它将全诗的十个部分贯穿起来，

组织篇章，借题发挥，回忆往事，抒发感叹，抨击时弊，呼吁变革，憧憬未来，使三百一十五首诗连缀成一个有机的整体。龚自珍博采熔铸古今诗家之长，以出众的才华、学者的积养，对古代诗歌形式进行大胆的革新创造，这在我国诗歌史上还不曾有过，因而影响巨大。比龚自珍稍后的资产阶级改良运动的旗手黄遵宪，晚年时曾模仿龚自珍写过《己亥杂诗》八十九首。

全诗集塑造了一个近代具有反殖民主义侵略思想的爱国者和具有民主主义思想倾向的叛逆者的艺术形象。如果单独地看，《己亥杂诗》的每一首诗都是一个独立的篇章，反映着某一个方面的社会现象。但它毕竟是"东云露一鳞，西云露一爪"，难见其全貌。如果从整体上看，就会清楚地发现，它完整地塑造了一个封建末世具有反帝爱国思想和具有封建叛逆精神的艺术形象——"我"。

"我"出生在一个书香门第，一个官僚地主家庭，自幼聪颖好学，于古代文物典籍、金石文字、天文、地理、诗词、散文乃至释道典籍等，无所不通。早年即抱有"揽辔澄清"天下之志。然而，仕途并不得意，一生只做过一些微职小官，壮志难酬。但是，"黄金华发两飘萧，六九童心尚未消"，"江天如墨我飞还，折梅不畏蛟龙奇"。"我"并不因为顽固保守派的排挤、打击而灰心、妥协，"经世之志"毫不动摇。

由于长期生活在封建专制统治下的官场，透过清政府腐败的政策、统治阶级糜烂的生活、社会的混乱现状等等现象，"我"已预感到封建"衰世"的来临，并且将"颓波难挽"。于是大声疾呼："我劝天公重抖擞，不拘一格降人材"；要求"更法"、"改图"，变革社会，提出了一系列进步主张，并从各个方面对封建统治阶级和封建专制制度进行了无情揭露和有力鞭挞。但"朴愚伤于家，放诞忌于国"，"我"遭到的却是接连不断的打击。

"我"忧国忧民、反对侵略、反对卖国投降，表现出高度的爱国主义精神。虽然富民强国的建议不被统治者采纳，但见到清政府"危如累卵"、摇摇欲坠的政权，仍然忧心忡忡。面对西方资本主义国家的鸦片入侵，反复指出鸦片的危害和强调禁烟的意义，热情赞扬林则徐等禁烟派。"津梁条约遍南东，谁遣藏春深坞逢？不枉人呼莲幕客，碧纱橱护阿芙蓉。"对满清官僚破坏禁烟法令进行了愤怒揭露和斥责。"不问盐铁不筹河，独倚东南涕泪多。国赋三升民一斗，屠牛那不胜栽禾。"对劳动人民的疾苦，更是寄寓无限同情。"我亦曾縻太仓粟，夜间邪许泪滂沱。"既对"我"吃人民种的粮食却不能使人民解脱苦难而自责，又谴责封建统治者残酷剥削、不关心人民疾苦的残暴行为。

"我"的美好理想、变革社会的雄心壮志难以在充满黑暗的社会里实现，又不为顽固保守派所容，只好愤而辞官。"设想英雄垂暮日，温乡不住住何乡？"在极度的惆怅沉郁中度过自己的晚年，表现出一种"选色谈空"、花月冶游的消极颓唐的生活情趣。

应该指出，《己亥杂诗》中"我"的形象，既有诗人自己的影子，又不完全是诗人本人，他是诗人经过艺术加工而创造出来的一个艺术形象。诗人通过这个艺术形象，较充分地表现了封建社会末世中国先进知识分子要求变革社会、改革时弊、忧国忧民、反抗侵略、反对卖国投降的爱国主义思想和坚韧不拔的大无畏斗争精神，也反映了他们在探索强国富民过程中所经历的苦闷、彷徨和痛苦失望的艰苦历程。由于这一艺术形象的成功塑造，使全诗的主题思想得到了升华，显示出内容的新鲜感。

《己亥杂诗》虽然是用七言绝句体形式所写成，但并不显得古板拘谨，其语言可谓是五彩缤纷，瑰丽多姿，别具一格。有的托物言志，寓情于物，清峻深刻，富于哲理，如"浩荡离愁白日斜"、"廉锷非关上帝才"、"著书何似观心贤"等；有的借景抒情，寓情于景，感情强烈，耐人寻味，如"古愁莽莽不可说"、"满拟新桑遍冀州"、"谁肯栽培木一章"等；有的巧设譬喻，浅显易懂，然含意深远，如"九州生气恃风雷"、"荒青无缝种交加"等；有的没有任何夸张和曲笔，几乎完全采用白描手法，直接铺陈，率真自然，如"只筹一缆十夫多"、"不问盐铁不筹河"等。正因为诗人在使用语言时，采取了多种表达方式，所以，有效地促进了全诗内容的完整表达和艺术形象的塑造。

（《语文教学与研究》1988年第5期）

# 龚自珍美学思想浅探

龚自珍是近代杰出的思想家、文学家和爱国主义者。在政治上，他抨击封建统治阶级的腐败和专制，主张更法改图，以解决日益深化的社会危机，并对社会的黑暗和朝廷的弊政进行了深刻的揭露和批判；积极主张维护国家主权，以武力抵抗资本主义国家的侵略，支持林则徐禁烟；提出在华北种桑养蚕，扩大国内丝织业生产；建议加强战备，移民西北，巩固边陲。因此，他治经鄙薄汉学考据，从常州学派的刘逢禄学《公羊春秋》，根据其更法改图的需要，探索经书的"微言大义"，"讥切时政，诋排专制"，[1] 阐发经世匡时思想，成为嘉庆、道光间提倡"通经致用"的今文经学派的重要人物。他的这种社会政治思想，反映在文学上，则主张变，要求摆脱传统思想的桎梏，抨击封建统治阶级所鼓吹的"道统"、"文统"和"义法"；而表现在美学思想上，则大胆鼓吹真诚情致的"童心"，主张艺术创造"法自然"，提倡艺术风格的多样化，

龚自珍一生创作了大量的诗文，具有丰富的创作经验和审美经验。在美学方面他虽没有专文论述，而从他的诗文中仍可发现不少精辟见解。尽管这些见解只是"东云露一鳞，西云露一爪"[2]，并不系统、集中，但只要稍加整理和归纳，就能比较清楚地反映出龚自珍的美学思想。

一

"童心"既是龚自珍人生观的基本出发点，又是其审美思想的基准。龚自珍在不少诗、词中，积极主张人应有"童心"，并对"童心"进行了热情的赞美。"童心"，即"真心"，就是指人的自由个性和天性中的自然情感。在诗人笔下，"童心"有时被称作"儿时心力"[3]，有时又称为"幽光狂慧"[4]，或称为"梦中儿"、"梦中人"，[5] 或描写为"气悍心肝淳"[6]，还用"黄犊怒求乳，朴诚心无猜"来象征"童心"的可爱[7]，设想了同卑俗的现实社会形成强烈反差的"年少争光风"[8] 的理想境

---

[1] 梁启超：《清代学术概论》（二十二），中华书局 1954 年版。

[2] 龚自珍：《自春徂秋，偶有所触，拉杂书之，漫不诠次，得十五首》，选自《龚自珍全集》（第九辑），上海人民出版社 1975 年版，第 488 页。

[3] 龚自珍：《猛忆》，选自《龚自珍全集》（第九辑），上海人民出版社 1975 年版，第 495 页。

[4] 龚自珍：《又忏心》，选自《龚自珍全集》（第九辑），上海人民出版社 1975 年版，第 445 页。

[5] 龚自珍：《黄犊谣》，选自《龚自珍全集》（第九辑），上海人民出版社 1975 年版，第 465 页。

[6] 龚自珍：《十月廿夜大风不寐起而书怀》，选自《龚自珍全集》（第九辑），上海人民出版社 1975 年版，第 463 页。

[7] 龚自珍：《呜呜铿铿》，选自《龚自珍全集》（第九辑），上海人民出版社 1975 年版，第 447 页。

[8] 龚自珍：《能令公少年行》，选自《龚自珍全集》（第九辑），上海人民出版社 1975 年版，第 452 页。

界。总之，诗人在不同的情况下，通过不同的形象表达了对纯真个性的追求和向往。由此可见，他提倡"童心"，就是要求尊重人的自然真率的思想情感，使其健康发展，并通过文艺作品充分地表达出来。

正是这样，龚自珍认为，在人生态度方面，必须真诚坦率，行为自由，不为礼教拘束，不为世俗左右，任己意所为，不取媚于他人。在审美思想上，则要求文艺创作抒发真情实感，充分地表现个性风格，追求充满生气的积极上进的健康美；鄙薄扼杀天性、抄袭陈言、粉饰太平的病态美。只有这样，文艺创作才可能具有鲜明的个性特点。但是，当时的封建士大夫冥顽虚伪，根本意识不到个性的尊严，更不允许他率直任性。"朴愚伤于家，放诞忌于国"[1]，他遭到接连不断的打击。他曾写道："少年哀乐过于人，歌泣无端字字真。既壮周旋杂痴黠，童心来复梦中身。"[2] "不似怀人不是禅，梦回清泪一潸然。瓶花帖妥炉香定，觅我童心廿六年。"[3] 真挚的童心只能在离开现实的梦中才会重现，诗人也只好怀着惆怅的心情，到梦中去追求、呼唤和寻觅童心。尽管如此，诗人仍充满信心。他写道："黄金华发两飘萧，六九童心尚未消。"[4]"道心战万籁，微茫课其功。不能胜寸心，安能胜苍穹？"[5] 又说："道焰十丈，不敌童心一车。"[6] 坚信只要有了童心，就能冲破重重阻碍，战胜邪恶势力，给社会带来光明。

从"童心"出发，龚自珍反对作家"胸臆本无所欲言"，却"姑效他人之言"和"剽掠脱误，摹拟颠倒"[7] 的形式主义陋习，并表示："予欲因今人之所因兮，予苶然而耻之。"[8] 在文艺创作中要求"尊情"。他说："情之为物也，亦尝有意乎锄之矣；

[1] 龚自珍：《寒月吟》，选自《龚自珍全集》（第九辑），上海人民出版社 1975 年版，第 481 页。

[2] 龚自珍：《己亥杂诗》，选自《龚自珍全集》（第十辑），上海人民出版社 1975 年版，第 526 页。

[3] 龚自珍：《午梦初觉怅然诗成》，选自《龚自珍全集》（第九辑），上海人民出版社 1975 年版，第 466 页。

[4] 龚自珍：《梦中作四绝句》，选自《龚自珍全集》（第九辑），上海人民出版社 1975 年版，第 496 页。

[5] 龚自珍：《自春徂秋，偶有所触，拉杂书之，漫不诠次，得十五首》，选自《龚自珍全集》（第九辑），上海人民出版社 1975 年版，第 485 页。

[6] 龚自珍：《太常仙蝶歌》，选自《龚自珍全集》（第九辑），上海人民出版社 1975 年版，第 493 页。

[7] 龚自珍：《述思古子议》，选自《龚自珍全集》（第一辑），上海人民出版社 1975 年版，第 123 页。

[8] 龚自珍：《文体箴》，选自《龚自珍全集》（第七辑），上海人民出版社 1975 年版，第 418 页。

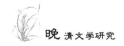

锄之不能，而反宥之；宥之不已，而反尊之。"[1] 这里的"尊情"，与李渔的主张大体上是一致的，即要求作家从人人胸中所有的"家常日用之事"中，写出人人笔下所无的"未见之事"和"未尽之情"。[2] 实际上就是提倡独创，追求新奇，而鄙视抄袭与模仿。龚自珍认为，"情"是与生俱有的，是人性的自然现象，不应该遏制，而应当让它自由发展。因此，不但要尊重人的感情，而且要使"其平生蓄于中心"之情，"时时露于文采"。[3] 当然，也不是任何感情都应"尊"之、"宥"之的。他指出："凡声音之性，引而上者为道，引而下者非道；引而之于旦阳者为道，引而之于暮夜者非道。道则有出离之乐，非道则有沉沦陷溺之患。"[4] 也就是说，文艺作品中凡引人向上的、引人走向光明的健康感情就应提倡，"尊"之、"宥"之；至于引人走向"沉沦陷溺"之情，自不在此列。

从"童心"出发，龚自珍主张文艺创作要有"感慨"，要善于抒发自己的真情实感，反对空谈"义理"、言不由衷、追求辞藻的"伪体"："天教伪体领风花，一代人材有岁差。我论文章恕中晚，略工感慨是名家。"[5] 这"感慨"，就是自己"胸以为是，胸以为非"的"感慨激奋"之情。他认为，只要作家能正视现实，不拘泥于就事论事，写出一点自己的独到见解和心得，就是好诗文，就是有名气的作家。他还在《书汤海秋诗集后》中指出："诗与人为一，人外无诗，诗外无人，其面目也完。"明确提出作家的创作个性和艺术风格应是统一的，诗文应该真实、充分、完整地表现作者的个性，表现"自我"，这样才能使别人在其作品中看到作家的完整面貌，做到"任举一篇，无论识与不识，曰：此汤益阳之诗。"而绝不能故作姿态，"捋扯他人之言以为己言"[6]。

龚自珍热情歌颂"童心"，比较明显地体现在提倡人身解放、思想解放和文艺解放的主张。他在《己亥杂诗》中写道："九州生气恃风雷，万马齐喑究可哀。我

[1] 龚自珍：《长短言·自序》，选自《龚自珍全集》（第三辑），上海人民出版社1975年版，第232页。

[2] 李渔：《闲情偶记》，选自《中国古典戏曲论著集成》（七），中国戏剧出版社1959年版。

[3] 龚自珍：《江南生橐笔集序》，选自《龚自珍全集》（第三辑），上海人民出版社1975年版，第205页。

[4] 龚自珍：《长短言·自序》，选自《龚自珍全集》（第三辑），上海人民出版社1975年版，第232页。

[5] 龚自珍：《歌筵有乞书扇者》，选自《龚自珍全集》（第九辑），上海人民出版社1975年版。

[6] 龚自珍：《书汤海秋诗集后》，选自《龚自珍全集》（第三辑），上海人民出版社1975年版，第232页。

劝天公重抖擞，不拘一格降人材。"表达出强烈要求发挥各人才智的心情和内心燃烧着对生机勃勃的生活理想的追求和向往。在《文体箴》中又表明，只要自己"心审而许"的东西，就应该冲破束缚，大胆书写，而绝不人云亦云。在《病梅馆记》中，他要求解除对"病梅"的桎梏，反对那种矫揉造作的审美趣味和风尚，主张保全梅花的天然生机，使其顺着自己的本性自由地、茁壮地生长。这种追求个性解放、歌颂个性美的美学思想，在当时和以后都产生了很大影响。

"童心"之说并非自龚自珍始，早于他一个半世纪，明代杰出的思想家李贽就提出了"童心说"。他说："夫童心者，真心也，若以童心为不可，是以真心为不可也。夫童心者，绝假纯真，最初一念之本心也。"[1] 童心便是真心，具有真心，方是真人，只有真人，才能写出真文来。也就是主张文艺创作必须表现出那种真实的思想感情和未受社会的"闻见道理"污染的纯洁的人性。

龚自珍继承李贽等人的进步观点，并从唯物主义方面对其做了发展。他提倡"童心"（真心）的基础是来自天下国家之"情"，所主张的是作家应怀着真情，对民族的兴亡、军国的利弊、政治的得失，敢讲真话；而不是男女私情，也不是个人的荣辱升沉之感。这就将文学引入到广阔的社会现实，尤其是政治生活中去了。而在文学主张和具体文学创作中，他不仅强调抒发作者的真情实感、作品内容要"真"，而且要求作品的形式也要出自"天然"，反对那种虚假的"伪体"，但他和封建社会历代思想家一样，脱离阶级性和社会现实去追求"童心"，仍然不可避免地要陷入主观唯心主义的泥坑。这正反映了地主阶级改革派在同顽固保守派斗争中软弱无力的一面。

## 二

提倡"天然"之美，反对过分地人为雕饰，是龚自珍美学思想的一个重要内容。

龚自珍主张"万事之波澜，文章天然好。不见六经语，三代俗语多"[2]。这里所说的"天然"，包括作品内容和形式两个方面，就作品内容来说，要求充实客观，是现实生活的原貌；感情要真挚，正像他自己所说，要"歌泣无端字字真"，而不能空洞无物，言不由衷，只阐发前人的立论，不注意新现实、新问题，无病呻吟。

---

[1] 李贽：《童心说》，《焚书》卷三，中华书局 1961 年版。

[2] 龚自珍：《自春徂秋，偶有所触，拉杂书之，漫不诠次，得十五首》，选自《龚自珍全集》（第九辑），上海人民出版社 1975 年版，第 487 页。

就形式而言，必须率真自然，"外境迭至，如风吹水，万态皆有，皆成文章"[1]，浑然无迹；而不应当装腔作势，引经据典，巧言伪饰，千篇一律。他认为，真正的文艺创作，必须是作者感于现实生活的种种"外境"，激起感情的波澜，使内在的真挚情感自然流露出来，"不是无端悲怨深，直将阅历写成吟"[2]，也就是所谓"言也者，不得已而有者也"[3]。他对于长期以来文坛缺乏情感和兴寄的情形表示出极大不满。在《绩溪胡户部文集序》中，他曾强调指出，文章的产生亦出于自然，对后人有意地根据前人文章条为义法并作为典范世代相传的做法不满，矛头直指桐城派。这些都反映了龚自珍对那种情真景真、清新自然之美的追求和推崇。

不仅如此，龚自珍还在《病梅馆记》一文中明确指斥那种"梅以曲为美，直则无姿；以欹为美，正则无景；梅以疏为美，密则无态"的矫揉造作的审美趣味和风尚，批判和揭露了现实生活中那种摧"正"就"曲"的不合理现象，斥责了"文人画士"们病态的审美主张。他认为，若以这种病态美为标准，那只会人为地破坏自然之美，损害心灵的健康。并强调指出，真正美的事物，应该是积极向上的，它不仅是充满生气的、健康的，而且应该是出于自然的，梅作为一种植物，有其生长、发育的规律，或曲或直，或欹或正，或疏或密，必须根据其生长的环境和条件决定，不能违背规律去任意要求它，否则就会使它受到损害。他在悲愤的感叹中寄寓着对封建社会桎梏压抑人性的控诉和对束缚创作的艺术教条的抨击。很明显，他对姚鼐所标榜的"神、理、气、味、格、律、声、色"的为文标准是很不满的。

龚自珍这种追求自然天成、健全发展，要求体现生命之气的美学思想，是对我国传统美学的继承和发扬。早在魏晋时期，人们为反对封建礼教的束缚，追求个性自由，在作风和行为上反对装腔做作，要求直抒胸臆，主张按照人的本性去行动，达到一种理想的境界。这种崇尚自然的社会风气，反映在审美观念上，就是鄙视雕琢伪饰，尊重天然真实。在这方面，曹氏父子，大谢小谢等人的创作可作为代表。至唐，李白针对浓艳雕饰的文风，要求诗歌应该"清水出芙蓉，天然去雕饰"[4]，追求一种

---

[1] 龚自珍：《与江居士笺》，选自《龚自珍全集》（第五辑），上海人民出版社 1975 年版，第 345 页。

[2] 龚自珍：《题红禅室诗尾》，选自《龚自珍全集》（第九辑），上海人民出版社 1975 年版，第 470 页。

[3] 李白：《经乱离后，天恩流夜郎，忆旧游书怀赠江夏韦太守良宰》，《李白集校注》（二），上海古籍出版社 1980 年版。

[4] 李白：《经乱离后，天恩流夜郎，忆旧游书怀赠江夏韦太守良宰》，《李白集校注》（二），上海古籍出版社 1980 年版。

自然天成之美。这些对后世都产生了深远的影响。表现在龚自珍身上，就是对封建社会那种无聊消遣和粉饰太平的审美风尚的鄙薄。这种美学思想，在当时文坛受到重重束缚的情况下，切中时弊，给人以清新的感觉，是具有进步意义的。当然，他过分地强调自然天成之美，而忽视后天人的艺术改造和美化作用，也是有其局限性的。

## 三

　　准确把握各个朝代不同作家作品的艺术美，极力推崇其独特的艺术风格，以促进近代文坛上文艺作品风格的多样化，是龚自珍美学思想的又一个重要内容。

　　在中国古代文学史上，曾出现过不少杰出的文学家和诗人。龚自珍不论是对其前代的，还是同代的，无不推崇，并给予恰当的评价和赞扬。他在《文体箴》中说："予欲慕古人之能创兮，予命弗丁其时。"羡慕古代具有独创精神的作家，并为自己未能出生其时而感遗憾。在《送徐铁孙序》中强调，必须广泛学习古代文化遗产，吸取营养，结合社会现实，有所发展和创新。他还认为，不管属什么流派，是什么风格，只要能写出"感慨"，有独创性，都应肯定和推崇。他强调，"从来才大人，面目不专一"[1]，表明他对诗歌艺术风格多样化的希望。他还在《书汤海秋诗集后》中指出："人以诗名，诗尤以人名。唐大家若李、杜、韩及昌谷、玉溪；及宋元，眉山、涪陵、遗山，当代吴娄东，皆诗与人为一。"这种对历代杰出文学家独特艺术风格和优良传统的赞扬，说明他是重视艺术风格多样化对文坛的意义的。

　　马克思主义美学是很重视文艺作品的艺术风格的。马克思曾肯定法国自然科学家布封"风格就是人"[2]的提法。黑格尔在《美学》中也指出："风格一般指的是个别艺术家在表现方式和笔调曲折等方面完全见出他的个性的一些特点。"这就是说，文艺作品的艺术风格是作家思想、品质和生活等方面的艺术反映。每个作家都有与他人不同的独特个性，其艺术风格也有明显的不同，它既能显示其个性美，具有巨大的艺术感染力，又会使人感到它区别于他人的艺术美。龚自珍正是牢牢地把握住了这一点。

　　庄子是战国时期的哲学家，道家学派重要的代表人物。在诸子散文中，他的著

---

　　[1] 龚自珍：《题王子梅盗诗图》，选自《龚自珍全集》（第九辑），上海人民出版社1975年版，第505页。

　　[2] 马克思：《评普鲁士最近的书报检查令》，选自《马克思恩格斯全集》第一卷，人民出版社1956年版，第7页。

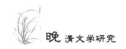

作最富文学色彩。他主张顺应自然，反对人为，行文汪洋恣肆，无拘无束，气势磅礴；其想象奇幻神异，抒情浓郁，语言流畅生动、华美富丽，有极强的浪漫主义精神。屈原是我国第一个伟大的爱国主义诗人，他创造了具有独特风格的骚体诗。其诗感情热烈，幻想奇特，夸张大胆，辞藻华丽，富有鲜明的个性和积极浪漫主义色彩。他们的诗、文光照千古，为历代文人所景仰、推崇。龚自珍在《辨仙行》中就写道："六艺但许庄骚邻，芳香恻悱怀义仁。"又说："名理孕异梦，秀句镌春心。庄骚两灵鬼，盘踞肝肠深。古来不可兼，方寸我何任？所以志为道，淡宕生微吟。一箫与一笛，化作太古琴。"[1] 这里既表明了对庄、屈的钦仰，又叙述了自己同庄、屈的渊源关系。他还称颂屈原："灵均出高阳，万古两苗裔。郁郁文词宗，芳馨闻上帝。"[2] 并以屈原自许："我有灵均泪，将毋各样红。星星私语罢，出鞘一刀风。"[3] 不仅肯定了屈原的"求索"精神，而且概括了屈原诗歌的艺术特点。

李白是我国唐代伟大的浪漫主义诗人。他的诗想象新异丰富，语言清新自然，色调瑰玮绚丽，音律和谐多变，风格雄健豪放，具有强烈的艺术感染力，对后世影响甚大，龚自珍对李白推崇备至。他在《最录李白集》中说："庄、屈实二，不可以并，并之以为心，自白始。儒、仙、侠实三，不可以合，合之以为气，又自白始也。"这一评论可说是独具慧眼，抓住了关键，非常精辟；既说明了李白诗歌的艺术风格与庄、屈的继承关系，又指出其在继承基础上的发展。若非对李白诗歌艺术风格和创作个性有全面而深刻的认识，是很难如此精辟准确地进行概括的。

汤鹏是与龚自珍同时的著名文学家。他的诗文直抒胸臆，慷慨抑郁，悲愤沉痛，"下笔震烁奇特，当世目为异才"[4]。龚自珍与汤鹏交谊深厚，过从甚密，非常推崇其诗文。在《书汤海秋诗集后》中，他用一个"完"字来评价汤鹏的诗："何以谓之完也？海秋心迹尽在是，所欲言者在是，所不欲言而卒不能不言在是，所不欲言而竟不言，于所不言求其言亦在是。要不肯捋扯他人之言以为己言，任举一篇，无论识与不识，曰：此汤益阳之诗。"他认为，汤鹏的诗是其真情实感的自然流露，并能用自己所

---

[1] 龚自珍：《自春徂秋，偶有所触，拉杂书之，漫不诠次，得十五首》，选自《龚自珍全集》（第九辑），上海人民出版社1975年版，第485—486页。

[2] 龚自珍：《夜读番禺集书其尾》，选自《龚自珍全集》（第九辑），上海人民出版社1975年版，第455页。

[3] 龚自珍：《纪梦七首》，选自《龚自珍全集》（第九辑），上海人民出版社1975年版，第498页。

[4] 李柏荣：《魏源师友记》卷三，岳麓书社1983年版，第49页。

特有的语言风格将它表达出来，既不雕饰，又不遮掩，也无顾忌和束缚，个性完整鲜明，具有自己的独特风格。由于龚自珍对汤鹏的人品和文品了如指掌，因此对其创作个性和艺术风格的概括和评价至为精当，也对后人具有很大的启发性。

另外，龚自珍对陶渊明、杜甫、韩愈、李贺、李商隐、苏轼、黄庭坚、元好问、吴伟业、陈沆等人的作品亦非常推崇，这里就不一一论列了。

通过以上的简要论述，我们可以说，龚自珍对庄子、屈原、李白、汤鹏等人的创作能做出确切精当的美学概括，是基于对他们的独特创作个性和风格及其作品的艺术美的准确把握。并且，他首开风气，用自己具有鲜明特色的创作实践做出了可贵的尝试，所以，对促进近代文坛上文艺作品题材、形式、风格的多样化，为近代文坛吹进一股清新的风，做出了自己的贡献。

（《殷都学刊》1990 年第 3 期）

# 亦狂亦侠亦温文
## ——龚自珍作品风格浅探

作为鸦片战争时期杰出的思想家和文学家，龚自珍在叙述自己的写作经历时曾说过："危哉昔儿败，万仞堕无垠。不知有忧患，文字樊其身。岂但恋文字，嗜好杂甘辛。出入仙侠间，奇悍无等伦"；"戒诗昔有诗，庚辰诗语繁。第一欲言者，古来难明言。姑将谲言之，未言声又吞。不求鬼神谅，矧向人生道？东云露一鳞，西云露一爪"[1]，常常追求一种"幽想杂奇悟，灵香何郁伊"的艺术境界[2]。并一再以"狂"、"仙"自喻，自称所作议论激烈为"狂言重起廿年瘖"，而慷慨陈辞引起人们惊诧为"至今骇道遇仙回"[3]。因而，与他同时的著名文学家姚莹指出："定

---

[1] 龚自珍：《自春徂秋，偶有所触，拉杂书之，漫不诠次，得十五首》，选自《龚自珍全集》（第九辑），上海人民出版社 1975 年版，第 488 页。

[2] 龚自珍：《戒诗五章》，选自《龚自珍全集》（第九辑），上海人民出版社 1975 年版，第 451 页。

[3] 龚自珍：《己亥杂诗》，选自《龚自珍全集》（第十辑），上海人民出版社 1975 年版，第 510、513 页。

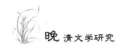

庵言多奇僻，世颇訾之"，其"慷慨激厉，其志业才气欲凌轹一时"[1]；张尔田则在《遯庵书题·定庵文集跋》一文中说，龚自珍的诗文"语极俶诡，意蕴沈悲"；爱国诗人林昌彝亦认为，龚自珍的诗文"奇境独辟"，"为近代别开生面"。[2] 我国著名文学家柳亚子也说他是"三百年来第一流，飞仙剑侠古无俦"[3]。这些评论是深得龚自珍诗文创作遗意和符合其创作实际的。

龚自珍性本豪放，嗜奇好客，与人交往，常常不计身份，且不修边幅，故京师"舆皂隶贩之徒暨士大夫，并谓为龚呆子"[4]。然而，就是这个"呆子"，他感情丰富，至性过人，那远大的志向、宽广的胸怀、敏锐的眼光、深切的感受，使他的笔底风雷激荡，不同凡响，奇肆谲丽，闪耀着斑斓陆离的浪漫主义光辉。

龚自珍在诗文创作中始终追求的是一种新奇、谲丽的独特的艺术风格，其具体表现方式有如下几种。

其一，构思奇异、巧妙。龚自珍的诗文，打破了桐城、八股时文的格局，力避时文的陈腔俗调，往往想人心中所想，道人口中所无，匠心独运，别出新意，给人一种特殊的艺术美的享受，让人读后惊叹不已。正如张舜徽先生所评：其诗文"识议新颖"，"足以开拓心胸，发越志趣"。[5] 例如《病梅馆记》，是龚自珍的代表作品之一。它既成功地吸收了先秦寓言，尤其是庄子寓言中的一些手法，而又有所发展。一般的寓言作品，多在篇末点题，揭示所"寓"之意，故事只是一个引子。此文则不同。作者先写梅之产地，介绍"文人画士"以"梅之欹、之疏、之曲"为美的社会现状，故梅之被"斫直、删密、锄正"，"遏其生气，以求重价，而江、浙之梅皆病。"随后写作者购梅、泣梅："予购三百盆，皆病者，无一完者。既泣之三日，乃誓疗之"。并"纵之、顺之"，"复之全之"。最后写作者希望有暇日，"以广贮……病梅"，"穷予生之光阴以疗梅"。文章自始至终写的是"病梅"、"疗梅"，无一字一语涉及社会政治问题，但读者却能从中感受到整个病态社会斫伤社会生机、扼杀人才的罪恶，感受到作者追求个性解放、人身自由的强烈愿望和对封建专制统治压抑人才的愤怒心情。古往今来，写梅、咏梅之作何其多！然而能写出这样寓意深刻、新颖别致的

[1] 姚莹：《汤海秋传》，选自《东溟文集》，同治六年（1867年）《中复堂全集》本。

[2] 林昌彝：《射鹰楼诗话》卷十，咸丰元年（1851年）刻本。

[3] 柳亚子：《论诗三绝句定庵集》，选自《磨剑室诗词集》（上），上海人民出版社1985年版，第82页。

[4] 张祖廉：《定庵先生年谱外纪》，见《龚自珍全集》附录，上海人民出版社1975年版。

[5] 张舜徽：《清人文集别录》（下册）卷十六，中华书局1963年版，第437页。

又有多少？又如他的《尊隐》、三《捕》等篇，无不如此。难怪近代资产阶级激进民主主义思想家和文学家谭嗣同称他的文章："其中颇具微言大义而妙能支离闪烁，使粗心人读之不觉，亦大奇。"[1]

其二，想象丰富，新奇神异。想象本来是一种常见的普通的表现手法，然而，在龚自珍的笔下，却闪耀出异样的光彩，真是天上地下，古往今来，大千世界，无不包罗在他的胸中，无不在他的想象驰骋范围之内，写得奇奇怪怪，异想天开，使你读后不得不惊诧骇叹。他常常用丰富奇特的想象，构成生动有力的形象，以表达自己的理想和愿望。《西郊落花歌》是龚自珍诗歌中的优秀之作，也是想象丰富、新奇神异的典型之作。作者笔下的落花，有"如钱塘潮夜澎湃，如昆阳战晨披靡；如八万四千天女洗脸罢，齐向此地倾胭脂"，想象不仅丰富、奇特，而且色彩绚丽，气魄雄伟。并且在这种关于落花的千奇百怪的想象、比喻之后，又回到现实的作者自己的政治遭遇中来："又如先生平生之忧患，恍惚怪诞百出难穷期"。最后表达了作者的美好愿望："安得树有不尽之花更雨新好者，三百六十日长是落花时！"全诗写的是落花，本无特别之处，但作者却能从开头至终篇，运用一连串神奇丰富的想象、比喻，造就出一泻千里的气势，通过对景色的描绘，把生活中人们常见的落花的衰败景象升华为诗的意境，呈现出一种艺术美。从中不仅可以看出作者赞美落花、向往落花、留恋落花的那种强烈追求内心的自由和高洁的情操，而且表达了作者对鄙下和污浊的现实社会的批判。又如《能令公少年行》，作者以避世求仙的形式，运用一串串奇异的想象，表达出对黑暗官场以及庸官俗吏的谴责和鄙视，委婉曲折地抒发了作者对美好未来的顽强追求。

其三，形式独特、新颖。龚自珍的诗文，其艺术形式不拘一格，灵活多样，正如他自己所说："从来才大人，面目不专一。"[2]尤其是他的诗歌，不受格律束缚，"自周迄近代之体，皆用之；自杂三、四言，至杂八、九言，皆用之"[3]。且多采用浪漫主义手法。真可谓"千光百怪，奔进并出"[4]。《己亥杂诗》堪为代表。作者将各种复杂的思想、议论、感情，凝结成精练警策的诗句。全诗是以七言绝句体

---

[1] 谭嗣同：《致汪康年梁启超》，选自《谭嗣同全集》（下），中华书局1981年版，第515页。

[2] 龚自珍：《题王子梅盗诗图》，选自《龚自珍全集》（第九辑），上海人民出版社1975年版，第505页。

[3] 龚自珍：《跋破戒草》，选自《龚自珍全集》（第三辑），上海人民出版社1975年版，第243页。

[4] 张尔田：《遁庵书跋》。

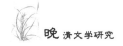

形式写成的结构宏伟、内容深广的大型组诗，杂述途中见闻、感想、往事回忆等等，其中有记叙、有议论、有抒情。它的每一首诗，都可以独立成章，反映某一个方面的社会现象，而它们之间又是一个有机的整体，且以类似叙事诗的结构，互相关联，错落有致。有如一串珍珠，单独一颗颗看，是美的；择其数粒看，也是美好的；合并成一串看，更是美的。全诗虽又可分成十个部分，然而，"出都归里"这条线索，却紧紧地将全诗各个部分贯串起来，组织篇章，借题发挥，回忆往事，抒发感叹，抨击时政，呼吁变革，憧憬未来，使三百一十五首诗联缀成一个有机的整体。龚自珍博采融铸古今诗家之长，以出众的才华、学者的积养，对古代诗歌形式进行大胆的革新创造，既充分发挥了七言绝句这种艺术形式轻捷灵便的特长，又突破了它的局限。像这样的独创，在我国诗歌史上还不曾有过，比龚自珍稍后的资产阶级改良运动的旗手黄遵宪，晚年曾模仿龚自珍写过《己亥杂诗》八十九首。后来写"集龚"诗的人也特别多，且多从《己亥杂诗》中选句，可见其对后世的影响之大。

其四，语言绚丽多姿，变化无端。清中叶以后，形式主义、模拟抄袭之风盛行，千篇一律，千人一面，生硬呆板。龚自珍则一扫学人士子之积习，无论是诗，还是文，其语言风格皆新鲜活泼，多种多样，别具一格，大大增强了诗文的表现力。其诗文的语言，或瑰丽新奇，富于音乐感，如《西郊落花歌》、《秋夜听俞秋圃弹琵琶赋诗，书诸老辈赠诗诗册子尾》等；或朴实平易，通俗自然，如《天寿山说》、《说昌平州》、《馎饦谣》等；或古奥艰涩，笔锋犀利，如《饮少宰王定九丈鼎宅，少宰命赋诗》、《伪鼎行》、《奴史问答》等；或典雅端庄，通脱流畅，如《己亥杂诗》、《咏史》、《漫感》、《夜坐》、《送钦差大臣侯官林公序》等；或含蓄委婉、词曲意深，如《病梅馆记》、《尊隐》、《与江居士笺》等；或多种语言风格兼而有之，如《能令公少年行》、《行路易》、《汉朝儒生行》等等，当然，由于时风的影响，在龚自珍的诗文中，也有一些用曲怪僻、佶屈聱牙、晦涩难解的篇章或词句。

在诗、文创作中，龚自珍为什么要追求这种新奇、谲丽的艺术风格呢？其原因是多方面的。

首先，为了避免文字狱的罗织。在我国封建社会里，历代统治阶级为了维护自己的封建专制统治，除采取武力等高压手段外，还推行文化专制政策，以钳制言论，统一、控制士人的思想。其最突出、最残酷、最拿手的手段，就是大兴文字狱。清朝统治者有过之而无不及。据有关材料表明，清朝从顺治开始，文字狱不断出现，至乾隆时达到高峰，仅其一朝就兴文字狱 70 余次。一次案发，往往株连数百人。不仅如此，朝廷还广搜有忌讳的诗文集和野史小说等书籍，予以焚毁查禁。龚自珍曾在《七律·咏史》诗中写道："避席畏闻文字狱，著书都为稻粱谋。"这既是对社会现实的尖锐嘲讽，又是对文人士子辛酸遭遇的伤叹和愤慨。生活在这样的时代，若在文学作品中抒发真情，讲出真话，必然会招来杀身之祸。鲁迅先生曾生动而深刻地指出："这不能说话的毛病，在明朝是还没有这样厉害的，他们还比较地能够说些要说的话。待到满州人以异族侵入中国，讲历史的，尤其是讲宋末的事情的人被杀害了，讲时事的自然也被杀害了。所以，到乾隆年间，人民大家便更不敢用文章来说话了。所谓读书人，便只好躲起来读经、校刊古书，做些古时的文章，和当时毫无关系的文章。有些新意，也还是不行的。"[1] 尽管龚自珍思想敏锐，在"举国醉梦于承平"[2] 之时，已预感到封建社会"日之将夕"的"衰世"的来临，且文辞峻峭凌厉，敢说敢为，抨击时政，鼓吹"改图更法"。但是，严酷的社会现实迫使他不得不在创作中追求一种"俶诡"、"奇僻"、谲丽的艺术风格，以防大祸的降临。

其次，古代以"奇"为美的审美传统的影响。以"奇"为美的观念始于我国远古神话。晋人郭璞曾指出：《山海经》"闳诞迂夸，多奇怪俶傥之言"[3]。近代著名文学家王韬亦认为："《齐谐》志怪，多寓寓言，《洞冥》述奇，半皆臆创；庄周昔日以荒唐之词鸣于楚，鲲鹏变化，椿灵老树此等皆是也。《虞初》九百因之益广已。"[4] 这里面既概括了神话传说"奇"的特点，又说明从远古神话传说开始已产生了"奇"的观念。神话的"奇"来自自然形式中凝聚着的人理性内蕴，是原始人类"人定胜天"、"天从人愿"的理想主义、英雄主义和乐观主义的升华，也是对勤劳勇敢的中华民族性格美与创造美的歌颂。随着社会历史的不断发展、进步，以"奇"为美的神话艺术传统，逐渐形成为小说、戏曲的审美传统，被广泛使用。如分别称小说作家、小说为"奇手"、"奇书"（如"三大奇书"、"四大奇书"等），小说人物、情节为"奇人"、"奇事"，小说结构、语言为"奇局"、"奇文"等等。清初著名的戏曲理论家、戏曲作家李渔曾说："古人呼剧本为传奇者，因其事奇特，未经人见而传之，是以得名。可见非奇不传。新，即奇之人别名也。"[5] 清人寄生氏亦认

[1] 鲁迅：《三闲集·无声的中国》，选自《鲁迅全集》卷四，人民文学出版社1981年版。

[2] 梁启超：《论中国学术思想变迁之大势》，选自《饮冰室合集·文集》之七，中华书局1989年版。

[3] 郭璞：《注山海经·叙》。

[4] 王韬：《新说西游记图象·序》，光绪十四年（1888年）味潜斋本。

[5] 李渔：《闲情偶寄》，选自《中国古典戏曲论著集成》（七），中国戏剧出版社1959年版。

为："人不奇不传，事不奇不传；其人其事俱奇，无奇文以演说之亦不传。"[1] 这充分说明"奇"的审美理论形态的构成包括了艺术构思、艺术创新、故事情节、人物、结构、语言等创作要求。我们知道，"美"的基础是"真"，而"真"又必须出于"常"，只有反映人们日常生活中的"真"，并经过艺术家对生活进行提炼、升华，做出典型概括和艺术创造，文艺作品才能实现以"奇"为美。从龚自珍的整个创作实践可以看出，他正是继承和发扬了这一优秀的审美传统，从而形成了他奇异独特的艺术风格的。

再次，受历代优秀作家创作风格的影响。龚自珍善于融铸古今优秀作家之长，从中吸取营养；尤善于继承和发展我国古代积极浪漫主义的优秀传统，用以批判社会，抨击黑暗，热情鼓吹"更法改图"，憧憬美好未来。龚自珍在创作中最向往的境界是庄、屈两者并兼，儒、仙、侠三家结合。他所说的"不是逢人苦誉君，亦狂亦侠亦温文"[2]，正是儒、仙、侠三家结合的另一种提法。庄子和屈原是先秦极富个性和浪漫主义精神的作家、诗人，其作品光照千古，为历代作家提供了学习的源泉。龚自珍自己曾在诗中说："六艺但许庄骚邻，芳香恻悱怀义仁。"[3] 并强调，"庄骚两灵鬼，盘踞肝肠深"[4]。可见庄、屈对其创作的影响之大。对于唐代伟大诗人李白，他更是推崇备至。他指出："庄、屈实二，不可以并，并之以为心，自白始。儒、仙、侠实三，不可以合，合之以为气，又自白始也。"[5] 可谓深得李白创作风格之精妙。此外，唐代李贺、杜牧等著名诗人在艺术风格上对龚自珍的影响亦很大。所以前人评龚自珍，认为其"文章琅诡，本孙樵杜牧，参之史汉庄列楞华之言"，为"近代霸才"[6]，"绝世奇才，求之于古，亦不可得"[7]。从龚自珍的整个创作来看，出入仙、侠，体兼庄、骚，既是他艺术上刻意追求的理想境界，又是他批判社会，表达理想的一种寄托，或是其矛盾心情的一种解脱。这也是形成他奇异谲丽、生涩冷峻的独特风格的重要原因。

（《荆门大学学报》1992 年第 4 期）

[1] 寄生氏：《〈争春园〉序》，光绪十五年（1889 年）本。

[2] 龚自珍：《已亥杂诗》，选自《龚自珍全集》（第十辑），上海人民出版社 1975 年版，第 511 页。

[3] 龚自珍：《辨仙行》，选自《龚自珍全集》（第十辑），上海人民出版社 1975 年版，第 469 页。

[4] 龚自珍：《自春徂秋，偶有所触，拉杂书之，漫不诠次，得十五首》，选自《龚自珍全集》（第九辑），上海人民出版社 1975 年版，第 485 页。

[5] 龚自珍：《最录李白集》，选自《龚自珍全集》（第三辑），上海人民出版社 1975 年版，第 255 页。

[6] 李慈铭：《越缦堂读书记》，商务印馆 1959 年版。

[7] 李兆洛：《与邓守之书》，《养一斋文集》，光绪四年（1878 年）重刊本。

# 龚自珍成功的原因探析

龚自珍是中国近代一位杰出的思想家、文学家，也是一位首开中国近代风气的杰出人物，在中国近代的政治、思想、经济、文学史上都占有重要的地位，对后世产生了深远的影响。恩格斯在《共产党宣言》的"1893年意大利文版序言"中曾经指出："封建的中世纪的终结和现代资本主义纪元的开端，是以一位大人物为标志的。这位人物就是意大利人但丁，他是中世纪的最后一位诗人，同时又是新时代的最初一位诗人。"[1] 因此，学术界有人将龚自珍称为是"中国的但丁"。

那么，龚自珍为什么会成为一名杰出的思想家、文学家和一位首开中国近代风气的杰出人物呢？换一句通俗的话说就是：龚自珍为什么会获得成功，其成功的原因是什么？经过综合考察，我们发现，龚自珍获得成功的原因主要有以下几个方面。

首先，时代的原因。马克思曾经指出："每一个社会时代都需要有自己的伟大人物，如果没有这样的人物，它就要创造出这样的人物来。"[2] 正所谓"时势造英雄"，龚自珍正是他生活的那个时代造就出来的这样一位杰出人物。

龚自珍生活的时代，正值清代中叶，中国的封建社会急剧解体，逐渐向半殖民地、半封建社会转变。国内，清王朝实行的仍然是高度集权的封建君主专制制度，政治黑暗，官场腐败，残酷压榨、盘剥农民；加上经济凋敝，灾害频繁，民不聊生，流离失所，导致全国各地农民起义不断发生，阶级矛盾日益尖锐、激化。国外，英、法、美等资本主义国家已经发展到帝国主义阶段，他们以掠夺侵略世界上弱小民族、变其为殖民地为目的，掀起了瓜分地大物博、物产丰富的中国的狂潮，对中国的侵略（先是鸦片输入的经济侵略，后是洋枪大炮的武装侵略）步步加深，民族危机日趋严重。而这时的清朝统治集团，还在闭关自守、僵化落后、夜郎自大，做着"天朝大国"

---

[1] 恩格斯：《1893年意大利文版序言·致意大利读者》，选自《马克思恩格斯选集》第一卷（上），人民出版社1972年版，第249页。

[2] 马克思：《1848年至1850年的法兰西阶级斗争》，选自《马克思恩格斯全集》第七卷，人民出版社1959年版，第72页。

的美梦；在内忧外患形势的夹击下，其封建统治已面临一种日薄西山、风雨飘摇、朝不保夕的境地。

龚自珍的过人之处就在于：早在鸦片战争前二十年，当举国上下的文臣武将照样在迎来送往、唱和赠答时，当成千上万的学人士子照样"两耳不闻窗外事，一心只读圣贤书"，或埋首故纸堆，沉浸在"太平盛世"的美梦中或进士及第、或飞黄腾达之时，他就以敏锐的眼光，透过层层迷雾和假象，洞察到中国的封建社会已经进入到了它的"衰世"，中华民族将面临巨大的危机，预言中国社会将出现一场历史大变革。他强调指出，此时的清王朝"文类治世，名类治世，声音笑貌类治世"[1]，而实际上"自京师始，概乎四方，大抵富户变贫户，贫户变饿者，四民之首，奔走下贱，各省大局，岌岌乎皆不可以支月日，奚暇问年岁？"（《西域置行省议》）可说是"日之将夕，悲风骤至"（《尊隐》），且"乱亦竟不远矣"（《乙丙之际著议·第九》）。于是，他勇敢地站出来，以诗文为武器，深刻地揭露统治集团的腐朽黑暗，猛烈地鞭挞封建社会的种种弊端，强调"自古及今，法无不改，势无不积，事例无不变迁，风气无不移易"（《上大学士书》），"一祖之法无不弊，千夫之议无不靡，与其赠来者以劲改革，孰若自改革？"（《乙丙之际著议·第七》），呼吁"更法"、"改图"，"不拘一格降人材"（《己亥杂诗》），企图为即将崩溃的封建社会找到一条起死回生的复兴之路，表现出强烈的忧患意识和爱国精神。

其次，家庭的原因。龚自珍出生于浙江仁和（今杭州市）一个世代书香的官僚家庭，其曾祖父龚斌就是邑增生[2]，著有《有不能草》。祖父和父亲两代则是进士出身，都做过朝廷的官员，并都有著作传世：祖父龚敬身，进士出身，官至迤南兵备道，著有《桂隐山房遗稿》。生身祖父龚禔身，进士出身，官至内阁中书军机处行走，著有《吟瞩山房诗》。父亲龚丽正，龚禔身次子，过继给龚敬身为子，进士出身，官至江南苏松太兵备道，署（代理）江苏按察使，著有《国语注补》、《三礼图考》、《两汉书质疑》、《楚词名物考》等。母亲段驯，乃大家闺秀，知书识礼，雅好文学，亦有《绿华吟榭诗草》传世。尤其是他的叔父龚守正，不仅是进士出身，与兄长丽正同出翰林院，后来更是官至礼部尚书。其外祖父段玉裁既是乾隆举人，曾做过十余年四川富顺、南溪、巫山的县令；又是清代著名的文字、训诂学家和经学家。

---

[1] 龚自珍：《乙丙之际著议第九》，选自《龚自珍全集》，上海人民出版社 1975 年版，第 6 页。以下引龚自珍诗文不再详注版本出处。

[2] 生员名目之一，"增广生员"的简称，即在正式名额之外录取进入府、州、县学的生员。

龚自珍幼时聪慧，由母亲教读，识字、背诵历代优秀诗文；稍长，便跟随外祖父学习《说文》和"历代史书及国朝掌故"（吴昌绶《定庵先生年谱》，见《龚自珍全集》），在小学、文学和治学门径等方面得到外祖父的精心指导，有着深厚的文字、文学功底，受到了浓厚的学术和文学气氛的熏陶。他12岁所写的《水仙花赋》、《辨知觉》等文章，便为时人所称道。到15岁时，其诗文就颇有名气。随着年龄的增长，龚自珍不仅更加勤奋刻苦，广泛地学习，学识渊博；而且勤于思考，见解深刻，常发人所不敢发，常发人所未发。20岁时，便有词集行世，真可称得上是"少年奇气称才华"（《己亥杂诗》）；他的外祖父异常高兴，欣然为龚自珍的词集写了序言，称赞其词"造言造意，几如韩、李之于文章，银碗盛雪，明月藏鹭，中有异境"（《怀人馆词·序》，见《龚自珍全集》），一时间誉满江南。这一切为龚自珍后来成长为一位杰出的思想家、文学家和首开近代风气的杰出人物奠定了坚实的基础。

其三，个人原因（个人的成长经历）。龚自珍（1792—1841），又名易简、巩祚，字璱人，又字尔玉、伯定，号定庵，晚年曾居昆山的羽琌山馆，故别号羽琌山民。他出生在一个世代书香的官僚家庭，自幼受到良好的传统教育；而他又聪明颖悟，勤奋好学，博览群籍，具有多方面的学识修养和文化知识，少年时期便显露出出众的才华，且"风发云逝，有不可一世之慨"（段玉裁《怀人馆词·序》，见《龚自珍全集》），被时人称为"江南才子"。因此，他一直自视甚高，胸怀大志，用他自己的话说就是"少年揽辔澄清意"（《己亥杂诗》），希望长大后能尽展才华，进士及第，出将入相，干出一番经国安邦的大事业来。凭着他各方面优越的条件和卓越的才华，实现这样的愿望也是完全有可能的。但是，事与愿违：他在仕途上却一直不顺利。龚自珍从19岁起正式走进"科场"。这一年秋天，他满怀信心地参加了在顺天（即当时的京师）举行的童子试，结果出师不利，只录取为"副榜"（即"补录"或"扩招"）第二十八名秀才。接着，他三次参加乡试，直到27岁时才考中浙江的第四名举人。此后，他曾六次参加会试，直到38岁时才考中进士，而且录取的还是三甲第十九名进士。为官一二十年，因"才高动触时忌"（《定庵先生年谱》），受到当权者的排挤，仅做过内阁中书、宗人府主事和礼部主客司主事等卑微的小京官。最终不得不以父亲年迈、叔父又任礼部尚书"例当引避"（《定庵先生年谱》）为由，愤而辞官南归。

从事中国古代文化研究的学人知道，在明清时期，要想进入仕途，就必须读书或习武，参加科举考试，一步一步往前走（科举考试又分为"文举"和"武举"两类）。

而按照科举制度（"文举"）的规定，考秀才要考三次，即县试、府试、院试（考试由各省"学政"主持），通过者才称"秀才"。考举人每三年在省城举行一次，称为"乡试"；正、副主考官二人，由朝廷统一选派，录取者称"举人"，其中的第一名称"解元"。考进士每三年在京城举行一次，称为"会试"或"礼部试"（"会试"由礼部主持）；正、副主考官若干名，由朝廷派重臣担任；考取者称"贡士"，其中的第一名称"会元"。当然，也有遇上朝廷的重大喜庆活动，如皇帝登基、皇帝成婚、太后大寿等而举行的考试，则不受年限的限制，称为"恩科"。那些通过"会试"录取的"贡士"，随后还要参加由皇帝亲发策问的"殿试"（殿试的结果不再淘汰人，只分等次），赐出身者为"进士"。一般情况下，正科录取的名额多，恩科录取的名额少。这些"出身者"（录取者）共分为三甲：一甲三名，赐"进士及第"，即状元、榜眼和探花；"殿试"第一名的状元即授翰林院修撰，榜眼与探花即授翰林院编修。二甲若干名，赐"进士出身"，入翰林院学习三年，"散馆"后经过考试，根据考试成绩再授予相应官职。三甲若干名，赐"同进士出身"，可分发到各地去任知县或进中央政府的六部中任中书等职务。在中国古代，尤其是明清时期，进士进不了翰林院，今后就入不了阁；若入不了阁，就做不了宰相；不能做宰相，就很难实现自己经国安邦的理想。

龚自珍曲折坎坷的科举道路，长期困厄下僚的仕途遭遇，使他雄图难展，大志难伸，但却给他接触底层社会提供了机会，让他有机会深入了解国情民生。正是基于对国情民生的了解，使他终于下定决心，不再继续走他外祖父段玉裁埋首故纸堆的老路——仕途不得意，就埋首故纸堆，一心一意做学问，而是毅然走上了一条"经世致用"的道路。

其四，师承的原因。嘉庆二十三年（1818），龚自珍第三次参加"乡试"（此次为恩科），被录取为第四名举人。第二年，龚自珍首次进京参加"会试"（此次为恩科），不料名落孙山。于是他便留在京师，拜清代中叶著名今文经学家、时任礼部主事的刘逢禄为师，跟随刘先生学习《公羊春秋传》，思想上受刘逢禄的影响颇大。刘逢禄对他的这位学生也非常器重和赏识。道光六年（1826），龚自珍第五次参加会试，与好友魏源相遇。适逢刘逢禄（此时已官任礼部侍郎）担任此科考试的副主考。阅卷时，他听邻房阅卷官在议论，发现试卷中有两份试卷的"经策奥博"（《定庵先生年谱》）。刘逢禄心中有数，知道是龚、魏二人的试卷，便极力劝请他们向上举荐，结果此次会试两人又名落孙山。于是，刘逢禄写了一首《伤浙江、湖南二遗卷》的诗，专门记述此事："寥落文人命，中年万恨并"；"千秋万岁后，何如少年乐。"对他的两位得意门生又未中试表示遗憾和惋惜，同时也对他们进行劝解、安慰。也是因为刘逢禄的这首诗，使得"龚、魏"二人从此齐名，学人们从此常将"龚、魏"之名并举。龚自珍亦写了一首绝句答谢老师："昨日相逢刘礼部，高言大句快无加。从君烧尽虫鱼学，甘作东京卖饼家。"（《杂诗，己卯自春徂夏，在京师作，得十有四首》）

学人们知道，经学就是诠释和研究儒家经典的学问。我国西汉末、东汉初年，儒家经典的研究分成了古文经学和今文经学两大派别。

今文经学是经学中研究今文经籍的一个流派。秦始皇焚书坑儒后，儒家经典就只是靠师徒相授，父子相传；西汉初年，人们将那些用当时通行文字（即"隶书"）所书写的儒家经典称为"今文经"。今文经学的开创者是董仲舒，集大成者的则是东汉的何休。它着重发挥经文的"微言大义"（指精微的语言和深奥的含义），来"讥切时政，诋排专制"[梁启超《清代学术概论》（二十二）]，以巩固封建的"大一统"为中心主张。

古文经学是经学中研究古文经籍的一个流派。汉武帝末年，有学人宣称在孔府的夹墙中找到了用先秦文字（即"篆书"）书写而由汉代学者训释的儒家经典，将它称为"古文经"，或称为"孔壁儒经"。古文经学的开创者是西汉末年的刘向、刘歆父子，而使之达到成熟境地的则是东汉的马融。古文经学们在认辨、训释的过程中，建立了系统的训诂方法，主要著作有《尔雅》、《说文解字》等，特别重视对《周礼》的训释。

古文经学与今文经学，不仅书写的字体不同，而且字句、篇章、解释以及对古代制度、人物等的评价也有不同。古文经学偏重对名物的训诂、考证；今文经学则注重儒家经典的实际意义，往往援经议政。这两个学派在清代都很兴盛。

今文经学派又称"公羊学派"，非常重视《春秋公羊传》，因为里面提出了"三世说"（即据乱世、升平世与太平世）和大一统的思想。龚自珍就是利用公羊春秋中进化的历史发展观和它的"微言大义"，来"讥切时政，诋排专制"，[1] 干预时政，宣传其进行社会变革的思想，为社会现实服务，以"匡时经世"，从而开启了中国近代的经世致用学派，成为中国近代最早具有强烈忧患意识的爱国者和启蒙思想家。

其五，有一批志同道合的朋友的支持。俗话说：红花还需绿叶配，众人拾柴

---

[1]　梁启超：《清代学术概论》（二十二），中华书局1954年版。

火焰高。清道光年间（1821—1950），整个封建社会已处于"万马齐喑"（《己亥杂诗》）的局面，清王朝的封建统治已陷入内外交困、危机四伏的境地。此时的文化界，仍处在受封建统治集团倡导和支持的"汉学"和"宋学"的笼罩之下，文坛上占统治地位的则是桐城派和宋诗派。面对如此严峻而统治集团仍不警醒的形势，龚自珍以政治家的胆略，以思想家的敏锐，勇敢地站出来，不仅警告国人，中国的封建社会已经到了它的"衰世"，而且猛烈地揭露和批判封建专制制度的腐朽黑暗与各种弊端，大声疾呼进行社会变革，积极倡导文学要表达真情实感，讲求独创性，并身体力行去实践，产生了深刻的社会影响。

也就在这时，魏源（1794—1857）、林则徐（1785—1850）、陈沆（1785—1825）、汤鹏（1801—1844）、张际亮（1799—1844）、包世臣（1775—1855）、姚莹（1785—1853）、陶澍（1778—1839）、周济（1781—1839）、黄爵滋（1793—1853）、贺长龄（1785—1850）、沈垚（1798—1840）、张穆（1805—1849）等一大批受到社会剧变强烈刺激的地主阶级中的开明官吏和具有忧国忧民思想的进步知识分子，与龚自珍遥相呼应，也开始放眼看世界，紧密联系现实社会的实际，"慷慨论天下事"[1]，并大声疾呼，要求改革弊政，关心国计民生，以达到强国富民的目的。他们汇聚在一起，以龚自珍、魏源、林则徐为代表和核心，形成一股强大的进步洪流，集中对那些崇尚空谈、繁琐考证而脱离社会实际的学风和那些占据文坛的严重形式主义与拟古主义文风，进行了抨击和扭转。他们反对桐城义法，反对模拟抄袭，追求个性解放，主张抒发个人的真情实感，要求文学积极反映社会现实并为现实服务，关心国计民生，经世致用。于是，经世文学勃然兴起，并很快形成为一个阵容强大的经世文派，对中国近代社会和广大民众起到了思想启蒙的作用，开启了中国近代文学八十年的时代精神。正如晚清文学改良运动的领袖梁启超所说："数新思想之萌蘖，其因缘固不得不远溯龚、魏，而二子皆治新文学……而我思想界亦自滋一变矣。"[2]

从上面的简要探析我们可以看到，龚自珍的难能可贵之处就在于：他具有强烈的社会批判精神和鲜明的叛逆性格以及对个性自由的热烈追求。早在鸦片战争爆发前二十年，他就以政治家的胆识和思想家的眼光，透过"太平盛世"的社会表面，看到了封建社会存在的深刻危机和朝政的种种弊端，并发出了变革社会的呼声。尽

---

[1] 张维屏：《国朝诗人征略》，道光十年（1830年）"粤东省城超华斋"刊本。

[2] 梁启超：《论中国学术思想变迁之大势》，载于1902年3—12月、1904年9—12月的《新民丛报》，另见《饮冰室合集·文集》之七，中华书局1989年版。

管龚自珍在 1841 年就去世了，但是，他的社会批判精神，他变革社会的呼声，以及他对个性自由的执着追求，开启了中国近代八十年的时代精神——反对封建专制，追求民主自由。因此，龚自珍就自然而然地成为了中国近代杰出的思想家和首开近代风气的杰出人物，也自然而然地成为了中国近代文学的开创性作家、杰出文学家。梁启超就认为："晚清思想之解放，自珍确与有功焉。光绪间所谓新学家者，大率人人皆经过崇拜龚氏之一时期。初读《定庵文集》，若受电然"[1]；"语近世思想自由之向导，必数定庵"[2]。《孽海花》的作者曾朴也称赞龚自珍是"清朝道光朝的大文豪，是今日新文艺的开路先锋"，他"全力改革文学，无论是教导诗文词，都能自成一家，思想亦奇警可喜，实是新文学的先驱者"。[3] 这些评价既可看出龚自珍在中国近代文学史上的重要地位，亦可看出其思想和诗文对后世产生的深远影响。

（1993 年 5 月）

# 龚自珍与八股文

本文拟从龚自珍对八股文由肯定到否定的过程入手，着眼其对八股文的批判精神，着重探讨其抨击科举、痛诋八股的思想成因及其在清代思想文化史上的影响和价值。

## 一

龚自珍出身于封建官僚家庭。自幼父辈即以功名、举业之事教习之，让他读旧《登科录》，了解二百年来的科举掌故；令其治经学史，以图日后科考进身。受此环境影响，龚氏早年也未免功名之累，立志通过科举以跻身官场，干一番经国安邦的伟

[1] 梁启超：《清代学术概论》（二十二），中华书局 1954 年版。

[2] 梁启超《论中国学术思想变迁之大势》，载于 1902 年 3—12 月、1904 年 9—12 月之《新民丛报》；另见《饮冰室合集·文集》之七，中华书局 1989 年版。

[3] 曾朴：《译龚自珍〈病梅馆记〉题解》，转引自时萌《曾朴研究》，上海古籍出版社 1982 年版，第 195 页。

业。他认为，八股文作为检验才学的一种尺度，具有勘比贤愚、发现人才之功效："一代功令开，一代人才起"（《自春徂秋，偶有所触，拉杂书之，漫不诠次，得十五首》），还对乾嘉时代的八股文赞赏有加："乍洗苍苍莽莽态，而无懵懵徊徊词。"（《吴市得旧本制举之文，忽然有感，书其端》）不仅如此，他还用心揣摩、研习八股文的写作，写过两千余篇八股文，得到过八股名家的指点。

龚自珍博览多才，天赋极佳；加之刻苦自励，名师指点，故其八股文的写作水平日渐精进，为时人所许。嘉庆二十三年（1818）应浙江乡试，中第四名举人。此次主考官是著名训诂学家王引之，他对龚氏考卷评价很高，认为其文"规锲六籍，笼罩百家，入之寂而出之沸，科举文有此，海内睹祥麟威凤矣！"[1]然而，就是这样一位才华横溢，具有极其敏锐观察力，自谓"少年揽辔澄清意"、"少年奇气称才华"（《己亥杂诗》）的年轻士子，却因"才高动触时忌"，"忤其长官"，[2]以致屡次会试皆名落孙山。道光六年（1826）自珍第五次参加会试，与魏源同科。考官之一的刘逢禄得卷狂喜，并"亟劝力荐"，但龚、魏二人仍然"不售"，均落第。[3]直到道光九年，自珍38岁时，才勉强中了个进士（第九十五名）。殿试时，他"大致祖荆公《上仁宗皇帝书》，……胪举时事，洒洒千余言，直陈无隐，阅卷诸公皆大惊。卒以楷法不中程，不列优等"[4]，绝了他入翰林院的希望，仅列三甲，赐同进士出身。以龚自珍的学识与才华，这种结局是令人惋惜的。时人亦为其鸣不平。这正好显现了科举制度、八股取士戕害人才的弊端。

自珍青少年时代对科举考试是孜孜以求的，对八股文的看法也是比较肯定的。对科举制度和八股时文的否定和批判，是他中年以后的思想认识，而这种认识也是逐步深刻，由不自觉到自觉的。自珍对八股选士和科举时文的认识和批判，概括起来，主要有如下几个方面。

第一，八股选士不仅难以选拔出真才实学之才，而且摧残、压制了真正的人才。在龚氏看来，科场之文"万喙相因，词可猎而取，貌可拟而肖"[5]，且"剿掠脱误，

[1] 吴昌绶：《定庵先生年谱》，见《龚自珍全集》（附录），上海人民出版社 1975 年版。

[2] 吴昌绶：《定庵先生年谱》，见《龚自珍全集》（附录），上海人民出版社 1975 年版。

[3] 吴昌绶：《定庵先生年谱》，见《龚自珍全集》（附录），上海人民出版社 1975 年版。

[4] 吴昌绶：《定庵先生年谱》，见《龚自珍全集》（附录），上海人民出版社 1975 年版。

[5] 龚自珍：《与人笺》（请厘正五事），选自《龚自珍全集》（第五辑），上海人民出版社 1975 年版，第 344 页。

摹拟颠倒"[1]，大都是些空洞无物、不切实际、鹦鹉学舌式的程式化文章，难以反映和发现士子的实际能力和水平。而凭着这种"泥乎经史"的八股文章，擢拔出的士人只能是些孤陋寡闻、学非所用、难以经世宰物的低能之辈："夫未学礼乐之身，使之典礼乐而不恶，以凡典礼乐者，举未尝学礼乐也。未尝学兵之人，使之典兵而不辞，以凡典兵者，皆未尝知兵也。"[2]他指出，八股所取之士很多是"少壮之心"早耗于"无用之学"、"禄利之筌蹄"的名利之徒。[3]对于八股选士难求堪负大任的"真才"的弊端，龚氏曾在一首诗中做过深刻的揭露："谁肯栽培木一章？黄泥亭子白茆堂。新蒲新柳三年大，便与儿孙作屋梁。"作者通过浅近而形象的比喻揭示出：八股试士取得的人才，只是一些难担大任的平庸之辈，表达出作者对八股取士造成人才匮乏的现实的深沉忧患。

第二，八股文的盛行，使士风衰恶，人心颓坏。在科举制度下，一纸腐烂的八股时文就可令士子飞黄腾达，因而无数士子心向往之，把八股文作为追名逐利、猎取富贵的敲门砖。龚氏在《与人笺》中说："四书文禄士，五百年矣；士禄于四书文，数万辈矣。"在《述思古子议》中还指出，八股试士使得"天下之子弟，心术坏而义理锢"。他对衰恶的士习和世风曾进行过无情的嘲笑。如《歌哭》写道："阅历名场万态更，原非感慨为苍生。西邻吊罢东邻贺，歌哭前贤较有情。"由此可见，八股取士制度下的读书人，其喜怒哀乐，百态变更，都系于一纸烂文是否能擢取科名，而非为"苍生"计。他们就像赌徒一样，把全部希望押在科考上，胜者欣喜若狂，败者如丧考妣。

第三，八股文的风行，败坏了文风。文学创作贵在真实，有真情，有见解，有感慨，不吐不快，不得不写；而八股文正好相反，模拟抄袭，千篇一律，空洞无物。其盛行，败坏了文坛风气。龚自珍指出："今天下父兄，必使眊草之子弟执笔学言，曰：功令也。功令实观天下之言。曰：功令观天下说经之言。童子但宜讽经，安知说经？是为侮经。曰：功令兼观天下怀人、赋物、陶写性灵之华言。夫童子未有感慨，何必强之为若言？"[4]龚氏对缺乏创造性，一味模仿和依傍、无病呻吟的八股文，表示了极大的憎恶，

---

[1] 龚自珍：《述思古子议》，选自《龚自珍全集》（第一辑），上海人民出版社1975年版，第123页。

[2] 龚自珍：《对策》，选自《龚自珍全集》（第一辑），上海人民出版社1975年版，第116页。

[3] 龚自珍：《对策》，选自《龚自珍全集》（第一辑），上海人民出版社1975年版，第116页。

[4] 龚自珍：《述思古子议》，选自《龚自珍全集》（第一辑），上海人民出版社1975年版，第123页。

对八股文盛行所带来的文风衰败，表现出了深广的忧愤。

综上所述，龚自珍中年以后对八股文是持否定态度的，给予的抨击和批判也是尖锐深刻的。不仅如此，他还反复呼吁政府改革科举，废止八股文。他在《述思古子议》中主张"宜变功令"，改用"汉世讽书射策"，"使其言不得呫嗫不定，唱叹蔓衍，以避正的"，认为"如此则功令不绌，有司不眩，心术不欺，言语不伪"，可收到改变士风、改变文风的效果，使文学对社会政治、人心风俗发挥其应有的作用。在《与人笺》（一名《拟厘正五事》）中也提出了"改功令以收真才"的主张。

在要求改革科举，废除八股文的同时，龚自珍以实际行动表现了与八股文实行决裂的态度。一方面"自烧功令文，今乡试、会试文"[1]，将平生所作八股时文付之一炬；另一方面还写了一篇《文体箴》，表示了他弃八股而改文风的决心。八股时文盛行数百年，虽然"天地之久定位"——是官定的文章体裁，然而他却"心察而弗许"。他写作八股时文已经"颠矣"，处处碰壁，于是立志师古，推崇前人有独创的文章，以求开辟诗文创作的新天地。这篇箴文既是龚自珍对八股时文的声讨和控诉，也是他立志图新的宣言和内心表白。

## 二

龚自珍从肯定并写作八股文到抨击、厌弃八股文，是一个具有质变意义的转化。然则，是什么动力驱使龚氏完成了这个转化过程呢？综合考察，动因大致有四。

首先，是颓波难挽的"衰世"促其忧愤、"改图"的结果。龚自珍生活的时代，阶级矛盾和民族矛盾交替上升，封建社会开始总崩溃，殖民主义侵略所带来的民族灾难日益深重。龚氏曾以"将萎之华，惨于槁木"（《乙丙之际著议·第九》）设喻，形象地描述过这个"衰世"败落的表征。这种岌岌可危的局面，促使龚氏不断反思导致危局的原因，探寻革故图新的道路。龚氏认为，造成国家江河日下之势最根本的原因是人才匮乏，用人不当。他在《乙丙之际著议·第九》中指出：国家"左无才相，右无才史，阃无才将，庠序无才士，陇无才民……"，以致社会"非但鲜君也，抑小人甚鲜"，进而出现"衰世"之征。他相信，只要有一批"不拘一祖之法"的人才，他们"能忧心，能愤心，能思虑心，能作为心，能有廉耻心，能无渣滓心"，就能出现明君良臣治国的新气象；他们就能变法图强，救危亡于乱世之中。因此，

---

[1]　吴昌绶：《定庵先生年谱》，选自《龚自珍全集》（附录），上海人民出版社1975年版。

他曾以激越高亢的感情和声响呼唤"天公"改革现实，"不拘一格降人材"。然则，八股试士制度的施行，是否能"不拘一格"招纳人才呢？回答是否定的。作为关心国家前途、民族命运，为除弊图兴鼓与呼的时代先行者，他对八股文深恶痛绝，希望变革科举，以新的方式广纳贤良，实现民族振兴。因此，龚氏中年后改变对八股文的看法，主要是危机四伏的现实触发了他，是"更法"、"改图"思想驱策着他。

其次，龚氏的转变，亦当得助于其经今文学思想的引发。自珍深受经今文学思想影响，曾受业于著名今文经学家刘逢禄，"往往引《公羊》义讥切时政，诋排专制"[1]。因此，他虽然推崇儒家经典，尊之为"治天下之书"，但他也主张摒弃门户之见，不以儒术独尊，而且要求通经学，以明历代之治乱得失，然后"济世利民"。这样，刻板陈腐的八股文自然为他所鄙屑不顾了。因为八股文虽然据经义立论，但它的做法达到了泥"经"不化的程度，其文不切实际，空疏无用。在《述思古子议》中，龚氏就曾站在通经致用的立场上，讥诮过虽讽经而无能经世，却又强言说经、专写空疏功令文的士子们，认为他们写出的八股文，不是"说经"，而是"侮经"。因此，龚氏对八股文态度的转变，是以与经今文学相关联的通经致用观念作为其思想基础的。

再次，龚氏的转变，亦是八股写作因袭模拟、了无新意的短弊为其文学主张难容的结果。龚自珍提倡文学创作要表达真情实感，体现个性，创意翻新。他认为："文章虽小道，达可矣，立其诚可矣"[2]，"言也者，不得已而有者也"，反对"胸臆本无所欲言"而"强之为若言"，或"姑效他人之言"。[3]他对剽袭、剿掠、"万喙相因"的文坛风气，表示了极大的不满和轻蔑，认为这种做派是心术不正，伪言相欺。他对今人的因袭之风不屑一顾，还对"古人之能创"表示了由衷的敬慕之情。如此文学主张、观念，与八股文写作显现出的文风和作派，自然是格格不入的。

此外，龚氏的转变与其亲历科场困顿、目睹官场腐败有关。前面已谈到，龚自珍早年也热衷于八股，汲汲于科名，曾多次参加过闱试，但结果却是失意科场，连续几次落第。这种坎坷遭际，犹如当头棒喝，使他清醒了许多，令他对八股试士压抑、埋没"真才"的腐朽性有了切身的体认和感受。龚氏几十年困顿下僚，亲历了宦海

[1] 梁启超：《清代学术概论》（二十二），中华书局1954年版。

[2] 龚自珍：《识某大令集尾》，选自《龚自珍全集》（第三辑），上海人民出版社1975年版，第241页。

[3] 龚自珍：《述思古子议》，选自《龚自珍全集》（第一辑），上海人民出版社1975年版，第123页。

沉浮，目睹了官场弊伪，对八股取士造成的吏治不力的恶果，有着十分深刻的认识。因此，龚氏从整饬吏治、富国强兵出发，才将矛头指向了造成吏治不力的重要孽源——八股试士制度。

三

八股文的衰落以至被废除，就像它的产生和兴盛一样，是历史的必然。龚自珍的可贵之处就在于，当"举国方沉酣太平"[1]之时，就已看到封建社会的"衰世"即将来临，并深刻揭示了封建衰世的弊端，大声疾呼"更法"、"改图"；当成千上万士子还沉迷于"四书"、"五经"、八股时文时，他已认识了八股取士的种种弊端，并给予深刻的揭露和批判，主张"改功令以收真才"。他顺应历史潮流，像历代的进步思想家一样，推波助澜，加速了八股文的灭亡，这是值得充分肯定的。他对八股取士制度的抨击和否定，是对明清以来进步思想家进步思想的继承和发展。

先于龚氏的一些仁人志士，曾揭露过八股取士的危害，并对八股文与八股取士给予了较为激烈的批判。如顾炎武就认为："八股之害，甚于焚书，而败坏人材，有甚于咸阳之郊所坑也。"[2]王夫之也指出，八股横行的结果是："士皆束书不观，无可见长，则以撮弄字句为巧，娇吟蹇吃，耻笑俱忘。"[3]龚氏对八股文所持批判、否定的态度，可寻源于顾、王之侪。但龚氏的批判精神和否定态度则较顾、王之辈更深刻、彻底。这在于龚氏不单是对八股取士的流弊有所指谪和攻击，更重要的还在于他以牢笼志士、驱策英才而图国盛民昌为基点，呼吁废除八股，提出了一系列改革科举的主张，并把废除八股、改革科举纳入了他的"更法"、"改图"的思想范畴。因而他的批判、否定比先贤更加全面具体，更加深入系统。

特别值得一提的是，龚氏对八股试士的否定、批判，作为他启蒙思想的一个有机组成部分，对清末改良派发生过深刻影响，而成为维新变法运动和"五四"新文化运动的先导。即如朱杰勤《龚定庵研究·自序》所云："龚定庵为清代思想启蒙运动之一领袖，清末维新派如康梁之徒，及民国以来革命诸钜子，受其影响甚多。"又如梁启超《清代学术概论》所说："晚清思想之解放，自珍确与有功焉。"清末

[1] 梁启超：《清代学术概论》（二十二），中华书局1954年版。

[2] 顾炎武：《日知录·科举》，道光十四年（1834年）黄汝成集释本。

[3] 王夫之：《夕堂永日绪论外编》，《船山遗书》本。

以后的维新运动的倡导者们在对待八股文的思想态度上无一不受龚氏影响。康有为在《请废八股试帖楷法试士改用策论折》中认为："变法之道万千，而莫急于得人才。得才之道多端，而莫先于改科举。今学校未成，科举之法未能骤废，则莫先于废弃八股矣。"他呼吁"乡会童试，请改试策论"，以"救空疏之宿弊"。显然，这些认识和主张，当是导源于龚氏。由上看来，龚自珍对八股文的否定和批判，在清季确实具有承前启后的意义。

尤其值得注意的是，八股取士作为明清两朝强化封建统治的一种文化教育政策，作为封建社会末期的一种独特文化现象，在当时文化的各个方面都打下了深深的印记。而批判和否定八股文，必然涉及封建君主专制统治、程朱理学、科举制度、教育体制、学术风气、士人心态等重要问题，这就要求论者既要有过人的胆略，更要有敏锐的眼光、深邃的思想。因此，龚自珍对八股取士、科举时文的抨击、否定，在中国文化史上有其进步意义和积极作用。

（《华中师范大学学报》1994 年第 1 期）

# 民主革命的先驱

## ——黄季刚先生

黄侃，字季刚（1886—1935），是中国近代著名的革命家和国学大师。作为革命家，他不但有革命理论，而且有丰富的革命实践。他既是辛亥革命的一位前驱，在新民主主义革命中也有过贡献。他的政治思想，又往往是与他的学术思想互相渗透，通过学术思想将它表达出来。因此，在我们继承和借鉴他的学术思想和成就的同时，应该理解他的深刻的民族民主主义思想。唯其如此，才能明了黄季刚先生的全人。

一

黄季刚先生生活的时代，阶级矛盾和民族矛盾交织在一起，它们交替上升，并且，日益尖锐激烈。殖民主义侵略所带来的民族灾难日益严重，中国的历史正面临着一次重大的转折。自 1864 年轰轰烈烈的太平天国革命被镇压以后，中国对外丧权辱国，与帝国主义缔结了许多不平等条约。1884—1885 年的中法战争，尽管中国军队取得胜利，仍以不平等的《中法新约》而告终；1894—1895 年的中日甲午之战的结果是签订了空前辱国的《马关条约》；1900 年，八国联军又攻陷北京。而清政府政治腐败，经济困窘，对外屈膝投降，对内则实行残酷的政治迫害和经济剥削，人民生活在水深火热之中。资产阶级维新派发动的"戊戌变法"运动，仅仅一百天，便被镇压了；"义和团"运动亦在中外势力的联合镇压下失败……但关心祖国前途和民族命运的进步知识分子和革命党人，仍前赴后继，在全国各地发动武装起义，推翻清朝政府腐朽统治的呼声日益高涨，革命的风暴即将来临。黄季刚先生就生活在这样的一个特殊的历史时期，内忧外患，耳闻目睹。中国人民反对帝国主义侵略，推翻清政府的革命斗争洪流，将他推到了民族斗争和阶级斗争的漩流之中。

黄季刚先生出生于书香门第。其父黄云鹄，字翔云，咸丰三年（1853）进士，官至四川按察使。为官清正廉洁，有政声。先生幼承家训，聪颖过人，又经名师指点启迪，习经、史、子、集与小学；加之刻苦自励，博览群书，视野开阔。十五岁时即考中秀才，显示出非凡的才华。

光绪二十九年（1903），黄季刚先生考入湖北武昌崇文普通中学堂，为第一期学生，与宋教仁、董用威（董必武）、查光佛、郑江灏、欧阳瑞华、陈锟、田梓琴等革命志士为同学。时湖南兴化黄克强肄业于两湖书院，经宋教仁介绍，先生与黄兴订交，往来日密。他们志同道合，亲密莫逆，经常在一起宣传反清、反对君主专制的革命思想，议论时政，指斥清朝政府的腐败无能。季刚先生曾多次当面讽刺学监李贡三是一个不学无术的官僚，因此触怒了这位学堂的权要，不久，被他借故开除了学籍。先生不甘屈服，到湖广总督张之洞处申辩，诉说原委。这位积极提倡派遣留学生的总督大人，见这个故人之子聪颖超群，大可造就，是个不可多得的人才，便用官费送他赴日留学。

在崇文普通中学堂学习期间，黄季刚先生受宋教仁、董必武、黄兴等革命志士影响，开始接受排满（反对清朝政府的专制统治）民族革命思想，并逐渐觉醒。因此，这里是先生生活和思想的重要转折点，为其后来自觉地走上民主革命的道路，以推翻清政府、拯救民族、拯救人民为己任奠定了坚实的基础。

## 二

光绪三十一年（1905），黄季刚先生东渡日本，入早稻田大学学习。同年八月，孙中山、黄兴等在东京以兴中会和华兴会为基础，联络光复会成员成立中国同盟会，并发刊机关报《民报》，宣传革命，组织革命派同资产阶级维新派展开论战。季刚先生亦列名会籍。不久，宋教仁遭官府通缉，亦避难逃往日本。黄侃又遇到他，两

人志气相同，互相勉励，继续为国民革命奔走呐喊。

1906年，章太炎先生因《苏报》案，系于上海英租界巡捕房狱三年期满出狱，孙中山即派人迎赴日本东京，入同盟会，主持《民报》社。时中国在东京的留学生逾万人，竟趋章氏门下请业。季刚先生亦入章氏门下，投文请益，并经常为《民报》撰文宣传革命，受到太炎先生的赏识。1907年季刚先生拜章氏为师。后参与《民报》编辑工作，营筹革命事，先后以"运甓"、"不佞"、"信川"等笔名，写了《专一之驱满主义》、《哀贫民》、《释侠》、《论立宪党人与中国国民道德前途之关系》、《哀太平天国》、《刘烈士道一像赞》等一系列文章，在引导舆论方面做出了杰出贡献。

他的《专一之驱满主义》一文，继承章氏《排满平议》的思想，认为"种之不保，何有于政"，"义旗既张，仇人既得，万方辐辏，奏凯歌功之日，贤良豪俊，萃处而咨诹国政，商度典刑，纵其懿否不可知，犹是我民自主之实"。主张推翻清朝政府，结束中国封建社会二千四百余年的统治，在中国实现民主（"我民自主"）。并且鲜明地表示，拥护民主共和，反对君主立宪，以革命代替改良。章、黄的反清思想，虽然导源于顾亭林、黄梨洲和王船山几位启蒙运动思想家，但其内容有很大发展，尤其在革命的彻底性问题上又向前迈进了一大步。

在《哀贫民》中，他立足于民间调查的事实，具体揭示了旧中国农村现状以及农民在残暴的专制统治下所过的非人的生活情况。他进而分析了贫困的根源，揭露封建地主阶级对农民残酷剥削和压迫的罪恶，并提出要摆脱困境，改变贫富不均的社会现状，就必须起来造反，就必须进行革命。他认为，"朝廷是强盗窝子"，"富人是强盗头子"，"覈民之数，富人寡而困苦者不可以亿计也。相民之财，富者十取九焉，其散在众者什一而已"。这种揭示贫富极大悬殊的尖锐的论点，实际上冲击着封建所有制问题，在当时的确是难能可贵的。

在《释侠》等文中，黄侃盛赞义侠的犯禁行为，并号召革命党人以民族大义为重，"一其心，砺其器"，有了统一的意志和精良的武器，就能更好地仗义行侠，"誓捐一死，以少尽力于我同类，而剪除一仇敌"，以推翻封建专制统治，让贼巢倾覆，拯救人民于水火。

《论立宪党人与中国国民道德前途之关系》一文，是刺向资产阶级改良派的锐利武器。它历数康、梁等资产阶级保皇派误国殃民的事实，并对君主立宪的本质做了淋漓尽致的揭露，将保皇派驳斥得体无完肤，极大地鼓舞了革命党人的战斗意志。

《哀太平天国》通过回顾太平天国兴盛衰亡的历史，肯定了太平天国的经验，总结了太平天国失败的教训，号召革命党人"仗太平所志，而易太平之所为"，肩负起推翻清王朝，拯救民族的重任。

在《刘烈士道一像赞》中，他高度赞扬了刘道一烈士的革命志向和出众才华，痛悼其牺牲，认为"汉终不亡，君名不死"，表示要"速行君志，庶慰君魂"。

这些革命政论，气势宏大，汪洋恣肆，论说透彻，逻辑严密，感情充沛，笔锋犀利，其中充满了反对外来侵略压迫和封建地主阶级的剥削，提倡拯救民族命运的浩然正气和革命激情，真可谓社会转折时期发聋振聩的洪钟巨响。黄季刚先生确实是一位勇猛呼啸向前进的斗士。

1908年2月，季刚先生的生母周太孺人病重，慈母田太夫人电召其驰归侍疾。七月，周太孺人去世，先生葬周太孺人于宅前之三台山。时清政府正严捕革命党人，探知先生在家，湖广总督陈夔龙亟命吏前往逮捕。先生闻讯，仓皇出奔武昌，从亲友处筹借路费，年底始得复潜至东京，与章太炎相依，为文字鼓吹革命。先生至孝，以不得返乡里上先人冢墓为憾。常常梦回故乡，瞻谒亡母的坟茔。特请好友苏曼殊（时亦在东京，同住《民报》社内）为之绘画。苏曼殊因将此情景绘成画幅，题作《梦谒母坟图》。黄季刚先生面对画幅，思及自己眼前境遇，有国难投，有家难归，悲感相集，遂挥笔写成《〈梦谒母坟图〉题记》一文。先生将对故国和亡母的无限眷恋之情，融入文字之中，文末用《诗经》中"岂不怀归，畏此罪罟"的诗句来表达当时作者的家国之痛和对清政府残酷迫害民主革命志士的愤怒心情，充满了爱国主义的激情。随后又请章太炎先生为画幅题跋。章氏挥毫写了《书黄侃梦谒母坟图记后》，表现了他们之间超出一般师弟、师友的那种战友的深厚情谊。

## 三

1910年秋，辛亥武昌首义前夜，革命党人有在湖北图大举者，函促先生归国，共商大计。先生即返至武昌。时值萍浏醴起义失败，先生分析当时形势，以为武汉革命力量薄弱，时机尚未成熟，必须吸取萍浏醴起义的教训以图大举，不宜轻举妄动。乃嘱友人，当务之急在于发刊报纸，积极做好宣传、鼓励和激扬民气，发展革命组织等工作。

黄季刚先生又亲自深入民众，往来于武汉、蕲春之间，做扎扎实实的组织发动工作。并在鄂东南蕲春、黄梅、广济、浠水、英山、麻城和同湖北接壤的安徽宿松、太湖八县组织"孝义会"。先生不畏艰苦，足迹遍及深山僻野。每到一处，演说民族大义及中国危亡之状况，号召人民起来推翻君主专制，每次听者累千人。先生善于雄辩，家庭又有声望，因此号召力很强。蕲春等八县听过先生演讲反清革命者，先后计数万人，一时英杰之士，争相与先生结识，共拥戴先生，称为"黄十公子"（黄季刚为翔云先生之第十子）。在宣传革命思想、组织和发动人民群众的过程中，黄季刚先生常以章太炎先生所撰《逐满歌》来激发人民群众的反清情绪。因为《逐满歌》诉尽了当时农工商学各界人民所遭受的苦难，很容易激励那些内心埋藏着反清革命思想的民众，因此，黄季刚先生很快组成了革命群众组织"孝义会"。

黄季刚先生回国时，正是清朝统治摇摇欲坠、革命力量蓬勃发展的时候。宋教仁等在日本曾有在长江中部发动革命的倡议，因此武汉地区的革命团体在革命党人的积极宣传、活动下纷纷成立，参加者多为知识分子和新军士兵，他们成为后来武昌起义的主要力量。当时最著名的革命团体为"文学社"和"共进会"，同盟会员也有以个人身份参加这两个团体的。"文学社"的成员多为新军士兵和出身贫寒者，"共进会"则多为知识分子和出身富有者。

"文学社"成立于1911年1月31日（辛亥元旦），蒋翊武为社长，王宪章为副社长，重要成员有詹大悲、刘复基、李六如（李抱良）、何海鸣、温楚珩等人。其命名以"武备兼学文学"之义，实际上是借"研究文学"为名，在新军士兵中开展革命活动。"文学社"的社章由黄季刚、温楚珩审定。

在此之前不久，詹大悲曾在汉口创办《大江报》，然经费严重不足，几乎停刊。"文学社"成立后全力支持《大江报》，推詹大悲为主笔，何海鸣为副主笔。报纸除宣传资产阶级民主革命思想外，还不断揭露新军中克扣士兵军饷的不法情形，反动军官对此恨之入骨，但却为广大士兵所欢迎，销路很大。由于《大江报》的发行，"文学社"在军队中发展社员很快，新军士兵则成为它的基础。《大江报》是革命党人的机关报，也成为当时著名的报纸。

辛亥革命前夕，同盟会员谭人凤、居正等人曾先后奉黄兴、宋教仁之命来武汉开展革命活动，就得到过黄季刚先生的很多帮助。先生曾疏通狱卒，陪同居正前往武昌监狱探视胡瑛（同盟会员，1907年因进行革命活动被捕入狱）。

1911年春，黄季刚先生应聘赴河南入布政使江叔海幕，并在豫河中学任教。先生在讲坛上宣传救国革命道理，校方感到很是为难，怕闹出乱子遭究诘。因此，不到半年，先生辞职了。

　　1911 年七八月间，黄季刚先生从河南开封回到武汉，《大江报》主笔詹大悲留住报馆，并设宴招待。酒后谈论时政，二人观点完全相同，他们都对现实十分不满。黄季刚大骂立宪派，认为他们所提倡的和平改革方案，纯属欺骗。当即奋笔为《大江报》撰写时评，题作《大乱者，救中国之妙药也》，署名"奇谈"。翌晨先生便回蕲春了。此文一经刊出，对革命党人来说，有如一声春雷，震撼着神州大地，使其倍受鼓舞。而清朝政府却大为惶恐，认为大逆不道，便下令封闭《大江报》，逮捕詹大悲和何海鸣。在法庭上，詹、何二人不肯暴露先生，争相承认时评是自己所作，表现出革命党人的高贵品质。最后，夏口审判庭判詹、何二人徒刑各一年。

　　《大江报》被封，舆论大哗，特别是新军对此表示出极大的愤慨。时湖广总督瑞徵，八镇统制张彪等，深恐军中"大乱"，遂下令对新军严密监视，提出凡士兵中有形迹可疑、思想不轨者，一经发现，或看管，或开除。民间素有"八月十五杀鞑子"的传说，因而湖广总督对新军的防范愈来愈严，并下戒严令，禁止兵官任意进出。宪兵、巡警、便衣、密探遍布城中，还准备将旧军巡防营调来省城加强防卫，大有"风声鹤唳，草木皆兵"之势。革命情势，愈来愈紧迫。革命党人亦积极酝酿起义。十月八日革命总机关暴露，清政府下令逮捕革命党人。十月十日，彭楚藩、刘复基、杨洪胜三烈士遇害，官府还在继续抓人。当天夜晚由第八镇工程营士兵首先发难，爆发了震惊中外的武昌起义。由此可见，黄季刚先生的《大乱者，救中国之妙药也》一文，实际成为武昌起义的间接导火索，它像一把利剑，刺中了清王朝的要害；它是一篇振聋发聩的讨伐清政府的战斗檄文。黄季刚先生为辛亥革命所造的舆论，其功不可泯灭。

　　武昌起义后，季刚先生与黄兴、居正、田桐等人会于武昌。他们隔江相望，见汉口已无清军，先生急倡渡江之议。时詹大悲、何海鸣已出狱，并发动新军克复汉口，组织汉口军政分府。因举詹大悲主汉口分府事，何海鸣、温楚珩、陈冕亚、黄季刚等参加工作。于是武汉克复之讯，传遍中国，全国各地纷纷响应。

　　清政府乃命冯国璋率清军南下，急争汉口。汉口分府组织汉口革命军抵御冯国璋、段祺瑞的一、二两军清兵，浴血奋战十几天，然敌我力量悬殊，先胜后败。至十月二十九日清军冯国璋部攻入汉口市区，革命军与之进行巷战。冯国璋下令纵火，三日不息，繁华街市一时间变成一片废墟，市民生命财产损失巨大。清军暴虐如豺狼野兽，新军势力日弱。在激烈的战斗中，季刚先生同黄兴、居正等人亲临前线视察，指挥战斗，经受了枪林弹雨的洗礼。十一月一日，汉口失守，詹大悲主张赴安徽求援，

即与何海鸣、温楚珩、黄季刚、陈冕亚等十几人乘船东下，至九江后得知安徽形势亦发生变化，求援不成。詹大悲、何海鸣等便赴上海招募军队。季刚先生则回蕲春发动孝义会，从鄂东北以捣清军其背，武装援助武汉，即随温楚珩、陈冕亚等人还鄂东。

蕲春孝义会重要成员方伯芸、张伯荄、汪翔云、陈楚香等人都愿意参加革命军，与先生一起聚得蕲、英、霍、宿、太、梅、济、罗、浠诸县义众两三千人，集于蕲春。因当地土豪劣绅报告了田家镇清驻防水师总兵，亟命水师前往围剿。清军到时，孝义会员尚未全部集中，且无武器。先生知不敌，乃迂道黄梅赴九江。适詹大悲亦至此。九江军政分府主事者为阴忌先生与詹氏等，先生不得已乃辗转赴上海。

1912年初，革命临时政府在南京成立。季刚先生居上海，与汪旭初、刘仲遴主办《民声日报》，并铅印出版了平时所著《缤华词》一卷，收词一百六十五首。此时袁世凯正加紧窃国乱政，革命阵营内部亦急剧分化改组，民国名存实亡，先生对前途渐感失望。1913年3月初，他在赠给宋教仁的诗中说："嗟余遘幽忧，逍遥从此屆"[1]，已显露出不再参与其事的想法了。

四

轰轰烈烈的辛亥革命虽然胜利，终以袁世凯窃取大总统职位而结束。封建军阀官僚都摇身一变而成为民国的显贵，而革命党人却遭到排斥打击，或被杀害，有的从此消沉。黄季刚先生见国事日非，暂时亦无法改变中国现状，认为"国不幸衰亡，学术不绝，民犹有所观感"[2]，于1914年春应北京大学之聘，讲授词章学及中国文学史等课，开始了更辛勤的教学和学术研究工作。

尽管黄季刚先生是一位受中国传统文化影响很深的学者，辛亥革命失败后，前进道路上再次受到严重打击和挫折，但他毕竟是受过革命运动的考验和血与火的战斗洗礼的革命者，他与当权者采取不合作态度，不过问政治，埋头学术，并不是沉沦，只是采取的斗争方式不同而已。在一些原则性问题上，在一些大是大非问题上，其爱国主义精神和争取民主自由的立场，则是矢志不渝的。

1914年初，章太炎先生因触怒袁世凯，被幽禁在北京著名的四大凶宅之一——

---

[1] 黄侃：《癸丑二月江行赠宋遯初诗》，见湖北省人民政府文史馆校订《黄季刚诗文钞》，湖北人民出版社1985年版，第86页。以下引诗文亦同。

[2] 黄侃：《太炎先生行事记》，见《黄季刚诗文钞》，第31页。

东城钱粮胡同某公馆，警卫森严。季刚先生不避危险，毅然搬进此宅日夜侍奉太炎先生，同时也便于同先生研究学问，以示对袁世凯迫害章太炎的抗议和谴责！但不到数月，被警察逼令迁出。太炎先生非常气愤，为此乃绝食。由此亦可窥见章、黄师生之间深厚的情谊。

袁世凯想当皇帝，曾授意送给黄季刚先生三千块大洋，要求为他写一篇《劝进书》，并颁赠给他一枚一等嘉禾勋章。先生却回到上海，并把那枚勋章挂在家里一只黑猫的脖子上。时间过了好久，也没有写文章。后来，那枚勋章连同那只黑猫竟被盗了。这样，袁世凯的用意也就落空了。

在学术上，黄季刚先生除尊重章太炎先生外，还极崇敬刘师培在经学上的造诣，虽刘比先生仅大两岁，却仍以师礼事之。但刘师培早年虽是同盟会员，后来却成为两江总督端方的密探。不久又投靠袁世凯，成为"筹安会"六君子之一。1915年刘师培在南京召集学术界知名人士开会，动员大家拥戴袁世凯称帝。参加会议的人慑于袁世凯淫威，亦碍于刘师培的情面，彼此面面相觑，默不作声。季刚先生秉性耿直，见此情此状，怒不可遏，厉声斥责道："如是，请刘先生一身任之。"[1] 说罢拂袖而去，在座诸人，亦随后散去，弄得刘师培十分狼狈。章太炎先生闻讯后，大加称赞，曾有"是时微季刚，众几不可得脱"[2] 之语。由此可见先生刚正不阿的品质和高风亮节。

1919年秋，黄季刚先生离开北京大学，先后在武昌中华大学、武昌高等师范学校、东北大学等校任教。1928年，应南京中央大学之聘，从此一直任教于南京中央大学和金陵大学。但国家的前途、人民的命运、时局的发展，还是时时紧系于心中。

1925年3月，一代伟人孙中山逝世，武汉地区大中学校师生数千人在武昌烈士祠举行追悼会，黄季刚先生异常激动，挥笔写下了一副惊天动地的挽联：

> 洪以甲子灭，公以乙丑殂，六十年间成败异；
>
> 生袭中山称，死傍孝陵葬，一匡天下古今同。[3]

黄季刚先生在南京时，国民政府中不少要人显贵皆同盟会员，与先生熟识，但先生除同居正、丁惟汾等少数几个人交游外，其他则不愿往来，而且对其早年参加

---

[1] 章太炎：《黄季刚墓志铭》，原载《制言》1935年第5期。

[2] 章太炎：《黄季刚墓志铭》，原载《制言》1935年第5期。

[3] 王庆元：《黄季刚先生年表》。洪：洪秀全。甲子：年号，即1864年（同治三年）。公：孙中山。乙丑：年号，即1925年（民国十四年）。见武汉老龄科学研究院、武汉成才大学主编：《黄侃纪念文集》（附录），湖北人民出版社1989年版。

革命的事情绝口不谈。居正因事被软禁，身单影只，甚为苦楚，旁人避之不及，先生则常往看望，与其谈心解闷。后居正事平，复就高位，先生却不复往见。居正感于先生情谊，亲赴量守庐，诘问不访之故，先生回答说："君今非昔比，宾客盈门，我岂能作攀附之徒！"黄季刚先生在友人困难时能相助，在友人得势时不相求。此足见先生性格。

黄季刚先生自辛亥革命失败后，主要精力用于教学与学术研究，此外则喜欢赋诗填词。他一生创作了一千四百余首诗词。先生虽不以诗词为职，却以诗章明志。先生常将自己忧国忧民、反抗外族侵略的思想通过诗词表达出来。

癸丑十月（1913 年 11 月），黄季刚先生有《乱后始至南京作》一诗：

> 征毂才停意已惊，疏灯断析石头城。道旁一望皆荒土，乱后重来似隔生。
>
> 劫火经秋留烧迹，寒江入夜送潮声。纷纷成败何须数，独为遗民诉不平。

诗中反映了袁世凯镇压孙中山等领导的"二次革命"后，给南京留下的一片残墙断壁、人烟稀疏、疮痍遍地的目不忍睹的景象。

又如《书愤》：

> 谁令蛮触日相争，应怪蚩尤作五兵。诸将未须夸斩拿，虫沙猿鹤尽苍生。

《杂感》：

> 萧萧短鬓怯西风，闵乱忧生壮志空。幸免长饥已逾分，不须憔悴悔雕虫。
>
> 谁信陶潜是隐沦？荆轲一咏见天真。种桑未采山河改，聊傍东轩作醉人。

《行路难》：

> ……
>
> 十城荡荡九城空，大军过后生荆杞。恸哭秋原一片声，谁人不起乱离情。
>
> 已经杀惊成常事，终美共和是美名。游氛蔽天关塞黑，易京留滞归不得。
>
> 谁令虎豹守天阍？坐见豺狼满中国。
>
> ……

这些诗揭露了社会的黑暗和战乱后人民群众的困苦情形，字里行间，处处流露出先生的"闵乱忧生"之情，从中亦可见先生革命情怀。

特别是在晚年，日本帝国主义的侵略给他思想上带来了极大的苦痛。黄季刚先生更加深切地关怀着祖国的前途和民族的命运。这从黄季刚先生晚年的文学创作中可以清楚地看到。如1931年9月20日（即"九·一八"后的第二天），先生写了一首《闻警》：

> 早知国将亡，不谓身真遇。辽海云万重，无翼难飞赴。

又如写于1932年冬天的《岁暮书感二首》：

> 杀节凋年惨惨过，惟将泪涕对关河。沧溟鳌抃移山疾，武库鱼飞弃甲多。
> 一国尽狂应及我，群儿相贵且由它。贤愚此日同蒿里，只恐无人作挽歌。
>
> 弧张弧说事何如，载鬼仍惊满一车。北斗挹浆空有象，东郊种树岂须书。
> 失巢仁吊依林燕，聚糁先怜在沼鱼。病肺愁时逢止酒，那能因梦到华胥。

"九·一八"事变后，黄季刚先生目睹民族危难日益深重，忧伤至深。在这些诗中，表现出先生对日寇入侵的痛恨，对国家现状、民族前途的深切忧虑。爱国主义激情溢于言表。

1935年10月6日，即农历重九节，季刚先生率子女甥婿至南京鸡鸣寺豁蒙楼游玩，因身体不适便回到九华村"量守庐"书房闷坐，郁郁寡欢。有感于李后主《却登高文》，提笔写了一首七言律诗《乙亥九日》：

> 秋气侵怀正郁陶，兹辰倍欲却登高。应将丛菊沾双泪，漫藉清樽慰二毛。
> 青冢霜寒驱旅雁，蓬山风急抃灵鳌。神方不救群生厄，独佩萸囊未足豪。

诗中对日本帝国主义猖狂的侵略威逼，切齿痛恨；对流离失所、无家可归的人民群众深表同情；而对自己虽能安居治学却缺少救国救民的"神方"感到惭愧不安。体现了黄季刚先生为了民族生存，为了社会进步不懈地奋斗和追求的崇高思想境界和精神。

当天，黄季刚先生因胃血管破裂，吐血不止，抢救无效，两天后，即10月8日便与世长辞了，年仅49岁。弥留之际，他仍念念不忘国事，问家人："河北近况如何？"并连连叹息："难道国事果真到了不可为的地步了吗？"其关心国家生死存亡之心由此可见。汪辟疆教授曾非常深刻地指出："盖先生（指黄侃）本性情中人，气愤填膺，虽在弥留之际，犹未忘怀国事，即此一端，已足见其生平矣！"[1]

---

[1] 汪辟疆：《悼黄季刚先生》，原载《制言》第7期，后收入《量守庐学记》，生活·读书·新知三联书店1985年版。

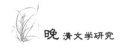

纵观黄季刚先生的一生，不仅是严谨治学，对我国学术和文化做出了卓越贡献的一生，也是革命的一生，爱国的一生，追求光明的一生。他的爱国主义精神和优良的治学风范，将激励着我们去建设繁荣昌盛、光辉灿烂的强大的现代化的中国。

（《华中师范大学学报》1989年第3期，合作，本人执笔完成）

# 爱国志　才人笔

## ——黄侃散文浅论

黄侃（1886—1935）是我国近代著名的文字学家、训诂学家和音韵学家，继章太炎之后的一代国学大师，也是著名的民主革命思想家和文学家。他的散文和诗歌创作以及他的文学理论，同他的革命实践活动、思想发展变化紧密地结合在一起，具有鲜明的特点，在辛亥革命时期的资产阶级革命文学中占有重要地位。这里，仅就其散文创作情况做一个简要的探讨。

一

黄侃的散文，大多散佚，现已收集到的，仅是其散文创作中的一部分。[1] 从现存散文可以看出，与他的生平经历一样，其散文创作以辛亥革命失败为分界线，明显地分成前后两个时期。

黄侃前一个时期的散文创作以宣传推翻清朝政府统治的革命政论和时评为主。这些文章气势宏大，汪洋恣肆，论说透彻，逻辑严密，感情强烈，笔锋犀利，充满了反对外来侵略和民族压迫的浩然正气，洋溢着拯救民族命运的革命激情，真可谓是在社会转折时期发聋振聩的洪钟巨响。

1905—1907年，资产阶级革命派与改良派之间展开了激烈的论战。在改良还是革命，君主立宪还是民主共和等根本性问题上，一部分人，包括革命派内部的一些人，

---

[1]　湖北省人民政府文史研究馆校订、湖北人民出版社1985年版《黄季刚诗文钞》，收有散文52篇。

正处于怀疑、动摇或莫衷一是的时候，黄侃鉴于鸦片战争后中国的历史事实，清醒地认识到，要挽救民族危亡，使中国走上繁荣昌盛的道路，就必须推翻清王朝的封建统治，就必须让人们摆脱康、梁等人"纪孔"、"保皇"说教的影响。因此，他在《民报》上发表了一系列充满革命激情的文章，向清政府和保皇派展开猛烈的攻击。他的《专一之驱满主义》一文，斥责立宪派为禽兽之畴，对封建专制主义的腐朽祸国和资产阶级改良主义者、保皇派鼓吹君主立宪的实质揭露无遗，并详尽地阐述了推翻清王朝的方式。他号召，"兴兵伐罪之业，在吾国人之一心"，"甘殉驱满主义而不悔"。认为只有这样才能推翻清政府，拯救"汉民之不亡"。在《哀贫民》中，他立足于民间调查的事实，具体揭示了旧中国农村现状以及农民在残暴的专制统治下所过的非人的生活情状。他进而分析了贫困的根源，揭露了封建制度对农民残酷剥削和压迫的罪恶，指出广大农民贫病交困的根本原因不是天命（即封建礼教所谓"命"与"分"），而是地主阶级的压榨和盘剥；并提出要想摆脱困境，改变贫富不均的社会现状，就必须起来造反，就必须进行革命。文章结尾写道："复平等之真，宁以求平等而死，毋汶汶以生也。事之济，贫民之福也；若其弗济，当以神州为巨冢，而牵率富人与之共瘗于其下，亦无悔焉尔。哀哉贫民，盍兴乎来！"短短几句话，既反映出资产阶级上升时期的"不自由，毋宁死"的思想，又表现了革命者反抗封建压迫的大无畏革命精神。特别应该指出的是，那时革命党人所写文章，大多站在民族主义立场，从种族压迫出发反对清政府的统治；其革命活动也仅限于知识分子和华侨之中。而黄侃却能深入民间，根据民间调查的事实对封建统治下的中国农村现状做出深刻分析，阐明推翻封建统治、消灭地主阶级才是农民翻身的唯一出路，这在当时历史条件下，堪称远见卓识。写此文时，作者年仅 21 岁，难怪章太炎读其文后称赞道："季刚始从余学，年逾弱冠，所为文已渊懿异凡俗。"《释侠》通过对"侠者"一词多方面的阐释，认为"凡我汉民"，已"死丧无日"，而"光复之事"，"舍侠者莫任"，号召革命者以民族大义为重，"一其心，砺其器"，仗义行侠，"誓捐一死，以少尽力于我同类，而剪除一仇敌"，拯救人民苦难，推翻封建专制统治。《论立宪党人与中国国民道德前途之关系》，历数康有为、梁启超等保皇派误民罪国的事实，并对君主立宪的本质做了淋漓尽致的揭露。此文将保皇派的理论驳斥得体无完肤，极大地鼓舞了革命党人的战斗意志。在《哀太平天国》一文中，通过太平天国兴盛衰亡历史的回顾，总结了太平天国革命的经验和教训，号召革命党人"仗太平之所志，而易太平之所为"，肩负起推翻清王朝、拯救民族的重任。评价公允，

见解深刻，表现出民主革命家的卓识。在《刘烈士道一像赞》中，他高度赞扬了刘道一烈士的革命志向和出众才干，对其牺牲表示沉痛的哀悼，认为"汉终不亡，君名不死"，表示要"速行君志，庶慰君魂"。

1911年七八月间，黄侃从开封回到汉口，《大江报》社长詹大悲设宴招待。酒后谈论时政，对现实十分不满。黄侃大骂立宪派，认为他们提出的和平改革方案纯属欺骗。当下奋笔为《大江报》撰写时评，题为《大乱者，救中国之妙药也》。翌晨黄侃就动身回蕲春去了。此文一刊出，对革命党人来说，有如一声春雷，震撼神州大地，勇气倍增；而清王朝则大为震惊，认为这是大逆不道，竟下令封闭《大江报》，逮捕了詹大悲和何海鸣。由此可见此文的影响。文章呼吁"爱国之志士"，"救国之健儿"奋起进行"极烈之改革"，并指出："大乱者，实今日救中国之妙药也……和平已无可望矣。国危如是，男儿死耳！好自为之，毋令黄祖呼佞而已。"虽然全文仅二百余字，却充满了一个革命者对封建专制制度的切齿痛恨和渴望决一死战的战斗豪情。同时，它像一把利剑刺中了清王朝的要害，成为讨伐清政府的战斗檄文。文章发表不到三个月，辛亥革命爆发，成为武昌起义的间接导火索。

轰轰烈烈的辛亥革命虽然胜利，却以袁世凯窃取大总统职位而告终。黄侃痛国事日非，党人遭害，世乱如麻，变革中国的理想化为泡影，于是，他采取不合作的态度，断然脱离政界，不再过问政治，不求仕宦，潜心教学和研究学问。尽管如此，他对国家民族的忧愤却从未稍减，黄侃毕竟是一位受中国传统文化影响很深的学者，在没有更新的科学的世界观作指导的历史条件下，还是走上了历代文人所走的道路：一帆风顺，则意气风发，指点江山，准备干一番大事业；遭遇挫折则退回到"自我"的小天地，加强个人修养。不同的是，黄侃并没有消沉，而是以治学传学作为存亡继绝的途径。这种政治、思想上的转折，直接影响到他的散文创作。因此，黄侃后一个时期的散文创作主要是文学性较强的、短小灵巧的散体文（或称作杂体文）。概括起来有以下几个方面。

一是为古人和师友的学术著作所写的序、跋、题词、赞、识语。这类文章往往短小精悍，评价中肯，简洁明了，不溢美，不护短，独抒己见。如《法言义疏后序》、《十三经证异序》、《毛诗正均赞》、《金声题辞》等篇。不仅如此，作者还能在有限的篇幅中，考证典籍钞本或典籍中所记历史人物事迹的真伪，精要简括，令人信服。如《日知录校记序》、《书后汉书论赞后》、《曹子建洛神赋识语》等篇。

二是为亲朋、师友所写的哀、奠、吊文和墓志铭、墓表等类文字。如《清故国子监生蕲州黄君妻肖孺人墓志铭》、《孙翊谋暨妻某氏合祔墓志铭》、《童先生墓表》、《吊汪容甫文》、《先师刘君小祥奠文》、《念楚哀辞》等。它们或抒发对亲属的深切怀念，或表现对友人的推崇，或表达对前辈和先师的敬仰，或痛悼爱子的夭亡。其情真，其意切，溢于言表。

三是赋、铭之类的文章。有的托物言志，借物以表达自己高洁的品质和美好的愿望，如《牡丹赋》、《桂花赋》、《樱花赋》、《砚铭》、《徐氏砚铭》等；有的抒写战乱给人民带来的痛苦、分离，反映出作者忧愤的心情，如《伤乱赋》、《别怨赋》等；有的借古喻今，表现作者对时局的忧虑，如《宫沟秋莲赋》；有的则直接书写自己的情怀，抒发其不平，如《写怀赋》。这类文章皆构思精巧，文辞华美，对仗工整，绚丽多姿。

另外有一些记人、记事、纪游的文章，内容生动具体，简洁流畅。《太炎先生行事记》，记述章太炎生平革命活动、学术成就，仅用了八百余字，真可谓惜墨如金。文中提出"学术不绝，民犹有所观感"的观点，启人深思。《自序》一文，对比古人而叙写自己之不足，别具一格。《梦谒母坟图题记》，描绘故乡的风土景物，叙写母亲的坟墓和梦谒，将自己对故乡和亡母的眷恋寄寓于幽邃、凄清的文字里。文章结尾用《诗经》中"岂不怀归？畏此罪罟！"的诗句，表达出作者的家国之痛和对清政府迫害革命志士的愤慨之情。在《秋日泛舟大通河序》中，通过描绘大通河两岸秋天的美好风光、动人景象，叙述登岸赏景、寻村畅饮、赋诗助兴以及夜归情形和河上夜景，既赞美了祖国的大好河山，又表达了工作之余作者在"得侣非易，择池亦难"的情况下，与友畅游的舒适心情。此类文章大都写得逼真传神，叙述得体，文辞简洁，读之如亲临其胜，亲见其人。

还有一些是与师长、友人、亲属的来往信札。主要内容是向师长、友人请教、商讨学术问题，敦促后学上进，表达自己对他们的怀念和感激之情。如《上太炎先生书》、《与徐行可书》、《与刘静晦书》、《与侄耀先书》等。无论是对长辈、平辈还是晚辈，信中措辞皆极其谦和，表现了一代国学大师勤奋刻苦、谦逊好学的高贵品质。

二

黄侃的散文不仅内容充实，丰富多彩，而且具有很高的艺术技巧，给人一种美

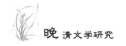

的享受。纵览黄侃散文，具有以下几个特点。

首先，内容和形式的高度统一。黄侃的散文，都是根据内容需要来确定反映这种内容的形式的，把内容和形式紧密结合起来，形成一个和谐的统一体。他前期的政论文和时评，由于同资产阶级改良派论战的需要，往往鸿篇巨制，洋洋洒洒，而且将强烈的爱国主义激情和对封建专制制度的满腔愤怒，寄寓在他宗法汉唐的生花文笔上，热情洋溢，观点鲜明，中外对照，反复论说，文辞严密，刚劲有力，既令人信服，具有极强的说服力，又振奋、鼓舞人们的斗志。如《哀贫民》一文，作者运用汉唐笔法，将"富者"与"贫者"进行对比，阐明其贫富悬殊，并详尽地叙述了"吾乡"、"贫者困象"，论证"命"与"分"的关系和实质，最后指出，"贫者"之所以贫穷，乃"富人夺之"之故。号召人们"复平等之真，宁以求平等而死，毋汶汶以生也"。文章汪洋恣肆，热情奔放，文笔锋利，洋洋洒洒，四五千余言，对贫苦农民寄寓无限同情。再如《大乱者，救中国之妙药也》，文章虽篇幅短小，但具有坚实的社会内容，而且文笔流畅，气势凌厉，刚健雄劲、慷慨激昂，读之，令人感奋不已。

他后期的杂体文，或记一人，或述一事，或咏一物，或阐明一观点，或考证一书之真伪，内容单一，因而皆篇幅短小玲珑，形式生动活泼，笔调冷峻，文辞淡雅，细细品之，有隽永深醇之感。如《梦谒母坟图题记》、《秋日泛舟大通河序》、《吊汪容甫文》、《日知录校记序》等等。特别是他的小赋，或咏物，或抒怀，不仅体制较小，抒情意味浓厚，而且比喻贴切生动，语言清新朴实，文采飞扬，深得魏、晋遗风。如《牡丹赋》、《桂花赋》、《写怀赋》等篇。黄侃散文内容和形式的完美统一，使它富有较强的艺术感染力。

其次，结构谨严，论证充分，说理透彻，逻辑性强。黄侃的散文，无论鸿篇巨制，还是体制短小，其结构皆缜密、严谨。如《专一之驱满主义》，首先指出要光复大业，必须明确种族与政权相较，种族为大；接着分析君主立宪较封建专制的利、弊，阐明君主立宪的本质，起义推翻清政府的艰难，最后提出驱满的方式——暗杀。文章一环扣一环，层层深入，步步推进，逻辑性很强。在论述过程中，注重事实，例证充足，论证透彻有力。如在《曹子建洛神赋识语》这篇短文中，作者开篇不同意曹植写《洛神赋》为"感甄"的说法，随后展开论证。作者列举大量历史文献和事实，从四个方面详尽阐述了自己的观点，最后得出结论："《洛神赋》但为陈王托恨遣怀之词，进不为思文帝，退亦不因甄后发"，纯系"闲情所寄，涉笔成篇"，令人信服。又如《论立宪党人与中国国民道德前途之关系》一文，数列了立宪党人的很多罪状，第六个罪状是"无耻"。为什么说立宪党人无耻？作者列举了七条理由，令人无可辩驳，真可谓充分而透彻。

再次，运用了多种修辞手法，来加强文章的表达效果。其一是排比。如："强弱判而无力者危；贫富悬而无赀者殆；贵贱分而无势者困；智愚辨而无知者伤。"[1]"治国化民，不可不资于学；安众齐人，不可不资于教；整军经武，不可不持以仁。"[2]排比句的运用不仅增强了文章的气势，而且句子整齐，读起来朗朗上口，富于音乐感、节奏感。其二是对比。如："第其民之智力，富者若有余，而贫者以贫得愚。视其朝廷之爵禄，富者据之不惭，而贫者以贫得贱。"[3]揭露了封建社会的不公平和社会制度造成的贫富悬殊现状。又如："言革命至危，而言立宪安耳。言革命，则将尽捐其好名、慕势、竞利之心，而所持之术，动与险会；言立宪，则名与势、利从欲而至。伪政府待群媚儿，又岂肯稍加戮辱哉！言革命者，奔走关河，所与交者，大氐皆枯槁之士；言立宪者，安居一室，所与交者，大氐皆浮华之徒。言革命者，在国外虑皆穷士，甫入国境，即指为乱党，而受诛夷，眷属宗姻，皆将不保；言立宪者，在国外俨然政党，返国而后，上则为政府之谋臣，下则为诸侯之策士，最少亦能据一乡以自霸，结一官以自豪，富贵显荣，如操左券，妻妾子女，悉享欢娱。"[4]两相对照，将革命党人一无所有、义无反顾和立宪党人富实殷厚、瞻前顾后的特性表现得鲜明而又深刻。其三是比喻。如："今之国家，皆如七八十之老翁，貌虽可支，而扶杖龙钟，正不知死根之夙伏，举旦暮间物耳"[5]。比喻封建社会的岌岌可危，惟妙惟肖。又如："汝之嗜利，有如豺狼。"[6]比喻贴切、恰当，将立宪党人的本性刻画得入木三分。此类例子真是举不胜举。

另外，诸如词汇的丰富多彩，句子排列和组织的富于变化等等，就不一一阐述了。

---

[1] 黄侃：《释侠》，见《黄季刚诗文钞》，湖北人民出版社 1985 年版，第 13 页。

[2] 黄侃：《哀太平天国》，见《黄季刚诗文钞》，湖北人民出版社 1985 年版，第 27 页。

[3] 黄侃：《哀贫民》，见《黄季刚诗文钞》，湖北人民出版社 1985 年版，第 7 页。

[4] 黄侃：《论立宪党人与中国国民道德前途之关系》，见《黄季刚诗文钞》，湖北人民出版社 1985 年版，第 21 页。

[5] 黄侃：《专一之驱满主义》，见《黄季刚诗文钞》，湖北人民出版社 1985 年版，第 3 页。

[6] 黄侃：《论立宪党人与中国国民道德前途之关系》，见《黄季刚诗文钞》，湖北人民出版社 1985 年版，第 25 页。

# 三

黄侃之所以能写出那么多内容充实、绚丽多姿，又具有很高艺术价值的散文作品，是与他忧国忧民的思想、丰富的生活实践、渊博的学识和深厚的文学修养分不开的。他出自书宦门第，父亲黄云鹄以文章名于世，家学渊源，对其亦不无影响。此外，黄侃那种"师古而不为所役，趋新而不畔其规"[1]、博采古今各家之长而为己用的品格和精神，也是他写出许多为人称道的散文作品的不可缺少的条件。章太炎曾在黄侃《梦谒母坟图题记》题后中给予他很高的评价："若其精通练要之学，幼眇安雅之辞，并世固难得其比。"[2] 著名训诂学家、学者殷孟伦先生读黄侃之文，亦指出："斯文也，高、明、广、大。"[3] 这个评价也是很精当的。

应该看到，黄侃秉承师训，所追慕的那种格调高古的魏、晋文风，对其散文创作和效果起过很好的作用，但由于用词过于典雅、奥僻，在今天看来，也影响了他的散文传播和应达到的社会作用。

黄侃的一生是革命的一生，忧国忧民的一生。他十几岁即投身革命活动，奋笔著文，揭露封建社会弊端，为推翻清政府奔波、呐喊。辛亥革命失败后退入书斋，走上讲坛，亦时刻关注革命前途，人民疾苦。就是在临终前一刻，还关心着河北局势，念念不忘国事。尽管前期散文感情充沛，慷慨激昂，锋芒毕露；而后期散文清新朴实，隽永深醇，委婉含蓄，但贯穿其间的主线仍然是强烈的爱国主义思想。著名训诂学家、学者陆宗达先生说：黄侃诗文可用"爱国志，民族魂，才人笔"[4]九个字来评论，可谓至当。

黄侃的文学创作（除散文外，还有近一千四百首诗、词），自成家数，是辛亥革命思想文化运动的一个重要组成部分，也应当在文学史上占一席之地。过去研究黄侃，多着眼于文字、训诂、声韵和文艺理论以及校勘等方面，对其文学创作方面

---

[1] 黄侃：《书后汉书论赞后》，见《黄季刚诗文钞》，第41页。

[2] 转引自黄焯：《记先从父季刚先生师事余杭仪征两先生事》，选自《量守庐学记》，生活·读书·新知三联书店1985年版。

[3] 殷孟伦：《黄季刚诗文钞·序》，见《黄季刚诗文钞》。

[4] 陆宗达：《黄季刚诗文钞·序》，见《黄季刚诗文钞》，湖北人民出版社1985年版。

的研究很少涉及，现应当引起文学理论界的重视。

（《黄侃纪念文集》，湖北人民出版社 1989 年 3 月版）

# 爱国志　民族魂　才人笔
## ——黄季刚先生诗歌创作简论

　　黄季刚先生（1886—1935），名侃，号季子，别号量守居士，是我国近代的一位国学大师。其实他还是一位近代著名的民主革命家和文学家。由于先生的革命业绩和文学成就一直为其学术成就所掩，尚未引起学术界的重视。作为民主革命家，笔者曾有专文论述[1]；作为文学家，其成就是多方面的，不仅有散文、诗歌和词的创作，而且还有文学翻译。对于先生散文、词和文学翻译的成就，笔者亦有专文论述[2]。本文拟就先生的诗歌创作进行初步探讨，以就教于方家。

一

　　季刚先生早年赴日本求学，并积极投身于民族民主革命洪流，列名同盟会，奋笔著文，揭露封建社会弊端；又曾参与武昌起义的领导工作，为推翻清政府奔走呼号。辛亥革命失败后，先生目睹国事日非，理想难以实现，自己又无力改变现实，遂退入书斋，走上讲坛。几十年中，先生在学习、教学与学术研究之余，则喜欢赋诗填词，时常同师友、学生"赋诗相唱和"[3]，写过很多诗词。根据有关资料的记载，先生至迟从光绪三十二年（1906）开始诗歌创作。然在日所赋之诗除少数曾刊载于当时的报章杂志或出过小册子外，大多数都未发表；且"多随兴而作，顺手散失，更难见

---

　　[1]　黄建中、李昭民、程翔章：《民主革命的先驱——黄季刚先生》，载《华中师范大学学报》1989 年第 3 期。

　　[2]　程翔章：《爱国志　才人笔——黄侃散文浅论》，选自武汉老龄科学研究院、武汉成才大学主编：《黄侃纪念文集》，湖北人民出版社 1989 年版。

　　[3]　章太炎：《黄侃墓志铭》，载《制言》第五期（1935 年），收入《量守庐学记》，生活·读书·新知三联书店 1985 年版。

完整的原稿"[1]。今天所能见到的，有的是其子侄平时从字纸篓中拾取而搜集的，有的是以手稿墨迹或传钞本形式保存下来的，也有的是先生登录在自己日记中保存下来的。

季刚先生对自己的诗词作品要求很严，不肯轻易示人；亦不甚惜，稍不惬意，即毁弃之。他曾多次与弟子论及自己的诗词作品，并以骨牌为喻，谓古人之诗词为天九，自己的诗词为地八。既有天九，地八则不必存。告诫弟子以后不要刻印他的诗词。[2] 此虽先生自谦之语，然亦可见先生对自己创作的严谨态度。

先生在日，自编、手定或子女编定的诗集较多，计有《楚秀庵诗钞》、《云悲海思庐诗钞》、《缟秋华室诗钞》、《居东杂事》、《北征集》、《石桥集》、《量守庐诗钞》等多种，其中有几种曾以钞本形式印行过。1985 年 9 月，先生诞辰一百周年暨逝世五十周年之际，湖北人民出版社出版了由湖北省文史研究馆校订的《黄季刚诗文钞》，其中收录先生之诗最富，计古、今体诗 1 017 首。但这仍不是先生诗作的全部。先生的弟子潘重规教授于戊辰年（1988）在台北据先生手订或印行的旧稿缮录编印了《量守遗文合钞》，计上、下两册，分别收入先生诗、词、文各若干。其中收录诗 313 首，包括《缟秋华室诗》127 首，《北征集》149 首，《游庐山诗》37 首。潘先生在"合钞说明"中指出：《缟秋华室诗》集中之诗，《黄季刚诗文钞》中失收 21 首；《游庐山诗》集中之诗，《黄季刚诗文钞》中失收 10 余首。即此可见先生诗歌创作之一斑。

季刚先生对于诗歌创作的论述和评论，尚未见有专文，但从他的论诗绝句《漫成六首》中，亦可见出其论诗的主张和观点：

> 寓目曾无得句新，奚囊何用苦搜寻。三年两句诗请窘，未解流泉是妙音。

> 江山云物古今同，比拟雕镌术已穷。要识胸情宜直举，后人何必怯争锋？

> 作奏诚宜去葛龚，矫情独造亦无功。候人破斧沿前制，始识文章有至公。

> 忧生悼世感无端，篇什原宜当史看。汩没真情拟风雅，可怜余子美邯郸！

[1] 湖北省人民政府文史研究馆校订：《黄季刚诗文钞·校订说明》，湖北人民出版社 1985 年版。

[2] 见刘博平《师门忆语》、曾缄《量守庐词钞·序》以及程千帆《忆黄季刚老师》，均载《黄侃纪念文集》。

文章何苦较崇卑，兰菊英蕤各一时。上采风骚下谣谚，果能真挚尽吾师。

歌泳终须本性情，三年刻楮费经营。杜韩同有文章在，只惜《南山》逊《北征》。

显然，黄侃先生论诗与随园类似处颇多，但又有不少新的阐发。其持论甚为宏通，不带宗派。他主张天籁，反对冥思苦想；主张本自性情，反对模拟抄袭；主张直抒胸臆，反对伪饰雕琢。这些主张和观点，与他在《文心雕龙札记》中所表达的文学主张也是一致的，即主张作诗文要以自然之道为基础，表达自己的真情实感，而反对"雕琢过甚"。他认为，诗文之事丝毫不能脱离自然，脱离社会现实生活，只有具备高度的艺术修养和艺术技巧，并运用"神思"，才能创造出源于自然而又美于自然的作品来。认真阅读先生之诗文，可知先生实践了自己的主张。

## 二

黄季刚先生虽不以诗词为职，却常以诗章明志。其诗视野开阔，涉及面广泛，内容异常丰富。概括起来，主要反映了以下内容。

其一，抒发炽烈的忧国爱国之情。

癸丑十月（1913 年 11 月），先生写有《乱后始至南京作》一诗：

征毂才停意已惊，疏灯断柝石头城。道旁一望皆荒土，乱后重来似隔生。

劫火经秋留烧迹，寒江入夜送潮声。纷纷成败何须数，独为遗民诉不平！

诗中描绘了袁世凯镇压孙中山领导的"二次革命"后，给南京留下的一片残垣断壁，人烟稀疏，疮痍满地，令人目不忍睹的景象。

又如《十一月十七日即事》：

又见河边鹙枥飞，神州神器竟谁归？升坛尚自劳三让，奉使应须遣五咸。

南国后皇空树橘，西山义士漫餐薇。华胥梦破残生在，独向斜阳泪满衣。

《谁信》：

谁信迁生有远忧？飘零还自念神州。《七哀》每下伤时泪，《五噫》终成避地游。

短翼差池难再整，孤行却曲几曾休？独怜江上春如许，落日清笳动客愁。

军阀连年混战，人民悲苦飘零，国亡迫在眼前，先生虽不问政事，然见此情景，

亦忧心如焚，唏嘘叹息，以至泪下沾衣。诗人的这种炽烈的忧国之情，随着日本帝国主义侵华步伐的加速，表现得更加忧愤和深沉，如其《读史至靖康之事感而有作》曰：

天心人意两茫茫，时世何期似靖康！城闭言开终不听，师全地丧倍堪伤。
乞灵六甲皆儿戏，卖国三川足货郎。犹幸东南能退保，主和无用则汪黄。

又《古北口》亦曰：

碣石西来尽举烽，惟凭虎北保尧封。雄关又见成瓯脱，回首辽阳路万重。

日寇在前，国势危急，烽烟遍起，民不聊生；然而防军不战自退，国民求战不得，睹此景象，诗人悲愤难平，借古讽今，声泪俱下，直泻笔端。

其二，表达其深沉的忧民爱民之怀。

如《杂感八首》之三：

萧萧端冀怯西风，闵乱忧生壮志空。幸免长饥已逾分，不须憔悴悔雕虫。

又《杂感八首》之五：

谁信陶潜是隐沦？荆轲一咏见天真。种桑未采山河改，聊傍东轩作醉人。

又《行路难》：

……

十城荡荡九城空，大军过后生荆杞。恸哭秋原一片声，谁人不起乱离情。
已经惊杀成常事，终羡共和是美名。游氛蔽天关塞黑，易京留滞归不得。
谁令虎豹守天阍，坐见豺狼满中国？酒尽歌阑无复陈，猿鸣鬼笑殊愁人。

这些诗，揭露了黑暗的社会现实，叙写了战乱给普通民众带来的灾难困苦，字里行间处处流露出先生的"闵乱忧生"之情，从中亦可见诗人的革命情怀。不仅如此，诗人还对造成民众流离失所、饥寒交迫的根源——新旧军阀连年混战，政府官员结党争权的社会现实进行了无情的鞭挞。如《书愤》：

谁令蛮触日相争？应怪蚩尤作五兵。诸将未须夸斩获，虫沙猿鹤尽苍生。

又《杂感四首》之四：

弭乱谁闻肉食谋，幽都一望为君愁。真疑举国皆朋党，直与齐民作寇仇。

间左几人逃桎梏？城中何日静戈矛？地维绝后身仍死，枉羡共工据冀州。

新旧军阀只知连年交战，争夺地盘；政府官员只知尔虞我诈，争权夺利，根本不管普通民众的死活。先生见之，愤怒难平。

诗人还写过一首《偶感》：

民力凋残硕鼠多，哀鸿满野欲如何？隔人尽解均平富，岂独青神王小波？

诗中对普通民众的疾苦已不只是限于同情了，而是代表民众向统治者提出了控诉和抗议，支持"均贫富"的农民起义，这与他早期政论文《哀贫民》的思想是一致的。

其三，反映其深切关怀祖国存亡、民族命运，反抗外来侵略的思想。

诗人晚年，正值日本帝国主义加紧侵华之时。这给他思想上带来了极大的苦痛，从他晚年大量的诗歌中就可以清楚地看出。例如，1931年9月20日（即"九·一八"事变后的第二天）诗人写的《闻警》一首：

早知国将亡，不谓身真遇。辽海云万重，无翼难飞赴。

诗人得知日寇侵华消息，坐卧不安，恨不能"飞赴"万里之外的"辽海"，亲临抗敌前线。

1932年冬天，他又写了《辛未岁暮书感二首》：

杀节凋年惨惨过，惟将涕泪对关河！沧溟整扦移山疾，武库鱼飞弃甲多。
一国尽狂应及我，群儿相贵且由它。贤愚此日同蒿里，只恐无人作挽歌。

弧张弧说事何如？载鬼仍惊满一车。北斗把浆空有象，东郊种树尚存书。
失巢伫吊依林燕，聚惨先怜在沼鱼。病肺愁时逢止酒，那能因梦到华胥？

"九·一八"事变后，诗人目睹民族危难日益深重，忧伤至深。这些诗中，表现出诗人对日寇入侵的憎恨，对国土沦丧的痛惜，对屈辱求和的愤慨，对国家、民族前途的深切忧虑，爱国主义激情，溢于言表。

1935年10月6日，即农历重九节，诗人率子女甥婿至南京鸡鸣寺豁蒙楼游玩。后因身体不适回九华村"量守庐"书房闷坐，郁郁寡欢。有感于李后主《却登高文》，挥笔写了一首七律《乙亥九日》：

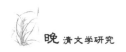 

秋气侵怀兴不豪，兹辰倍欲却登高。应将丛菊沾双泪，漫借清尊慰二毛。

西下阳乌偏灼灼，南来朔雁转嗷嗷。神方莫救群生厄，击背苌囊空自劳。

诗中对日本帝国主义猖狂的侵略威逼，切齿痛恨；对流离失所、无家可归的普通民众寄寓了深切同情；而对自己虽能安居治学，却无力报效、缺乏救国救民的"神方"感到惭愧不安。全诗凝重、深沉、血泪交融，诗人为国家存亡、为民族进步不懈奋斗和追求的精神溢于言表。

此外，先生还写过不少杂咏诗。如他曾在所藏书目册上写过这样一首诗《题所藏书目簿上》：

稚圭应记为佣日，昭裔难忘发愤时。十载仅收三万卷，何年方免借书痴？

虽然四句诗只有二十八个字，但读者可从作者对置书的喜悦和恨书不富的感叹中，看到一位嗜书如癖、勤奋好学的国学大师的形象。

又如其《戏题计簿上》：

安得身如董仲舒，不关家事但窥书。二毛已见犹漂泊，转学治生计恐疏。

先生不慕荣华富贵、高官厚禄，只希望每天不为"家事"所扰，而能平平安安地读书、做学问。但这样一些最低的愿望和要求都达不到，每天不得不为"治生"发愁。这虽是一首极普通的反应"家事"的小诗，但它却从另一个方面反映了动荡的社会现实给人民大众带来的生存苦难。

季刚先生尚写有很多纪游诗、山水诗、咏物诗、感兴诗、题赠诗，也表达了较丰富的内容和感情，这里就不一一论列了。

## 三

从以上简略的论析可以看出，黄季刚先生的诗作，或抒发个人思想感情；或评论时政，臧否人物；或吟咏景物；或应答酬赠；或探讨学问，论述学风、方法，等等，不仅内容丰富，及时反映了社会现实生活，而且具有很高的艺术性。仔细研读，不难发现以下特点。

第一，诗作充满了强烈的爱国主义思想和激情。翻开先生的诗集，无论是其早年投身革命，意气风发，指点江山时所为之诗；还是其后期退入书斋，走上讲坛后所为之诗，都鲜明地表现了先生时刻关注祖国前途、民族命运、人民疾苦的情怀。这样的诗不胜枚举。就是先生临终前的一刻，仍念念不忘国事，还问家人："河北近况如何？"故汪辟疆教授对他倍加推崇："先生本性情中人，气愤填膺，虽在弥留之际，犹未忘国事，即此一端，已足见其生平矣！"[1] 著名训诂学家、学者陆宗达先生用"爱国志，民族魂，才人笔"[2] 来评价先生的诗文，可谓至当。

第二，诗作具有历史价值，其中相当一部分可以当"史"来读。学人们知道，"史料里把一件事情叙述得比较详细，但是诗歌里经过一番提炼和剪裁，就把它表现得更集中、更具体、更鲜明，产生了又强烈又深永的效果"[3]。季刚先生可谓深得其旨。他也曾说过："忧生悼世感无端，篇什原宜当史看。"阅读先生之诗，也会自然地感受到这一点。先生之诗往往能以简练的笔触、精练的词句，生动形象地勾勒出一幅幅历史的图画，显示出诗人卓尔不凡的艺术才华。如其《五月五日作》：

> 人好生，胡为发杀机？天好生，胡为降大庚？
>
> 生斯国土为此民，无可如何但流泪！
>
> 举家十口三过兵，所忧此世无宁岁！
>
> 却顾街衢十九空，令节良辰总虚置。
>
> 暗雾愁云欲压城，此中冤气兼兵气。
>
> 吁嗟乎！华山之冠空自高，天下安宁不可冀。

1921年农历五月初五，北洋军阀王占元部在武昌发动兵变，致使武昌城乌烟瘴气，十室九空，民不聊生，一片混乱。这首诗就像一幅图画，将当时那种"暗雾愁云欲压城"的情景历历映现在人们眼前。

再如《武昌乱》、《行路难》、《题友人某君所著辛亥札记》、《乱后始至南京作》、《杂感四首之三》，等等，无论是长诗，还是短诗，都有很大的历史容量，这里就不再一一细说了。

第三，题材丰富，形式多样。先生诗集中有五言、七言古诗，五言、七言律诗，五言、七言绝句，还有五言排律。而先生对各种诗体常依内容而定，自然灵活，左右逢源。可见先生在诗歌方面的精深造诣。在各种诗体中，先生于五言诗又用力最工，

---

[1] 汪辟疆：《悼黄季刚先生》，载《制言》第 7 期，收入《量守庐学记》，生活·读书·新知三联书店 1985 年版。

[2] 陆宗达：《黄季刚诗文钞·序》，湖北人民出版社 1985 年版。

[3] 钱钟书：《宋诗选注·序》，人民文学出版社 1958 年版。

得到学术界的公认，称其五言诗"有晋宋之遗"[1]。

另外，先生的诗作不仅格律严谨，对仗工整，音韵和谐，而且寓意深刻，委婉含蓄；其笔法稳练、灵活，比拟生动贴切，语言隽永深醇，都显示了先生深厚的文字和文学功底。

（《高师函授学刊》1994 年第 1 期）

# 黄侃词论略

黄侃（1886—1935），字季刚，号季子，晚号量守居士，湖北蕲州（今蕲春县）人。他早年留日，为同盟会会员。辛亥革命后潜心学术，研究和讲授汉学，成为一代宗师，是著名的音韵、训诂学家，经学家与文学家。著有《礼学略说》、《文心雕龙札记》、《经传释词笺识》、《中国文学概谈》等。在诗歌翻译方面，黄侃也卓有成就，其"译笔清秀高华，自然流转，情思婉娈，有六朝乐府风味"[2]。他的政论时评，感情充沛，抨击时政，尖锐泼辣，被称作是"社会转折时期发聋振聩的洪钟巨响"[3]。他还创作诗词 1 300 余首，真可谓"爱国志，民族魂，才人笔"[4]。其诗格律严谨，对仗工整，音韵和谐，"隽永深醇"，尤其是他的五言诗，"有晋宋之遗"[5]；其词亦笔致隽妙，含蓄委婉，情深意浓，自然流畅。黄侃的诗词，今尚无学人做系统研究。本文试图对其词作的版本情况和词的内容及其风格、特点进行一次简略的勾勒，以期抛砖引玉，就教于方家。

---

[1]　钱基博：《现代中国文学史·古文学》，岳麓书社 1986 年版，第 97 页。

[2]　潘重规：《蕲春黄季刚先生译拜伦诗稿读后记》，选自《黄侃纪念文集》，湖北人民出版社 1989 年 3 月版。

[3]　湖北省人民政府文史研究馆校订《黄季刚诗文钞·校订说明》和程翔章著《爱国志 才人笔——黄侃散文浅论》，载《黄侃纪念文集》。

[4]　陆宗达：《黄季刚诗文钞·序》，湖北人民出版社 1985 年版。

[5]　钱基博：《现代中国文学史·古文学》，岳麓书社 1986 年版，第 97 页。

一

关于黄侃先生词的创作，其弟子曾缄（字慎言）教授曾说过：先生"本贵家公子，少年革命，遍交当世贤豪。意气甚高，俶傥自喜。中年以后，尊为人师。马融授徒，不废声伎。迂拘者议其儇薄，寒俭者震其高华。先生皆不与争，而词则缘此益进"[1]。

根据有关材料的记载表明，黄侃先生至迟于光绪三十二年（1906）开始作词。然先生所填之词，除少数曾刊载于当时的报纸杂志上之外，大多数都未发表；且"多随兴而作，顺手散失，更难见完整的原稿"[2]。今天所见到的词，一部分是"其子侄从纸篓中拾取而搜集的"；一部分是"以手稿墨迹或传钞本形式保存下来"[3]的；还有一部分是黄侃先生于自己的日记中而保存下来的。

黄侃先生对自己的诗词作品要求极严，不肯轻易示人；亦不甚惜，稍不惬意，即毁弃之。他曾多次与弟子论及自己的诗词作品，并以骨牌为喻，谓古人之诗词为"天九"，自己的诗词为"地八"。认为既有"天九"，"地八"则不必存。[4]此虽自谦之语，然亦可从中见出先生对诗词创作的严谨态度。先生在世时，仅曾于1912年在上海手定铅印过《缋华词》一卷，收词165首，系1907—1911年所作，即民国以前的作品。卷前有先生好友王邈、汪东的序文各一篇，另有况周仪题词《减字木兰花》四首。直到1945年5月，值先生去世十年时，才由四川大学曾缄教授在成都编汇印行（铅印）了《量守庐词钞》。书前有曾教授甲申年（1944）序言；书后有其子黄念田先生乙酉年（1945）附记，谓"此集为纪念先君六十诞辰而印"。此集计收词作四种：

第一种，即《缋华词》一卷，将1912年在上海铅印的词集原封不动地收入。

第二种，即《揽蕙集》二卷，收词29首（其中一卷15首，二卷14首），系先生清宣统末至民国元年间的作品。

第三种，即《缋秋华室词》一卷，收词21首，卷末有黄念田先生小识："此卷

[1] 曾缄：《量守庐词钞·序》，选自《黄侃纪念文集》，湖北人民出版社1989年版。

[2] 湖北省人民政府文史研究馆校订：《黄季刚诗文钞·校订说明》，湖北人民出版社1985年版。

[3] 王庆元等：《黄季刚遗著要籍提要选》，载《中国海峡两岸黄侃学术研讨会论文集》，华中师范大学出版社1993年5月版。

[4] 见刘博平《师门忆语》和曾缄《量守庐词钞·序》以及程千帆《忆黄季刚老师》，载《黄侃纪念文集》。

为先兄念华所藏，先君自记曰：'在《缕华》、《揽蕙》、《楚秀庵》三稿中者，此不录。'"它是先生 1906—1919 年所作。

第四种，即《楚秀庵词》一卷，收词 78 首，绝大多数是先生 1920 年 7 月（庚申六月）以后的作品，间或亦收录有民国前后的作品。

上述四种总计收词 290 首，是当时收录先生词作最丰富的一种本子，而这也不过是先生词作的一部分。据黄念田先生在《量守庐词钞》附记中说："先君晚年所为词，载在《量守庐日记》中，以版权契约限制，未能录入斯集……"

1985 年，值黄侃先生诞辰一百周年暨逝世五十周年之际，武汉和南京两市分别隆重举行了黄侃先生学术研讨会；同年 9 月，湖北人民出版社出版了由省文史馆校订的《黄季刚诗文钞》，其中收录先生之词最全（尽管仍然未能尽收），共计 376 首。另外，潘重规先生于 1988 年（戊辰）在台北据黄侃手订或印行的旧稿印行了《量守遗文合钞》上下两册，收词计 299 首。实际上就是将《量守庐词钞》缮录一遍而影印的。

## 二

黄侃先生的词作，根据其反映的内容，大致可分为两大类。

一大类是情词以及少部分惬艳之词，多为小令，主要集中在他的《缕华词》中。这些词，表达了作者的一种缠绵悱恻的情思和愁绪，是先生心中苦恼、郁闷、感伤情绪的一种发抒和排遣，文辞高华，笔致隽妙，其意委婉含蓄。黄侃先生自己在《缕华词》编成自记中亦说过，"……华年易去，密誓虚存。深恨遥情，于焉寄托。茧牵丝而自缚，烛有泪而难灰。聊为怊怅之词，但以缠绵为主。作无益之事，自遣劳生；续已断之缘，犹期来世。壬子六月，编成自记。"如《转应曲》：

蝴蝶，蝴蝶，飞上罗裙双帖。

便教叠入空箱，差胜分飞断肠！

肠断，肠断，忍向别枝重见。

此词开头化用宋代词人张先（字子野）"双蝶绣罗裙"词句，而以"飞上"出之，则更为活脱灵动。中间二句却波浪迭起，实际上罗裙如故，人已分飞，乃云弃置空箱，旧日"双帖"仍在，强作自解之辞。结尾句则真让人"肠断"：所见者旧蝶抑或新蝶？全词寥寥数语，既写了人，又写了事，而且写得起伏跌宕，扑朔迷离，意味无穷，耐人咀嚼。

又如《浣溪沙》：

> 一夜秋风万里寒，所思遥在碧云端，不堪飘泊又摧残！
>
> 帘密惟应星暗入，楼空一任月低看。生愁珠泪湿阑干。

词的上阕用南朝齐、梁人江淹"日暮碧云合，佳人殊未来"诗意，且首句境界甚为开阔，具有新意。下阕则睹物思人，道尽人间凄凉悲愁之情。全词既有借鉴，又有自己的独到之处，悱恻缠绵，感人至深。

黄侃先生的另一大类词是那些反映社会现实生活的词作，主要集中在《揽蕙集》、《缛秋华室词》和《楚秀庵词》与先生晚年所作，且兼收令、引、近、慢等各种体式。这些词多表达作者的忧国忧民、怀旧思乡、哀时讽世的思想。其风格亦愈来愈深沉、稳练。如《西平乐》：

> 晚经玉虫東桥，见团城以北，宫观渐荒，岸柳渚河，无复生意。
>
> 西风乍过，髯箫吹愁！因和梦窗西湖先贤堂词韵，以写感今伤往之怀。
>
> 故国颍阳，坏宫芳草，秋燕似客谁依？笳咽严城，漏停高阁，何年翠辇重归？看殿角孤云覆苑，林杪轻烟漾晚，疏灯数点，波间替却余晖。还爱西山暮色，苍翠处，散影入杨丝。
>
> 坠梧皆井，漂花暗水，一夕西风，人事潜移。空漫想楼延宝月，桥压金鳌，剩有深苔碎蛴，丛竹残萤，犹伴惊鸦识旧枝。凭吊废兴，铜盘再徙，沧海三尘，树老台平，尽划琼华，孤蓬又逐沙飞。

据词牌下原注："丁巳"，可知此词作于民国六年（1917）。"何年翠辇重归"句本意谓当时国家无主，并与开头之"故国颍阳"相照应，做进一步推衍；"铜盘再徙"是说国都由南京再移北京；"沧海三尘"指的是辛亥革命失败，袁世凯称帝失败，张勋复辟失败。全词"凭吊废兴"，借题发挥，"感今伤往"，委婉曲折，情意真切，让人读来亦黯然神伤。

义如《寿楼春》：

> 去国已将一年，故乡秋色，未知何似。登楼眺远，万感填胸！古人有言，悲歌当哭，望远当归。无聊之极，赖有此耳。
>
> 看微阳西斜，倚层楼醉起，秋在天涯。怎奈乡关千里，断云犹遮。悲寄旅，

思年华，问浪游何时还家？想故国衰芜，长亭旧柳，惟有数行鸦。

摧蓬鬓，惊尘沙。听寒风野哭，荒戍清笳。换尽人间人世？海桑堪嗟！

凉露下，沧浪遐，澹一江凄凄蒹葭！但遥想苍茫，招魂路赊，愁转加！

这首词写于民国元年（1912）秋。前一年，武昌起义爆发后，黄侃先生为解汉口之危，曾谋求救兵不遂，而汉口已失守，便辗转抵达上海，与友人主办《民声日报》，至此时已近一年，即所谓"去国已将一年"也。上阕远望当归，下阕长歌当哭，而以乡思、国恨贯穿全篇。整首词脉络清晰，波澜曲折，跌宕有致：由眼前写到家乡，又回到眼前，再写到家乡；所写"衰芜"、"旧柳"、"寒风"、"蒹葭"等，形象鲜明而又富有特征；语言隽永，委婉含蓄，纡徐平缓，数处用典却不露丝毫雕琢痕迹。"寿楼春"乃是难调，创自宋代史达祖（字邦卿，号梅溪）。首句定格用五平声，它句亦多限用三平四平，名似寿词，调实呜咽，故声家视其为畏途，很少有人为此调。黄侃先生不仅不畏难，而且句句妥帖、恰当，字字合律，举重若轻，由此亦可见其功力和才气。

再如《尉迟杯》：

九月十一夜，饮席早归，独留寓楼。忆去年此夜，与两友人自危城逸出，维舟江畔。感念兵戈，悲吟达曙，今忽忽一岁矣。飘零如故，时事日非，怀旧伤离，和清真此解。

沧江路，记一舸夕叙依深树。愁闻战伐声悲，空忆危城何处？多情旧友，曾逐我寒宵宿前浦。有闲鸥自卧荒洲，任人将伴归去。

如今浪迹天涯，还追念扁舟苇渚相聚。往日心情俱零落，难寄意清歌妙舞。何时更逢君水国，叹身世凄凉却共语！只空斋夜久焚香，梦来犹想吟侣！

据词中所说"九月十一夜"，可知此词作于1912年10月20日。其时，先生与好友汪旭初、刘仲遽正寓居上海，编辑《民声日报》。想起北宋词人周邦彦（字美成，号清真居士）所作《尉迟杯·离恨》，黄侃先生感慨万端，抚今追昔，万感交集，故和之，前一年的九月十一日夜晚（即1911年11月1日晚），詹大悲等人出狱后，组织新军光复汉口。十月十四日，成立汉口军政分府，詹大悲任主任，何海鸣、温楚珩、黄侃、陈冕亚等也参与分府工作。十月二十九日，清军冯国璋部攻入汉口市区；

十一月一日汉口陷落。在汉口陷落前几小时,詹大悲、温楚珩、黄侃等一同退登一舟,至晓方才离汉。而1912年3月袁世凯就任临时大总统;4月孙中山正式辞职,黄兴亦辞参谋总长职,改任南京留守;5月英兵入藏;6月六国银行团成立;此年内,江西、湖南、广东、福建皆遭水灾,因此先生感叹"时事日非"。此词上阕回忆汉口陷落后诗人与战友离开"危城"的情形和战友分离,天各一方的悲痛心情;下阕则叙写诗人"浪迹天涯"和思念战友、思念故乡的情怀,以及理想不能实现的忧愤、苦闷。整首词"怀旧伤离",言辞哀婉曲折,意蕴丰厚,而情调低徊悱恻,悲愁凄凉,一咏三叹,从中流露出一股浓郁的对家国、对战友的爱恋之情,真挚感人,使人读来亦在不知不觉中受到深深感染。

## 三

黄侃先生的词,在社会上产生过一定的影响,一直受到后人的关注。近人叶恭绰的《广箧中词》、《全清词钞》和龙榆生的《近三百年名家词选》等皆选有先生多首词作;近几年出现的一些词的选本或鉴赏辞典,也有选录。

只要我们仔细翻阅一下黄侃先生的词作,就不难发现以下几个显著特点。

其一,词风缠绵、婉约。研读先生词作可知,无论是其早年,还是其中、晚年的作品,皆恪守"诗庄词媚"的传统观念,比较明显地受到婉约派词人的影响,呈现出一种悲愁凄凉、缠绵婉约的词风。这种词风在国家处于动荡不安的时候,更能引起文人骚客们的共鸣。在先生现存的376首词中,有不少词就直接标着"和南唐中主(李璟)","拟南唐中主","和同叔(晏殊)","和晏几道韵(晏小山)","和耆卿(柳永)","和清真(周邦彦)","和美成韵","和清真韵","用清真韵","和白石(姜夔)","和白石韵","用白石韵","和梦窗(吴文英)","用梦窗韵","步碧山(王沂孙)韵","用碧山韵"等等字样,由此可见一斑。黄侃先生又于南唐李后主之词作研读最力,且颇有所得,因此其词的风格的形成受李后主的影响最大。而先生功力深厚,才华横溢,善于吸取各家之长而融会贯通以为己所用,这就使得其词作在艺术上更加出神入化,臻于完善。

其二,写真情实感,以情动人。黄侃先生是一个具有独特个性、感情丰富的学者,故流动在其词作字里行间的是他那种平易自然、感人肺腑的真情,没有丝毫矫揉造作之感。无论是先生早期词作,还是中、晚年词作;无论是写给女友的词作、写给

师友的词作，抑或是写给亲属的词作，怀念故国、家乡的词作，无不表现出词人深沉、浓郁的丰富感情。这从前面所举《转应曲》、《浣溪沙》、《西平乐》、《寿楼春》和《尉迟杯》等几首词中就可以明显地感受到。如果我们细细地咀嚼、品味，就会情不自禁地随之而忧愁，而悲痛，而感伤，而叹息，而落泪，而愤怒，而感奋……其三，黄侃先生的学问广博、精深，功力深厚、扎实；且文思敏捷，感情丰富，才华出众。故其词作不仅格律严谨，音韵谐调，语言隽永，极富文采；而且形象鲜明、生动，文笔自然流畅，用典贴切，恰到好处，耐人咀嚼，韵味无穷。这不仅从前面所举几首词可以看出，而且从其他几百首词中亦可见到。

黄侃先生词作的这些特点，是与其特定的历史时代，特别的生活经历和生活环境，以及特殊的思想感情分不开的，我们应该给予充分的认识和理解。黄侃先生的词作是他文学创作、爱国思想的一个重要组成部分，是中国近代文学的一个组成部分，还是辛亥革命思想文化运动的一个重要组成部分，可"与其学术文章，同于不朽"[1]。它作为民族文化的一个方面，作为祖国文化遗产的一部分，值得我们重视、珍惜、继承和弘扬。当然，我们在学习时，对其中那些消极、不健康的东西应该认真辨别并予以剔除，而不应该妄自指责。

（《黄冈师专学报》1994 年第 2 期）

# 拜伦《赞大海》、《去国行》、《哀希腊》三诗究竟为谁译？

1909 年 9 月，苏曼殊编译的《拜伦诗选》由日本东京三秀社正式出版；不久，上海泰东书局亦翻印发行。这是我国第一部外国翻译诗歌专集，计收英国诗人拜伦的《去国行》、《星耶峰耶俱无生》、《赞大海》、《答美人赠束发鎞带诗》和《哀希腊》五题凡 42 首，原文、译文对照。苏氏在书前《自序》中说："比自秣陵遄归将母，病起匈膈，濡笔译拜伦《去国行》、《赞大海》、《哀希腊》三篇。"序中

---

[1]　曾缄：《量守庐词钞·序》，选自《黄侃纪念文集》，湖北人民出版社 1989 年 3 月版。

明确地将拜伦《哀希腊》等三诗说成系自己所译。

然而，黄侃先生却曾自述此三诗为他所译。黄侃先生著有《缲秋华室说诗》一文，并被柳亚子收入《苏曼殊全集》第五册附录中。文中有一段记载说："苏子谷作画，极萧疏淡远之致。偶作小诗，亦极凄婉。景仰拜伦之为人，好诵其诗。余居东夷日，适与（子谷）同寓舍，暇日辄翻拜伦诗以消遣。子谷之友汇刊为《潮音集》（此集于1911年出版），兹录《哀希腊》及《赞大海》二篇，愧不能如原意。然子谷云：'无大违异处。'或不相绐也。《哀希腊》诗，马君武尝译为七言，今更译之，无一字相袭也。《哀希腊》诗凡十六章，章八句……《赞大海》诗六章，章十二句。其第五章为余杭（章太炎）译，盖原义深曲，译两日不成，余杭见而补之。"此文论画说诗，系黄侃先生在苏曼殊去世后为怀念故友而作，同时也隐含着为拜伦《哀希腊》等三诗为自己代苏曼殊所译，且已被苏氏收入译诗集中而辩证之意。它明确地为我们提供了此三诗的译者、翻译时间、翻译经过以及译诗的形式等情况。

那么，这三首诗究竟是苏曼殊所译，还是黄侃翻译而苏氏将其收入集中，这便成了一段公案。历年来出版的文学史以及许多研究苏曼殊的著作和文章，绝大多数沿用的是苏氏自序中的说法，而黄侃自述则并未引起学术界的重视。

在《苏曼殊全集》第五册附录中，收有柳无忌教授写的一篇长文——《苏曼殊及其友人》，其中有几句话对黄侃先生的说法加以否定和排斥："……据他（指黄侃）在《缲秋华室说诗》内所讲，曼殊所译拜伦的《哀希腊》和《赞大海》，实际上是他所译；但我不能相信，大概是曼殊草稿而季刚为修饰罢了。"然柳文却并没有提供有说服力的论据，自然也没有做令人信服的论证。

钱基博先生著《现代中国文学史》称："（苏曼殊）旋以病起胸鬲，遄归将母，与黄侃同译《拜伦诗》；而意趣所寄，尤在《去国行》、《赞大海》、《哀希腊》三篇；则玄瑛与黄侃草创之，而章炳麟润色以成篇者也。"这段文字，显为折中苏、黄自述，以三诗为苏、黄共译。

拙意以为这三首诗的译者当是黄侃先生：

其一，黄侃先生的自述是可信的，应该受到重视。

第一，黄侃先生替他人"代笔"之事还有过。如收入《太炎文录初编》卷二之《讨满洲檄文》，即为黄侃先生手笔。此文刊载于1907年4月《民报》增刊《天讨》，时以军政府名义刊布，并未署作者姓名。世人多以为章太炎先生手笔，实为黄侃先生"代"《民报》主笔章太炎先生所写。黄侃先生在《答平刚少黄诗》中就谈到这

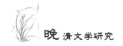

个问题："中原豪士何纷蔼，冥鸿各免置罗害。傲屋皆依新小川，占名咸入同盟会。曾云行远宜高文，一篇民报张吾军。老师为事诚殷勤，二汪（原注：兆铭、东）刘（原注，师培）胡（原注，汉民）具策勋。同时我草驱胡檄，斌玟亦与璀璨群。"台湾学者潘重规先生是黄侃弟子，曾指出：这篇檄文，"张溥泉、刘禹生丈、汪旭初师均谓为先师手笔……刘禹生丈云：'同时我草驱胡檄'即指《讨满州檄文》也"。另据黄侃先生之子黄念平在《忆父亲》文中说，其先父还代章太炎先生写过一篇《丁君墓表》。[1]

第二，我国古代、近代学者不看重署名问题是极普遍的，不少人在自己著作上署假名，或假托先贤之名，或署上朋友之名，尤其是代人所作——或幕僚代恩主，或学生代老师，或朋友相互代笔，自然皆署他人之名，其实例举不胜举。既然如此，黄侃将拜伦《哀希腊》等三诗译好后，让好友苏曼殊将其收入自己编译的集中出版（以致读者以为苏氏所译，而苏氏又以早逝而无法说明，致使黄侃的自述未引起学术界的重视），也就能够理解了。

第三，黄侃先生与苏曼殊同过甘苦，共过患难，友谊甚笃。光绪三十三年（1907），苏曼殊前往日本，与留学日本的黄侃先生会于东京，同住在同盟会机关报《民报》社内，与章太炎先生相依。他们除一起编办《民报》宣传反清革命思想外，经常相聚共论经学、小学，亦时时相互赋诗唱和，甚为契合。次年之后，两人之间的酬唱、赠和及其他方面的交往就更广更多了。仅据《苏曼殊全集》第五册"附录"载，黄侃先生就写有赠、忆苏曼殊的诗5首。[2]两人之间有着如此深厚的交情和友谊，而黄侃先生又是一个才华横溢、性情高傲的人——同黄侃共过事的人都深知，他最讨厌那些不学无术的人，怎么会自己没有翻译拜伦《哀希腊》等三诗，而硬要冒称是自己所译的呢？

总之，黄侃先生的自述是可信的。

其二，黄侃先生除译过拜伦《赞大海》、《去国行》和《哀希腊》三诗外，尚译过拜伦另外的诗。苏曼殊于1908年（戊申）曾编辑出版过《文学因缘》一书。此书是一部英译中国古典诗歌集，附录苏曼殊、盛唐山民译拜伦诗各一题。苏氏在书前"自序"中指出："《留别雅典女郎》四章，则故友译自Byron（拜伦）集中。"苏氏"序"中所指"故友"为谁，没有说明。据《苏曼殊全集》第五册"附录"《苏

---

[1]　见湖北省文史研究馆编《黄季刚先生逝世50周年纪念文集》（1985年铅印本）。

[2]　据陆宗达、殷孟伦、程千帆等前辈学者回忆，黄侃先生写作诗词，不甚爱惜，总是随写随丢，从不留底稿，故很难准确知道其诗词的具体数量。

和尚杂谈》（柳亚子）记载，"在一九二七年上海大东书局出版的《紫罗兰杂志》第二号上，顾悼秋《雪蝶上人轶事》后，附有'曼殊上人遗诗'六首，后面还有案语，现为照录如下……此六首诗都不是曼殊做的，……后面四首见《文学因缘》，在曼殊自序中说明为故友所译，又在《天义报》第十五卷《文学因缘》广告上写着'盛唐山民译《留别雅典女郎》诗四首'，当然也不是曼殊所译了"。由此可知，"故友"即"盛唐山民"。而查张静庐、李松年合撰的《辛亥革命时期重要报刊作者笔名录》，得知"盛唐山民"就是黄侃先生早年曾用笔名。[1]

黄侃先生所译《留别雅典女郎》诗四首，至迟译成于1908年，而且"译笔清秀高华，自然流转，情思婉娈，有六朝乐府风味"[2]。堪称大家手笔。根据黄侃自述及其他材料看，先生所译拜伦的另外几首诗也应当成于此译诗的同时或稍后。此时期的黄侃先生因为积极参与反清的"民族民主革命"，发表了一系列振聋发聩的政论文，曾遭清政府的通缉；他身处异邦，有国难投，有家难归，思想上对拜伦诗中富于反抗，勇于斗争，追求自由、平等，争取民族解放的内容产生了强烈的共鸣，此正所谓"时当清的末年，在一部分中国青年的心中，革命思潮正盛，凡有叫喊复仇和反抗的，便容易惹起感应"[3]。于是，借译拜伦之诗而抒发个人情怀，是完全能够理解的。既然黄侃先生在这之前或同时译过拜伦《留别雅典女郎》诗四首，那么，作为挚友，"代"苏曼殊译拜伦《赞大海》、《去国行》和《哀希腊》三诗，就更令人相信和具有说服力了。

其三，钱基博先生在前引《现代中国文学史》中，固然持苏黄"同译"的折中意见，但毕竟亦明确肯定黄侃先生译过拜伦的《哀希腊》等三诗。这至少是黄侃曾译拜伦《哀希腊》等三诗的一个有力的旁证。

其四，台湾中国文化大学教授潘重规先生在整理黄侃先生文稿时，发现了拜伦《哀希腊》等三诗的译稿，经过考证、核实，写了《蕲春黄季刚先生译拜伦诗稿读后记》一文，肯定拜伦《哀希腊》等三诗为黄侃先生所译："以余所藏先师季刚文稿观之，则先师《缋秋华室说诗》之语皆为纪实，译拜伦《哀希腊》、《赞大海》、《去国行》

---

[1]　见《文史》第一辑，中华书局1962年版。

[2]　潘重规：《蕲春黄季刚先生译拜伦诗稿读后记》，载《黄侃纪念文集》，湖北人民出版社1989年版。

[3]　鲁迅：《坟·杂忆》，选自《鲁迅全集》第1卷，人民文学出版社1981年版。

三篇，皆出先师手笔，惟《赞大海》第五章为太炎先生所译耳。"[1]潘重规先生介绍黄侃先生译拜伦诗文稿甚为具体：

> 先师译稿三篇，首篇题云："代苏玄瑛译拜伦赞大海诗六章"，次篇题云："代苏玄瑛译拜伦去国行十章"，三篇题云："代苏玄瑛译拜伦哀希腊诗十六章"。首篇及三篇末且有识语云：
>
> 昔木华、张融并作海赋，以彼巨笔，赞咏大瀛，此土已难再遘矣！拜伦西土诗人，其论想类情，或殊华域；而瑰诡华妙，实可叹称。己酉春夏之交，与曼殊同依太炎，暇日译此，愧未能适合本意也。
>
> 拜伦此诗，悲丽深婉，所以哀怜振董亡国之民者至矣！桂林马君武尝译为七言，今更译之。侃注。
>
> 又《赞大海》诗第五章末有注云："此章为太炎译。"

以上黄侃原译文稿"识语"中所记与黄侃后来所写《缫秋华室说诗》文中所说一一吻合，难怪潘重规先生感叹说，"凡此注文，均为确定译者及译述时期之重要资料，惜《曼殊全集》，《晚清文学丛钞》，收录译诗，皆遗佚未载，世遂有不知先师译诗之事者矣"[2]。

潘先生在其文后还附有黄侃先生原译拜伦诗《赞大海》、《去国行》、《哀希腊》、《留别雅典女郎》四题。今取黄侃原译稿与《苏曼殊全集》所载者比较，文字偶有变异，然相异者，或书写异体，或代以同声他字，或修辞微变；认真对照核实，不难看出，两稿确实如出一辙。因此亦可见潘文观点的可信。

其五，从两人的诗歌创作风格和特点以及译诗的风格、特点来看，此三诗也应该为黄侃先生所译，而非苏曼殊所译。

在中国近代文学史上，苏曼殊和黄侃是两位奇才。苏曼殊（1884—1918），原名玄瑛，字子谷，曼殊乃其出家后的法号，广东香山（今珠海市）人。父亲是旅日侨商，牛母系日本人。从小在国外长大，一生经历坎坷、奇特：早年倾向民族民主革命，但身世飘零，情绪不定，时僧（一生出过三次家）时俗；或壮怀激烈，或放浪不羁；或认真笔耕，或佯狂玩世。他多才多艺，工诗擅文，善绘画，并精通英、法、

---

[1]　潘重规：《蕲春黄季刚先生译拜伦诗稿读后记》，载《黄侃纪念文集》，湖北人民出版社1989年版。

[2]　潘重规：《蕲春黄季刚先生译拜伦诗稿读后记》，载《黄侃纪念文集》，湖北人民出版社1989年版。

日、梵等诸种文字；不仅创作小说多种，而且翻译小说、诗歌等多种。苏氏"擅长清逸的小诗，轻快流丽，凄清明隽，不假雕饰"[1]；所"为诗……以七绝最为工"[2]；而他的"存世诗篇大都是七绝，清灵隽逸，独具风采"[3]；"其诗作哀艳感人，富有浪漫气息"[4]。

黄侃（1886—1935），字季刚，晚号量守居士，湖北蕲州（今黄冈市蕲春县）人。出身书香门第。黄侃先生既是民族民主革命家，又是一代国学大师，还是著名的文学家。但其文学成就一直为其文字、音韵、训诂学方面的成就所掩，至今尚未受到学术界的重视。在文学创作方面，他诗、词、文兼工，又是卓然有成的翻译家；在文艺理论方面亦多有建树。黄侃先生有词400余首，诗1 000余首，皆"隽永深醇"，尤其是他的"五言诗有晋、宋之遗"[5]；章太炎先生曾盛赞之曰："文词淡雅，上法晋宋……并世固难得其比。"[6]黄侃"所写诗体较全。集中既有五言、七言古诗，又有五言、七言律诗，还有五言、七言绝句，五言排律等"[7]。在这些诗体中，他又于五言诗用力最勤，成就最大，是文学史家和学术界所公认的。

我们知道，拜伦的《赞大海》、《去国行》和《哀希腊》三诗，在翻译技巧上是很精湛的，既忠实于原文，又采用了民族化的手法，使译诗具有典雅高古的魏晋之风。除《赞大海》是用汉魏乐府的四言体译出之外，另几首都是用五言古诗体译出，包括《留别雅典女郎》四首译诗在内。五言诗体正是黄侃先生经常运用，最得心应手之体。相反，苏曼殊最擅长之体在七言绝句，在他遗存的约百首诗中，除个别篇章外，绝大多数是七绝；苏曼殊曾多次感叹："甚矣，译事之难也！"[8]译事难，"况诗歌之美，在乎节族长短之间，虑非译意所能尽也。"[9]既然如此，苏曼殊怎么会舍弃自己最擅长的七言绝句体而用自己所不擅长的五言古诗体去翻译拜伦

[1] 管林、钟贤培主编：《中国近代文学发展史》（下），中国文联出版公司1991年版。

[2] 钱基博：《现代中国文学史·古文学》，岳麓书社1986年第1版，1987年第2次印刷。

[3] 葛杰、冯海荣选注：《近代爱国诗词选》，上海古籍出版社1988年版。

[4] 钱仲联：《近代诗三百首》，浙江古籍出版社1990年版。

[5] 钱基博：《现代中国文学史·古文学》，岳麓书社1986年第1版，1987年第2次印刷。

[6] 章太炎：《书黄侃梦谒母坟图记后》，《续古文观止》卷八，长春市古籍书店1985年影印本。

[7] 程翔章：《黄侃文学创作略论》，选自《中国海峡两岸黄侃学术研讨会论文集》（1），华中师范大学出版社1993年版。

[8] 苏曼殊：《与高天梅论文学书》，选自《中国近代文论选》（下），人民文学出版社1981年版，第465页。

[9] 《苏曼殊全集·文学因缘自序》，北新书局1928年版。

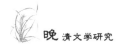

的洋洋大著呢？[1]

而将《赞大海》、《去国行》和《哀希腊》三首译诗拿来与黄侃的另一首译诗《留别雅典女郎》稍加比较，就可看出，它们的译风基本相同，都具古雅之风，应该是出自一人之手。另外，有学者指出：拜伦的这几首译诗多用"古奥生僻的字眼"[2]，更有学者认为：这些译诗"只可作为说文一类的小学书读罢"[3]。这话虽有些偏颇，但却有力地为我们做了证明：这三首诗应为黄侃所译。黄侃先生是文字、音韵、训诂学家，他秉承师训（黄侃为章太炎的高足），所追慕的是那种格调高古典雅的魏晋文风，故遣词造句都比较古雅、奥僻。这一特点不仅过去多有学者指出，而且可以从黄侃创作的大量诗、词、文中明显地看到。而苏曼殊则不同，由于其身世、经历的奇特，长期生活在国外，是一个浪漫型的诗人，为诗清灵隽逸，柔美绵缠，且具有欧化倾向。从他的另外几首译诗看，亦大多具有浪漫主义的气息和色彩。因此，他不可能在短期内舍弃自己原有的风格而用一种自己还不太熟悉的风格译出如此格调高古的作品来。

很明显，以上关于两人诗歌创作的风格、特点以及二人译诗风格、特点的比较，应是令人信服地说明了拜伦《哀希腊》等三诗应为黄侃所译，而不是苏曼殊所译。

综上所述，我们认为，在中国近代翻译文学史上，最早用五言古体诗翻译拜伦的《去国行》、《哀希腊》和用四言乐府体翻译拜伦诗《赞大海》的人，是黄侃先生，而不是苏曼殊。由于种种原因，这一历史事实已经被掩盖了80余年。为了深化对近代翻译文学的研究，应该恢复其本来的面貌。值得说明的是，我们今天来辩证此事，丝毫没有贬低苏曼殊的意思；苏曼殊作为近代一位卓有成就的翻译家，也不会因此而受损，影响他在近代翻译文学史上的地位与贡献。

（《黄冈师专学报》1998年第3期）

---

[1]　拜伦《赞大海》共6章，《去国行》共10章，《哀希腊》共16章，篇幅均较长。

[2]　马祖毅：《中国翻译简史——五四以前部分》，中国对外翻译出版公司1984年版，第324页。

[3]　罗建业：《曼殊研究草稿》，载《曼殊全集》第五册附录，北新书局1928年版。

# 孙中山散文创作的特点

孙中山（1866 年 11 月 12 日—1925 年 3 月 12 日），名文，字逸仙，别号中山，广东香山（今中山市）人。我国近代伟大的资产阶级民主革命家和革命先行者。1905 年创建同盟会，提出一套比较完整的资产阶级民主革命纲领，即"三民主义"（民族、民权、民生），领导资产阶级民主革命。1911 年 10 月 10 日武昌起义成功，推翻了清王朝。1912 年 1 月 1 日在南京就任中华民国临时大总统。他领导的推翻封建帝制、建立民主共和国的伟大斗争，在历史上立下了不可磨灭的功勋。

孙中山一生好学不倦，知识渊博，"他全心全意地为了改造中国而耗费了毕生的精力，真是鞠躬尽瘁，死而后已"[1]，没有时间和精力专门从事文学创作；但由于他的文学功底深厚，文笔雄健，因而，他的不少革命论著，同时又是优秀的散文文学作品。

孙中山的文学创作，除少量诗歌外，主要是散文。而他散文作品的形式又多为政论、时评、演讲词、序跋、书信、祭文之类。从他的那些广为流传、为人称道的优秀散文作品看，主要有以下一些特点。

首先，从作品写作或发表的时间看，多在革命的重要关头，对革命起着重要的指导作用。如《致黄兴书》一文，写于 1915 年 3 月。其时，由于资产阶级二次革命的失败，革命党人怀着沉痛的心情，纷纷避难日本东京。而黄兴（1874 年 10 月 25 日—

---

[1] 毛泽东：《纪念孙中山先生》，选自《毛泽东选集》第 5 卷，人民出版社 1977 年版，第 312 页。

1916年10月31日）由于情绪低落，在对再举义旗的策略和路线问题上与孙中山之间产生了分歧，加之革命党人陈其美（1978年1月17日—1916年5月18日）指责黄兴不服从孙中山的指挥，于是黄兴在1913年底气愤地只身离日赴美，有如离群伤雁飘零海外，生活在"午夜彷徨，不知所措"的痛苦之中（黄兴自述语）。孙中山曾两次致信黄兴，陈述自己对讨袁斗争的意见，均不见回复。为了鼓舞革命党人的斗志，统一全党意志，将革命进行到底，于孙中山是又写了这封言辞恳切、情真意切、感人至深的信，客观地分析了二次革命失败的原因，批评了黄兴在革命关键时刻"徘徊"、"观望"、"缓进"的态度，鼓励黄兴与同仁们"同心一致，乘机以起"，继续斗争。又如《黄花岗七十二烈士事略·序》一文，写于1921年12月初。尽管当时倒行逆施的袁世凯已经死去，但封建势力及其代表封建军阀，没有一天停止过你争我夺的战争，资产阶级的政权也处于摇摇欲坠之中。1921年4月下旬，非常国会推举孙中山为非常大总统。8月，非常国会又通过了讨伐徐世昌的决议。12月4日，孙中山抵达广西桂林，风尘仆仆，行装甫卸，立即成立北伐大本营，誓师北伐。正值此兴师讨贼、戎马倥偬之际，受孙中山的委托，为黄花岗七十二烈士作传的邹鲁（1885年2月20日—1954年2月8日）前来求序于孙中山。于是孙中山挥笔写下了这篇情辞俱佳的序言。而事实上，在当时这篇序言已成为一篇战斗檄文。其他如《祭黄花岗七十二烈士文》、《民报·发刊辞》等篇，无不如此。

其次，从作品的内容看，表现出孙中山坚定的革命意志、广阔的革命胸怀、远大的政治理想和崇高的思想品质，充满着强烈的爱国主义激情。如戊戌变法失败后，康有为、梁启超等人逃亡海外，以欺诈的手段同革命派争夺群众，主张"君民共主"、"满汉不分"，认为当时中国只能实行君主立宪，而不能实行民主革命，反对革命，倡言保皇。1904年孙中山赶赴美国领导了对改良派的论战，并先后写了《敬告同乡书》、《驳保皇报》、《中国问题的真解决》、《中国民主革命之重要》等重要时论和文章，向保皇党展开了猛烈攻击，洋溢着高昂的战斗激情和强烈的爱国主义精神。

孙中山主张人要有坚定的意志和献身精神，《在桂林对粤军的演说》一文中，他激励人们学习黄花岗七十二烈士的志气，树立新的道德观念，"为国家、为人民、为世界来服务"；并指出："若因革命而死，因改造世界而死，则为死重于泰山，其价值乃无量之价值。"孙中山不仅是言者，而且是行者，他把自己的一生全部献给了中国人民的革命事业，用行动实践了他的价值观。而1925年3月12日，孙中山在生命弥留之际写下的《家事遗嘱》，虽仅54个字，却简短明了，情深意切，字里行间表现出一个伟大革命先行者一心为国、一心为民的高尚品质和对子女的殷切期望，感人至深，催人奋进。

从孙中山的著作看，尽管其中有些充溢着迷茫痛苦，有些又表现出"少女般的天真"（列宁语），但绝大多数是表现他执着追求光明、愈挫愈奋斗的刚毅和韧性以及深厚的爱国主义思想感情。从中可以看到一位伟人的崇高精神境界。

其三，从作品的表现手法看，通常是将记叙、议论、说理、抒情有机结合，熔为一炉。如《致黄兴书》一文，作者在从多方面冷静、客观地分析二次革命失败原因的过程中，采用夹叙夹议的手法，以不容置疑的事实，指出黄兴在困难面前失去信心的缺点，使人心悦诚服。随即作者回顾东渡日本后，孙、黄之间矛盾的进一步发展，责备黄兴不该在前进的途中抛弃自己的志愿，中途而废，既表示了对同志前途的忧虑，又流露出对友谊的怀念。最后满怀激情，高度赞扬了黄兴亲自领导的几次革命武装起义，虽然都失败了，但那种叱咤风云的英雄气概和为推翻清朝政府所作的不懈斗争的功绩是长存的，鼓励黄兴重新鼓起勇气，与战友们齐心奋战，实现自己奋斗多年的理想。全文叙中有议，议中有叙，叙中有情，寓情于理，明理于情，情理交融，使文章跌宕起伏，读来令人感奋不已。又如《祭黄花岗七十二烈士文》等篇，无不如此。

其四，就作品的修辞方式来说，多采用灵活多变的句式，骈散间用，抑扬顿挫，音韵和节奏感鲜明，加上磅礴的气势，产生了强烈的艺术效果。如《祭黄花岗七十二烈士文》，全篇基本上采用的是骈体四六句的形式，句式整齐，对偶工整，节奏明快，铿锵有力。但又能不受拘束，根据其行文需要，或骈或散，骈散并用，尽意铺排："臧洪遭难，轰传烈士之名；孔融捐躯，景仰男儿之节；白刃可蹈，青史难忘。苟大节之不愈，虽俎醢其奚恤？然未有丰碑屹屹，苌弘之碧血千年；青冢累累，田横之佳儿五百，如有黄花岗七十二烈士者，猗欤壮哉，不亦烈乎！""惟是国家兴亡，吾党之则，背民之贼，誓不两立。"真可谓慷慨激昂，气贯长虹，掷地有声，动人心魄。再如《黄花岗七十二烈士事略·序》、《致黄兴书》等篇，调动多种修辞方式，或四或六字句，或排偶、或对仗，或长句短句相间，错落有序，显示出其气吞山河之势。

其五，就作品的布局谋篇而言，皆立论鲜明，结构谨严，说理透彻，逻辑性强。如《民报·发刊辞》一文，孙中山为了统一革命党内的思想舆论工作，在批评当时革命舆论工作中存在的两个主要弊病（即空言无实和缺乏定见）的同时，将同盟会的十六字革命纲领归结为民族、民权、民生三大主义，即"三民主义"；并从国外

到国内，从帝国主义列强的侵略到国内残酷的阶级压迫，以及欧美社会革命的经验教训，多方面、多角度地论述了在中国实行"三民主义"的重要性和迫切性，观点鲜明，条理清晰，论说透彻，具有极强的说服力和逻辑性。再如他所写的政论和时评，亦无不如此，表现出他敏捷的思辨能力。

（《语文教学与研究》1990 年第 10 期）

# 湘乡派散文的爱国主义倾向

## 一

湘乡派是近代出现的散文流派。它形成于 19 世纪 50 年代末至 60 年代初，60 年代中期开始兴盛，至辛亥革命后便逐渐衰亡。因其创始者曾国藩（1811—1872）是湖南湘乡人，并且其主要代表作家郭嵩焘、欧阳勋、刘蓉、王闿运、李元度、王先谦等亦为湘籍人士，其"曾门四弟子"（张裕钊、吴汝纶、黎庶昌、薛福成）虽非湖南人，却都出于曾门而得名。钱基博先生指出："湘乡曾国藩以雄直之气，宏通之识，发为文章，而又据高位，自称私淑于桐城，而欲少矫其懦缓之失……此又异军突起而自为一派，可名为湘乡派。一时风流所被，桐城而后，罕有抗颜行者。"[1]

湘乡派的出现，正值鸦片战争以后，清王朝面临全面危机，阶级矛盾和民族矛盾日趋尖锐，腐朽的封建大厦危在旦夕。而此时的桐城派由于"姚门四弟子"的相继去世，已面临群龙无首、落叶飘零的局面。为适应清王朝统治形势的变化，维护摇摇欲坠的封建专制统治，曾国藩便利用自己的政治地位和文学上的影响援之以手，使桐城派大旗不倒；而大批文人学士亦纷至沓来，聚集其麾下，真可谓"一时为文者，几无不出曾氏之门"[2]，成为政治、文化方面的重要力量。虽然曾国藩标举桐城"义

---

[1]　钱基博：《现代中国文学史》，岳麓书社 1986 年版，第 33 页。

[2]　姜书阁：《桐城文派评述》，商务印书馆 1929 年版。

法",谓"国藩之粗解文章,由姚先生启之"[1],又作《欧阳生文集序》,叙述桐城派的源流及其发展情况,宣扬桐城古文。但实际上并不"以姚氏为宗,桐城为派"[2]。如王先谦所说:"曾文正公丞许姬传……以为初解文字由姚先生启之也。然寻其声绪,略不相袭。道不可不一,而法不必尽同,斯言谅哉!"[3]曾国藩本人亦承认"斯实搔着痒处","平生好雄奇瑰玮之文",[4]并指出:"古文之道,无施不可,但不宜说理耳。"[5]于是,他在继承的基础上,对桐城古文进行改造。在文学的性质方面,鉴于桐城古文"有序之言虽多,而有物之言则少"[6]的现状,主张"文章与世变相因"[7],以"经济致用"[8]的内容来救"义理"之穷;在文学的创作过程问题上,强调"器识"的重要性,要求在文外下功夫,写好文内之"理情";而对艺术形式,则讲究其"珠圆玉润"[9],推崇"古雅雄奇"[10]的艺术风格。经过曾国藩的努力,大大发展了方(苞)、刘(大櫆)、姚(鼐)的基本观点,"扩姚氏而大之,并功德言为一途"[11],终于使"文蔽道丧","浅弱不振"[12]的桐城派既得以中兴,又流俗相因,统治封建文坛,直到"五四"新文化运动。

长期以来,由于曾国藩政治上的被否定,致使湘乡派名声不佳,无人问津。即使偶有提及,亦将政治问题与文学创作混为一谈,贬斥的多,肯定的少。诚然,桐城派古文到了曾国藩手里,一变而成为湘乡派古文,它在宣传封建道德、维护封建统治方面异常卖力,得到封建统治阶级的信任和支持,但它在矫正桐城派专在文辞

[1] 曾国藩:《圣哲画像记》,选自《曾国藩全集·诗文》,岳麓书社1986年版,第250页。

[2] 吴敏树:《与篠岑论文派书》,选自《中国近代文论选》(上),人民文学出版社1959年版,第69页。

[3] 王先谦:《续古文辞类纂·例略》,选自《中国近代文论选》(上),人民文学出版社1959年版,第319页。

[4] 曾国藩:《致南屏书》,《中国历代文论选》(四),上海古籍出版社1979年版。

[5] 曾国藩:《致南屏书》,《中国历代文论选》(四),上海古籍出版社1979年版。

[6] 《曾国藩日记·乙未六月》,选自《曾国藩全集》,岳麓书社1987年版。

[7] 曾国藩:《欧阳生文集序》,选自《曾国藩全集·诗文》,岳麓书社1986年12月版,第247页。

[8] 曾国藩:《圣哲画像记》,选自《曾国藩全集·诗文》,岳麓书社1986年12月版,第251页。

[9] 《谕纪泽·作文贵珠圆玉润》,《曾国藩全集·家书》,岳麓书社1985年版。

[10] 《俞纪泽·论文之古雅雄奇》,《曾国藩全集·家书》,岳麓书社1985年版。

[11] 黎庶昌:《续古文辞类纂·序》,选自《中国近代文论选》(上),人民文学出版社1959年版,第314页。

[12] 黎庶昌:《续古文辞类纂·序》,选自《中国近代文论选》(上),人民文学出版社1959年版,第314、315页。

上洗刷以求雅洁，而掩饰内容的空虚、浅陋，宣传洋务思想，主张向西方学习，富国强民，重视文学的社会功能和散文的艺术性、艺术美等方面，还是有其功绩的。本文试图就湘乡派散文创作所表现出来的爱国主义思想倾向及其特点做一个简略的分析，以就教于国内外方家。

## 二

爱国主义是一个复杂而又内容丰富的范畴，简而言之，爱国主义就是对祖国的忠诚和热爱。但不同的时代，它有着完全不同的内涵和特征。正如毛泽东同志所说："爱国主义的具体内容，看在什么样的历史条件之下来决定。"[1]湘乡派散文创作中的爱国主义思想倾向主要表现在以下几个方面。

积极宣传洋务思想，主张学习西方，兴办实业，练兵制器，自强求富是湘乡派散文创作中体现其爱国思想倾向的主要方面。19世纪中叶，随着太平天国运动的被镇压，出现了一个所谓"同治中兴"的局面。清王朝面临的主要威胁已由"内忧"转为"外患"。日益加剧的民族矛盾，使大批先进的知识分子开始走出书斋，走出国门，探求救国之路。于是，一场以"自强"、"求富"为目标的洋务运动便开始酝酿发展起来。因受洋务运动代表人物曾国藩、李鸿章、左宗棠和张之洞的直接影响，湘乡派作家散文创作中所表现的政治倾向，主要是洋务思想。他们认真研讨世界格局和中国的处境，认为以中国没落的政治和经济现状，随时都有被列强侵吞的危险。而要想使中国昌盛强大，列于世界之林，就必须效法西方，练兵制器以自强，振兴商务以求富。而学习西方，必须学其技艺（器物），即"取西人器数之学，以卫吾尧、舜、禹、汤、文、武、周、孔之道"[2]。强调"穷则变，变则通，而世运乃与为推移"[3]，拘守旧故是行不通的，主张吸收西方先进的科学技术为我所用，以加强国防，抵御帝国主义的侵略。随着形势的发展和第一批洋务官员的走出国门，他们的思想认识不断深化、提高。薛福成在《筹洋刍议·商政》中就认为，"西人之谋自强者，以工商为先"。主张发展现代商业运输业，农业和工业，"始步西人后尘，终必与西人抗衡矣"。并强调："以中国人之才智视西人，安在其不可以相胜也！""又

---

[1]　《中国共产党在民族战争中的地位》，选自《毛泽东选集》第二卷，人民文学出版社1966年版，第486页。

[2]　薛福成：《筹洋刍议·变法》，收入《庸庵全集十种》，光绪间薛氏家刻本。

[3]　张裕钊：《送黎莼斋使英吉利序》，《濂亭文集》卷二，光绪八年（1882）查氏木渐斋精刻本。

安知百数十年后，中国不更驾其上乎？"[1]充满着强烈的民族自信心。吴汝纶在《天演论序》中，一方面高度赞扬严复的精彩译文，另一方面则指出该书的"以人治之日新卫其种族之说"，能使读者"怵焉知变"，以自强图存。在《弓斐安墓表》中，则强调治生强本的重要性，从弓斐安的"善构造"、"善为田"谈到西方先进的建筑和农业，希望国人能打破鄙视治生的保守观念，推广实行西方先进技术，使国家富强起来。黎庶昌在《西洋杂志》中，以简明生动的笔调，向国内介绍了欧洲各国的国政民俗、社会生活、交通途径、风土人情，描绘了一幅画面奇特、色彩新鲜的19世纪西方各国生活的风俗画，打开了人们的眼界。郭嵩焘因在日记《使西纪程》中描绘西方文明，宣扬西方资本主义民主政体的优越性，向国人展示了一个崭新的世界，而激起"满朝士大夫的公愤"，"人人唾骂"，直"闹到奉旨毁板，才算完事"。[2]薛福成更主张学习法国人"自绘败状"[3]的精神，吸取经验教训，使中国从贫穷落后中振奋起来，以雪列强凌辱之恨。吴汝纶亦从洋务运动的破产认识到，"振兴国势，全在得人而不在议法"[4]。重视培养人才，教育救国，主张从文化的深层结构上学习西方。就连曾国藩这样死抱着"天朝至尊"观念不放的反动人物，在时代激流的推动下，亦承认西方资本主义国家在技术上的优势，将向西方学习先进科学技术视"为借法自强之一事"[5]，并兴办了中国近代第一批军事工业和民用工业，发展了中国的资本主义工商业；又积极选拔人才，送往西方学习，如《轮船工竣并陈机器局情形疏》、《拟选聪颖子弟出洋习艺疏》等都有集中反映。这些在客观上无疑起到了推动社会前进的作用。

其次，由于西方列强对中国的侵略步步升级，而清朝统治集团又腐败无能，屈膝投降，使湘乡派不少作家在作品中流露出对时局的重重忧虑，对统治阶级卖国求荣的丑恶行径表示了自己的愤慨和不满。如张裕钊在《愚园雅集图记》中，一方面写愚园雅集，记述其园林觞咏之乐；另一方面则借阮籍、陶渊明、杜甫、白居易、冒辟疆等饮宴之事，抒发其不忘家国天下之怀。文中虽未明写其"黄屋之忧"，然而委婉道来，含蓄深沉，更耐人寻味。当作者与友人登临通州狼山时，面对雄奇的景色和险要的地理形势，思及危机四伏的时局，自然而然地联想到阮籍的《咏怀诗》

[1] 薛福成：《筹洋刍议·变法》，收入《庸庵全集十种》，光绪间薛氏家刻本。
[2] 梁启超：《五十年中国进化概论》，《饮冰室合集·文集》之三十九，中华书局1989年版。
[3] 薛福成：《观巴黎油画记》，《出使英法义比四国日记》卷一，岳麓书社1985年版。
[4] 吴汝纶：《答廉惠卿》，《桐城吴先生尺牍》，光绪二十九年（1903）刻本。
[5] 曾国藩：《批牍·卷六》，选自《曾国藩全集》，岳麓书社1994年版。

及其登广武山感悼时事的故事，表现出深深的忧虑，字里行间流露出对腐朽的清王朝靠缔结卖国条约苟且偷安做法的无比愤怒和大胆谴责。[1]他的《送吴筱轩军门序》，揭露清朝统治集团腐败误国更为中肯。作者指出，“任事者”只好虚名，不务实际，“一旦有事，则其效，而茫如捕风”；谴责那班“公卿将相大臣”，大敌当前却忙于内讧，致使国防松弛荒废，外侮迭至；并语重心长勉励友人“实心任事”，与同僚“协恭同德”，保卫国防，使“海隅清晏”，忧国忧民之情溢于言表。此外，郭嵩焘、黎庶昌不少作品中亦时常流露出一种家国沉沦之感。

其三，维护民族利益和尊严，反对侵略战争，赞扬抗战将士或直接参与反击帝国主义侵略战争，是湘乡派散文创作中爱国思想倾向的一个重要方面。“（光绪）五年（1879），总署王大臣将以总税务司赫德总领南北洋海防，下鸿章议。鸿章复书颇瞩徇。”[2]薛福成闻知后，立即写了《上李伯相论赫德不宜总司海防书》一文，阐明其利害，此议遂罢。此文对解除英国人赫德的总海防司职务，维护中国海军的兵权，起了决定性作用。而曾纪泽在出任驻英、法、俄国大臣期间，以“酌情据理”的谈判艺术，发扬“啮雪咽旃，期于不屈”的斗争精神[3]，赴俄改订条约，坚定和机智地捍卫国家利益，终于在1881年签订了中俄《改订条约》，挽回了1878年由崇厚与俄国签订的《里瓦几亚条约》给中国领土主权造成的部分损失。这在近代外交史上确实是唯一的一次。在有关越南问题的中法交涉中，他亦反对言和，力主抗战，在国内外产生了较好的影响。他的《出使英法俄国日记》和当时的大量奏折，对以上交涉事件的具体过程皆有详细记载。

在国家、民族的危难之际，湘乡派作家不仅能维护民族的利益和尊严，而且力主抗战，热情赞扬爱国将士的英勇事迹和不屈行为，鞭挞侵略者的罪恶行径。光绪二十八年（1902），吴汝纶奉命赴日考察教育，曾为日本著名地理学家矢津昌永的地理著作作序。[4]文中借谈世界地理，强烈谴责帝国主义的殖民政策，并以极大热情赞扬殖民地人民的民族解放战争。字里行间充溢着对民族衰亡的悲痛，希望激起民众的自强之心。马其昶于光绪三十二年（1906）江西南昌发生教案后所写的《赠太仆寺卿南昌知县江君家传》一文，既盛赞江召棠严拒帝国主义的无理要求，以死殉国的凛然大义，又谴责了帝国主义的凶横残暴，反帝爱国之情异常鲜明。为了防御

[1] 张裕钊：《游狼山记》，《濂亭文集》卷八，光绪八年（1882）查氏木渐斋精刻本。

[2] 钱基博：《薛福成传》，载《无锡地方资料汇编》第8集，上海人民出版社1956年版。

[3] 曾纪泽：《与总署电报密商情形片》，选自《曾纪泽遗集·奏疏》卷二，岳麓书院1983年版。

[4] 吴汝纶：《矢津昌永世界地理·序》，《桐城吴先生文集》，光绪三十年（1904）刻本。

沙俄的侵略，黎庶昌曾悉心研究西北地理，编撰成《由北京出蒙古中路至俄都路程考略》和《由亚西亚俄境西路至伊犁等地路程考略》，呈送总理衙门以备日后之用。在《工部侍郎石公神道碑铭》中，他盛赞天津知府石赞清在英法联军陷天津被劫质敌营后，面对英人临危不惧，慷慨陈词，大义凛然的英勇气概，表现出鲜明的爱国立场。而他的《西洋杂志·答曾侯书》更痛陈历史教训，指出："当咸丰年间议割黑龙江时，以为弃此数千里不甚爱惜之地，以惠俄人，重订新章，当可保百年无事；乃曾未十年，而伊犁已入俄人之手矣。""俄人得尺进丈，又不数年，而驻军哈密等处，复假通商为名，以与中国议增口岸，求索他地，不与则兵戎从事。"对帝国主义侵略者的贪得无厌、卑鄙无耻揭露无遗。他认为对待帝国主义不能退让，只能抵抗，并对放弃祖国领土主权的行为给予了鞭挞。

更值得称道的是，湘乡派中的有些作家还直接参与并领导了抗击侵略者的战斗。中法战争（1884—1885）期间，薛福成正在浙江宁绍台道任上。法军司令孤拔曾率四艘军舰窜到镇海口，企图登岸。薛福成与浙江提督欧阳利见协同一致，筹划防务，调配兵力，修筑炮台，早已严阵以待，率将士开炮抵抗，击伤两艘法舰。法军不甘失败，屡袭口岸，均未成功。相持45天后，法军见无机可乘，只好狼狈溜走。镇海之战既打击了帝国主义的嚣张气焰，又增长了中国将士战胜外国侵略者的信心。薛福成曾著《浙东筹防录》一书，对这段历史有较详细的记载。

此外，像历代富有正义感的文人一样，当自己的爱国行动得不到支持，爱国理想不能实现时，湘乡派作家亦常将其爱国之情寓托于对祖国秀丽风光的描绘和对大好河山的歌颂之中。如张裕钊的《北山独游记》，以雅洁逸美的文笔，为读者描绘出一幅壮丽的山水图。当读者跟随作者初攀、"复进"、"又益前"、"鼓勇益前，遂陟其巅"时，立于顶峰，俯瞰四际，万千景象尽收眼底：峰嶂迭起，谷壑错列；山峦散落，陵岗簇聚；或峭岩斜出，或孤山挺立；山势环倚相济，岩崖怪妍相间；远处的山峰似悠悠离去，近处的山峰犹扑面迎来……置身此景，一股自豪感油然而生！而作者在《游狼山记》、《游虞山记》等文中，亦用富有诗情画意的笔调描绘自然景色，让读者饱览祖国山川胜景，以至有"令人欲返棹复至"之感。生活在如此胜景之中，谁能不喜爱它呢？

# 三

总观湘乡派作家的散文创作，可以看出，其爱国思想倾向有着自己鲜明的特点。

其一，如前所述，湘乡派散文中所表现的政治倾向，既不同于经世派的揭露现实弊端，浓郁的忧患意识；也不同于桐城派的歌颂升平，阐道翼教；更不同于维新派的全面启蒙，救亡图存，主要是洋务思想。目标是批判封建顽固思想，宣传、鼓励学习资本主义先进科学技术，效法西方，练兵制器，兴办实业，使中国自立富强，不受西方列强的凌辱。毫无疑问，在当时的历史条件下，这种洋务思想是进步的，是爱国的。

湘乡派作家在参与洋务运动中，对学习西方文化的认识，是在不断探索中逐步提高、深化的。甲午战争前，其认识主要停留在魏源提的"师夷长技以制夷"的水平上，主张学习西方先进技术，购置"坚船利炮"，以增强国力。随着形势的发展，视野的不断扩大，其中一部分人的思想也有很大的变化，认为光从器物上学习西方不行，必须从"政治制度"上学习西方，发展工商业，才能富国强民。如郭嵩焘、薛福成等便逐渐从洋务派的窠臼中分化出来，而成为早期的改良主义者。变法维新的失败，使湘乡派中的一些人如吴汝纶等又认识到，要振兴中国，挽救危亡，不仅要"变政"，还要培养"新人"；而要培养新人，就必须普遍重视国民教育，喊出了"教育救国"的口号。这种由文化表层至文化深层的认识过程，在其作品中皆有反映。其始主要是对西方文明的介绍和赞扬，甲午战争后则主要是思想上的渗透和启蒙。适应形势的需要，大量的西方社会科学著作被译介到中国来。这期间严复大量翻译西方社会科学著作，系统介绍和传播资本主义的文化思想，积极鼓吹维新变法，成为近代著名的启蒙思想家。尤其是他翻译的《天演论》似一声春雷，震撼了当时中国的思想界。一时间，"物竞天择"、"优胜劣败"、"适者生存"的进化论观点广为传播，深入人心，成为号召国人救亡图存的最有力的思想武器。这对湘乡派作家思想认识的变化和提高，起了重要作用。

其二，湘乡派散文创作中表现出的爱国思想倾向是与忠君思想紧密联系在一起的。在我国古代，每当民族矛盾上升为主要矛盾时，国家、民族、君主常常被视作三位一体，君主成了国家和民族的代表，成为号召人民团结对敌的一面旗帜。在人们看来，忠于君主就是爱国，背叛君主就是卖国。可以说，湘乡派既是一个带有很浓的为清王朝效忠的政治色彩的团体，又是一个散文创作流派。在民族危难之际，出于对国家和自身利益的考虑，他们积极主张学习西方文化，尽量采用西方先进技术和生产手段，发展中国的资本主义工商业，以达到自立自主、富国强民的目的。我们知道，湘乡派的早、中期作家大多是洋务派成员，或与洋务派有密切关系。尽管主要政治倾向是一致的，但与洋务派相比，其思想要开明、通达得多；在对待学习西方文化的问题上，认识要深刻得多，郭嵩焘、薛福成等早期改良主义者更是洋务派所望尘莫及的。值得注意的是，湘乡派学习西方的出发点，也是"中学为体，西学为用"，是在不触动封建专制政体的前提下进行的。这就使他们的爱国思想倾向具有很大的保守性。虽都是忠于皇权，忠君爱国，但经世派、洋务派和维新派的结果却大不一样。经世派出于"补天"的愿望，揭露批判社会现实弊端，要求"变法"、"改图"，以拯救社会危亡。但当时正处于社会大变革的前夜，从上至下还没有那种危机感，故不被统治阶级和广大国人所重视，也难于形成一种运动。洋务派提倡学习西方文化，发展民族工商业，重在生产力的改革，不仅没有触及封建专制政体，而且目的是为了使封建专制统治更加巩固，因此得到统治集团的支持。而维新派要求变法图强，救亡图存以挽救国家、民族的危机，企图通过自上而下的改良办法，对国家的政治、经济、文化和教育等方面进行资本主义改革，实行君主立宪。他们的主张虽止于改良，并不走向革命，对国家政权机构也只是做局部调整，但它已经触及了统治集团内部一部分人的切身利益，因此遭到统治集团的反对而终于失败。

其三，就其表现形式和风格而言，湘乡派散文在吸取桐城派散文洁净自然、精练流畅优点的基础上，根据实际需要加以改造和发展，克服桐城古文的狭小、空疏之病，为文少禁忌，奇偶并用，不墨守唐宋八家之文而较广泛地吸取经史及秦汉之气，使其散文成为一种题材广泛，内容充实、舒展而有气势的带有浓郁经世、议政色彩的政治家之文，曾风靡一时。为什么会出现这种情况呢？首先，尽管诗歌也是一种宣传各种政治、文学主张的有力武器和常用形式，但相比而言，散文比诗歌的灵活性更大，容纳的内容更多，受到的限制更小，便于纵横议论，表现重大题材和复杂思想，阐发、宣传兴办洋务的主张，更适合为封建政治服务的需要。其次，明确的创作宗旨，使湘乡派作家聚集在曾国藩周围，并形成了大致相近的风格。在时代潮流的影响下，曾国藩编选《经史百家杂钞》以补救《古文辞类纂》的缺陷，扩大学习源流，主张"文章与世变相因"，并在义理、考据、辞章之外另加"经济"一条，成为湘乡派创作的准则。它已跳出了桐城派狭隘迂缓的小圈子，别创一派，使古文反映现实政治和社会问题，更切近实际。此外，湘乡派作家大多数是达官贵人或正统文人，特殊的身份和切身的利益使他们老谋深算，思考问题比较周密、严谨，辨析精微，说理透彻，行之于文则比较稳妥、持重、平实，易于被正统文人和更多的人接受，并得到统治集团的支持而广为流传。

湘乡派散文的这一特点与桐城派、经世派和维新派有着明显的区别。桐城派是清代的一个古文流派，在其发展过程中逐渐形成了它气清、体洁、语雅的特点。延至近代，已积弊甚多，走向穷途末路，就连桐城派内部亦有人出来批评其弊端。它不仅题材狭小，内容空疏，而且清规戒律太多，难以适应形势发展的需要，继续承担为维护封建统治阶级服务的重任，故遭到文人们的普遍反对，统治阶级亦不像以前那样重视。经世派散文往往借公羊之"微言大义"，"讥切时政，诋排专制"[1]，阐发经世匡时和变革的思想，行文多借历史或寓言以针砭时弊，隐晦曲折，含蓄委婉；言辞则锐利尖刻。因时人尚未意识到社会危机的到来，故难为人们接受，统治集团亦不予理睬。维新派散文运用西方资产阶级学说作为理论武器，对封建主义旧文化展开了正面攻击，主张效法西方，变法维新，救亡图存，直接影响到封建统治集团的专制统治，结果为统治阶级和封建顽固派所不容。维新变法作为一场运动是被镇压、失败了，但维新派的散文纵横驰骋，议论风发，汪洋恣肆，慷慨激烈，而且感情充沛，条理清晰，形式新颖，语言平实晓畅，别创一格，被称为"新文体"，为文体的解放做出了重要贡献。这种新文体，适应了维新变法思想宣传的需要，不胫而走，广为流传。由此看来，选择适宜的艺术形式和风格，对准确地表达自己的思想和主张，并为人们所接受、欢迎，是很重要的。

大家知道，一部中国近代文学史，就是一部表现中国人民反帝爱国的历史；而反帝爱国、救亡图存的主题，反帝爱国、思想启蒙的内容，始终是中国近代文学史的主线；洋溢着爱国主义和民主主义精神的文学潮流，则是贯穿中国近代文学史的主流。湘乡派作家大多生活在帝国主义沦中国为半殖民地而清统治集团又腐败无能丧权辱国的时代。作为正统的封建知识分子，其基本立场是维护封建专制统治，忠于皇权。但在时代激流冲击下，面对国家、民族的贫弱屈辱，亦耿耿于怀；对内希望在不触动封建政体的前提下进行改革，对外主张学习西方先进的科学技术，为我所用，抵抗侵略，使国家振兴起来。他们的散文创作能够顺应历史发展的潮流，从各个不同的方面、不同的角度和不同的侧面反映时代的进程、时代的呼声，表达了

---

[1]　梁启超：《清代学术概论》（二十二），中华书局1954年版。

他们的爱国之情。我们认为，这是难能可贵的，也是应该予以肯定的方面。

（《爱国主义与近代文学》，山东教育出版社 1992 年 3 月版）

# 吴敏树散文创作简论

在中国近代文学史上，吴敏树是一位耻于仕禄、志趣超俗而影响颇大的文学家。他与桐城派殊途同归，并深受其影响；但却不以桐城派相标榜，也不受桐城义法的束缚；能自出新意，独树一帜，以其清新、恬淡、秀逸的文章风格，受到当时及后世人们的重视。

一

吴敏树，字本深，号南屏，晚年曾自号枰湖渔叟，又号乐生翁，学者称南屏先生，湖南巴陵（今岳阳市）人。

清仁宗嘉庆十年乙丑岁（1805）七月二十四日，吴敏树出生于一个"资财雄乡里"[1] 的地主家庭。祖、父两代均无功名。吴敏树幼时，羸弱多疾，八岁时才入塾就学。但他勤奋好学，聪敏过人。一日，塾师简略介绍了自尧以来各朝代帝王相传代次情况，吴敏树忽然问道："尧、舜、禹及周文王的父亲的名字、生平和一生善恶，史书皆有记载；那么商汤的父亲是谁呢？"塾师甚惊讶，回答说："是主癸。"后来塾师与人谈起此事说："我幸亏没有被这个孩子所难倒！"稍长，受《左传》、《国语》、《史记》、《汉书》诸书，即能通晓其意。为文能排除世俗之见，力求出新意，读过他文章的人都很惊异，认为他是个非常之人，又喜作诗，常与邻友毛西垣相唱和，道光壬辰岁（1832）举乡试。自此，他更加专心于古诗文之学。当时，郎中梅曾亮在北京倡导桐城古文，名声极大，梅曾亮是姚鼐的"四大弟子"之一，为桐城派的正统作家，其古文也主要是模仿归有光。吴敏树自幼学习八股文，也曾揣摩研习过归有光的八股文，听说归氏尚有古文，遂四处购寻，得《归震川集》，并将其

---

[1]　郭嵩焘：《吴南屏墓表》，选自《郭嵩焘诗文集》卷二十二，岳麓书社 1984 年版，第 469 页。

中写得好的抄录成册且序之。道光甲辰岁（1844），吴氏入京会试，其《归文别钞》被同年友人武陵杨彝珍、瑞安项传霖借去，送达梅曾亮处，梅氏甚重视，亲自接见他。于是，北京盛传吴敏树擅古文。当时治古文辞的一些名公大人如朱琦、邵懿辰、王拯等，都来求见他。礼部侍郎曾国藩与他交谊尤深。尽管吴敏树当时的文名很大，但他并不以此自重，更不愿奉承达官贵人，终于会试落第。后经大挑，选授浏阳县训导。不久，他自感怀才不遇明主，稍与地方官不合，遂自动离职而去。

清咸丰初年，太平天国运动爆发，曾国藩以回籍居丧侍郎名义办湘军，与太平天国相对抗，当时不少文人学士皆聚集于曾氏幕中。湘军攻下武昌后，曾国藩大宴宾客于岳阳楼，并特地邀请吴敏树赴宴，殷勤道故，询问兵事，再三请他出来共事。吴敏树坚辞而去。吴氏体胖且善饮，目光炯炯有神，皮肤白里透红，待人接物庄重而谦和，与人相交，甚真诚，重义气，乐于助人，尤能奖益后进，常"倾怀与之，必及其成乃已"[1]。因此很受时人敬重。他一生淡于名利，常常一个人骑着小毛驴，微吟缓步，往来于洞庭、君山、岳州城一带名胜之间。遇到熟识的乡亲，便系驴饮酒，并自谱小词以赠。

同治戊辰岁（1868），吴敏树租了一只小船，沿江顺流而下，沿途游览了彭蠡湖、石钟山、庐山、大小孤山、太湖、西湖等名胜，到达南京。曾国藩当时任两江总督，见吴敏树来了，异常高兴，视为上宾，设宴款待他，幕僚中不少学者名流一道饮酒赋诗。曾国藩诗云，"黄金可成河可塞，惟有好怀不易开"[2]。吴敏树亦曾以诗和之，大江南北和之者达三百余人，海内传为"筱邨倡和诗"（筱邨，指诗首尾二韵）。不久，吴氏辞归湖南，适逢复修《沅湘耆旧集》之役。清穆宗同治十二年癸酉岁（1873）八月十一日，吴敏树病逝于长沙书局，终年69岁。

吴敏树一生著述颇丰，有《周易注义补象》、《国风原旨》、《论语考异》、《孟子考义发》，《孝经章句》、《史记别录》、《柈湖文录》、《柈湖诗录》等各若干卷。

二

吴敏树论文，不取宗派之说，反对树立宗师，以一家为标准，自我束缚。他指出："文章艺术之有流派，此风气大略之云尔，其间实不必皆相师效，或甚有不同；而

---

[1]　郭嵩焘：《吴南屏墓表》，选自《郭嵩焘诗文集》卷二十二，岳麓书社1984年版，第470页。
[2]　郭嵩焘：《吴南屏墓表》，选自《郭嵩焘诗文集》卷二十二，岳麓书社1984年版，第470页。

往往自无能之人，假是名以私立门户，震动流俗，反为世所诟厉，而以病其所宗主之人。"[1] 他认为建立宗派，"是文之大阨"，主张宁可"自我求之古人"，走自己的路，创建自己的风格，反对跟在别人后面亦步亦趋。[2] 对于当时的一些桐城派作家以摇曳取媚为归体，他非常不满，曾编纂《史记别录》、《归文别钞》以纠正这一颓风。应该注意的是，吴敏树并不承认自己喜欢归有光的古文，他认为，古文的典范应该是"六经"和司马迁文，韩愈学习司马迁而得其"奇"，欧阳修则学韩愈而得其"逸"，他自己是学欧阳修的，而归有光亦学的是欧阳修，然而并没有学到家。[3] 并且对自己青年时代所私法的归文提出批评，指出："归氏之文高者在神境，而稍病虚，声几欲下"[4]，尽管如此，归氏文风对他的影响却是客观存在的。

吴敏树虽然曾受到过姚鼐弟子梅曾亮的赞赏，常与桐城派作家朱琦、邵懿辰、王拯等人交游并讨论为文之法；在学归有光文章上又和桐城派有些不谋而合，被时人目为桐城派作家，事实上他却始终与桐城派保持着一定的距离。太平天国革命时期，许多文人受到曾国藩的网罗，"一时为文者，几无不出曾氏之门"[5]，其"幕府宾僚，尤极一时之盛"[6]，形成所谓"桐城中兴"的局面。吴敏树虽与曾氏交谊甚深，曾氏亦曾多次邀请他一起共事，但他拒绝入幕。曾国藩在《欧阳生文集·序》一文中标榜姚鼐，叙述桐城文派时，认为吴敏树亦"称述其术，笃好而不厌"。吴敏树则作《与篠岑论文派书》，声明说："独弟素非喜姚氏者，未敢冒称。"明言自己不喜欢姚鼐，不是他的门徒，也不属于桐城派。他认为，自己的文章有自己的风格特征，不屑苟同于其他宗派，并指出曾国藩标榜桐城派，目的在于自立宗派，另建门户而为古文宗主，可谓一针见血，切中要害。

此外，吴敏树继承了我国古代重要的审美传统，为文很重视"气"。他指出："夫文章之道，主乎其气。气竭矣，虽欲强而张之，不可得也；气诚不馁而盛之，虽欲

[1] 吴敏树：《与篠岑论文派书》，选自《吴敏树文》，商务印书馆民国二十二年（1933）版，第44页。
[2] 吴敏树：《梅伯言先生诔辞》，选自《吴敏树文》，商务印书馆民国二十二年（1933）版，第90页。
[3] 郭嵩焘：《吴南屏墓表》，选自《郭嵩焘诗文集》卷二十二，岳麓书社1984年版，第470页。
[4] 吴敏树：《与篠岑论文派书》，选自《吴敏树文》，商务印书馆民国二十二年（1933）版，第45页。
[5] 姜书阁：《桐城文派评述》，商务印书馆1929年版。
[6] 薛福成：《叙曾文正公幕府宾僚》，选自《薛福成选集》，上海人民出版社1987年版。

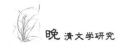

强而抑之，亦不可得也。气盛而用之其学与其才，故文莫高焉。"[1] 很明显，吴敏树强调"气"，强调"气盛而用之其学与其才"，目的在于矫正桐城古文的柔弱，以改变桐城古文以淡雅、简洁、阴柔为其主要标准的审美趋向和美学风格。这在当时是具有积极意义的。

三

吴敏树的文学创作，包括诗歌和散文两个方面。其诗数量不多，"诗主黄山谷，造句矜慎，而味醲深"[2]，而以散文创作的成就为大。

吴敏树的散文，我们通常能看到的，是收集在《柈湖文集》中的古文12卷[3]，录其文239篇。

吴敏树的散文，就其体裁着眼，大致可分为四大类。一类是写给亲友的书信和朋友离别时所写的赠序，以及为亲戚朋友祝寿而写的寿序。赠序和寿序除《屠禹甸夫妻八十寿序》等少数篇目尚有可读性外，大多系应酬之作。其书信则间有佳作，如《答李香州书》和《与篠岑论文派书》就是其代表。

《答李香州书》是作者在好友李香州再次落第后写给他的一封回信。信从慰藉好友落第开始，含蓄点出其"好古多学"；进而论述好古与脱俗的关系，最后表明自己不管世人"厌忌而共排之"，只求"有用于世"而进京应试求学，扩大交游，丰富阅历以"养气"的态度。全信写得平实浅显，似漫不经意，随手拈来；然而，构思巧妙，文笔自然流畅，时叙时议，一环扣一环，层层深入，意思显豁而富于深意，令人叹服。

《与篠岑论文派书》一文，力辟宗派之说，主张为文以古书为源。在当时那种"天下之文章，其在桐城乎"[4] 的形势下，治古文者多震于桐城之名，拘其说而不能自脱；吴敏树却不囿于世俗之见，敢于断断争辩，不愿为伍，其见解和胆量都是非常可贵的。

第二类是传、记、箴铭、哀祭文等。吴敏树的散文，长于叙事，故传人记游之作，每多佳篇；且吴氏平生喜欢山水，淡于名利，"凡君所得山水之奇，朋友之欢，及

[1] 吴敏树：《与朱伯韩书》，选自《吴敏树文》，商务印书馆民国二十二年（1933）版，第41页。

[2] 《吴敏树文·吴敏树传略》，商务印书馆民国二十二年（1933）版。

[3] 《柈湖文录》是吴氏手定本，没后20年，长沙思贤书局鸠赀重刻，王先谦校雠之，并搜补散佚，为之序，名《柈湖文集》。

[4] 周永年语，引自曾国藩《欧阳生文集序》。

博观周秦、两汉之书，见闻所及，瑰行轶迹，以资益其文之气势，微吟缓步，独喜自负"[1]。因此他的传人记游之作都写得清新流畅，洗练而有情趣，也是最能体现他文章风格的。

他的记游之作，如《君山月夜泛舟记》、《新修吕仙亭记》、《游大云山记》、《鹤茗堂记》、《听雨楼记》、《宽乐庐记》、《浩然楼记》等，皆写景抒情，意境秀美，逸趣横生，澹远清幽，令人读后有潇洒出尘之想。请看他的《君山月夜泛舟记》：

秋月泛湖，游之上者，未有若周君山游者之上也。不知古人曾有是事否，而余平生以为胜期，尝以著之诗歌。今丁卯七月望夜，始得一为之。

初发棹，自龙口向香炉。月华树端，舟入金碧。偕者二僧一客，及费甥、坡孙也。南崖下渔火十数星，相接续而西，次第过之，小船捞虾者也。开上人指崖一树曰："此古樟，无虑十数围，根抱一巨石，方万丈余，自郡城望山，见树影独出者，此是也。"然月下舟中仰视之。殊不甚高大，余初识之。客黎君曰："苏子瞻赤壁之游，七月既望，今差一夕尔。"余顾语坡孙："汝观月不在斗牛间乎？"因举诵苏赋十数句。

又西出香炉峡中，少北；初发时，风东南来，至是斜背之。水益平不波，见湾碕，思可小泊然。且行，过观音泉口，响山前也。相与论地道通吴中，或说有神人金堂数百间，当在此下耶？夜来月下，山水寂然，湘灵洞庭君，恍惚如可问者。又北入后湖，旋而东，水面对出灯火光，岳州城也。云起船侧，水上瀜瀜然，平视之，已做横长状，稍上，乃不见。坡孙言："一日晚，自沙嘴见后湖云出水，白团团若车轮巨瓮状者十余积，即此处也"，然则此下近山根，当有云孔穴耶？山后无居人，有棚于坳者数家，洲人避水来者也。数客舟泊之，皆无人声。转南出沙嘴，穿水柳中，则老庙门矣。《志》称山周七里有奇，以余舟行缓，似不翅也。

既泊，乃命酒肴，以子鸡苦瓜拌之，月高中天，风起浪作，剧饮当之，各逾本量。超上人守荤戒，裁少饮，啖梨数片，复入庙，具茶来。夜分登岸，别超及黎，余四人循山以归。明日记。

此文写于同治六年（1867）夏历七月十五日夜，即吴敏树晚年居家时月夜泛舟

---

[1] 郭嵩焘：《吴南屏墓表》，选自《郭嵩焘诗文集》卷二十二，岳麓书社1984年版，第470页。

游君山后所作。文中用简洁的语言,描绘了月夜洞庭湖迷人的湖光水色,叙述了洞庭湖优美的神话传说和奇异现象。从这种静穆幽深的意境中,巧妙地反映出作者的种种美好联想和晚年远离尘世的生活情趣。文章虽然模仿了苏轼的《前赤壁赋》,但风格却完全不同,而能出新意。苏文重在议论,以豪气见长,此文则重在描写,以清幽取胜。整篇文章文笔清新流畅,描写生动逼真而富于情趣,耐人寻味,确实称得上是记游写景的上乘之作。

再如《新修吕仙亭记》,文章自然分成前后两个部分:前一部分写吕仙亭远离市区,得山水之胜,文字清丽、简洁,颇动人游兴。后一部分论神仙之有无,力辟神仙说之谬;但又认为仙事可以不学,而神仙之意则不可无。文章叙议结合,过渡自然妥帖,不留痕迹。从中可看出作者晚年家居时远离尘世、闲放自适的情怀,这也正是作者晚年精神面貌的真实写照。

他的传记,如《亡弟云松事状》、《书谢御史》、《董特轩传》、《程日新先生家传》、《郡中三诗人传》、《业师两先生传》等,皆写得简洁生动、个性鲜明,且常有寄托,是传记文学中的佳篇。

其《亡弟云松事状》一文,是为别人给亡弟云松写墓表而提供的生前事迹的材料。虽是一篇"行状",但可视作一篇优秀的传记来读。文中先简要叙述亡弟名号、进学、年龄、卒、葬以及身后亲属等情况;紧接着较详细地介绍了亡弟的生平事迹以及兄弟间深厚的情谊;最后说明弟亡后的埋葬情况和请人写墓表,交代写"状"的缘由。此文不以内容取胜,而以文字和结构取胜。全文语言平实简洁,于平实中抒发其对亡弟的深深怀念之情,情真意切,生动感人;而行文布局颇具匠心,让读者从平淡中见出精巧。

《书谢御史》一文,热情歌颂刚正不阿、执法如山、不畏权贵的"烧车谢御史(谢振定)"的高贵品质。作者还以一位"郎官当推御史者"的腐败言行与之对照,既鞭挞了和珅及其宠奴,又批判了只重官禄、只顾身家的庸劣之辈和当时京官畏忌权势的风气,是一篇动人的文章,给读者留下很深的印象。作者善于通过典型事件来塑造人物,表现人物的个性。请看其中一段文字:

> 当乾隆末,宰相和珅用事,权焰张。有宠奴常乘和车以出,人避之莫敢诘。先生为御史,巡城遇之,怒,命卒曳下奴,笞之。奴曰:"汝敢笞我!我乘我主车,汝敢笞我!"先生益大怒,痛笞奴。遂焚烧其车曰:"此车岂复堪宰相坐耶!"九衢中人聚观,欢呼曰:"此真好御史矣!"

这段文字记事写人真可谓既简洁明了，又生动曲折；虽仅百余字，然作者运用典型的事件，使谢振定不畏权贵、宠奴骄横仗势的形象，活生生地展现在读者面前。

第三类是小品、杂说等文章。这类散文往往即事喻理，有较深的寓意，使读者从中受到启迪。如他的《说钓》一文，以钓鱼来比喻科第的流弊，讽刺那些在科举途中追求功名利禄而贪得无厌之徒，生动形象；"大之上有大焉，得之后有得焉；劳神侥悻之门，忍苦风尘之路，终身无满意时，老死而不知休止。"文章叙中有议，讽刺世态。刻意描摹，以小见大，言虽近而喻甚远，耐人回味。尤其是作者对生活体验入微，故描写细致、曲折，引人入胜，富于情趣。当然，文中亦流露出一种知足者常乐的情调，反映了作者晚年居家时的一种精神面貌。

再看他的《移兰记》：

> 兰采之临湘山中者，盆蓺之斋之前，方春，新叶不敷，旧青减色；或言种蓺之术疏然也。余故弗知，环视而嬉，忽悟兹兰之意曰："是盆者拘拘，孰若转我于深林大山之间，得吾宜而畅吾姿乎？"乃移而致之后山之阴，竹树之林；既培既洒，趋生若喜。遂再拜而祝之曰：

> 兰之生兮，湘山之幽；供盆蓺而弗欣兮，不与众品为俦。嗟兰之昌兮，宜为国香；愿乐兹土之无央兮，美人兮其不尔忘。

全文仅百余字，然喻事明理，言浅意深，与龚自珍的《病梅馆记》有相通之处，表现出作者追求人身自由、个性解放的思想倾向。

另外，《文敝》批判八股文，认为"时文之敝，至今日而极矣"，《巴陵水利说》则呼吁"安得良宰而正告之"："浚塘而厚其堤，贮水益多；以此神荒政，息乱源"；"山木宜蓄"，"叶覆地"、"土肥而不流"。而《杂说一》通过"药生于山，而求药者于市，市故药之聚也；而市者常伪以乱真"的现实，说明要想"药""有奇效"，就必须保全"药"的本来面目。《杂说二》则就"弗良"之骤过小山坡和遇暴雨而"遽伏地"，"驭者痛鞭之，几死，不起"之事，说明"相马之果有术"和干任何事情都不可"苦甚"的道理。这些都还是有一定现实意义的。

第四类是文集的序、跋等，多系朋友间的应酬之作，佳者极少，故从略。

纵观吴敏树的散文创作，尽管其词高体洁，风格清新、恬淡、秀逸，讲求创作技巧，在艺术上取得了很大成就。但由于他为文喜欢以古书为源，尤其是多以个人情怀为主，所以有一些作品缺乏现实内容，与社会现实生活联系不紧。有关社会的兴亡、民族的前途、命运等等问题，作品反映不多，显得较为空疏、贫弱，这又与桐城派有些相似。正如张舜徽先生在评《柈湖文录》时所说："顾敏树之文，长于叙事，故传人记游之作，有绝佳者。若夫说经议政，固非文士所易办，集中虽亦有此类文字，然可传之篇鲜矣。"[1]

## 四

清代散文，自康熙、乾隆以来，以桐城派占绝对优势，名噪一时，并赢得了"天下文章，其在桐城乎"的赞誉，至道光年间，桐城派散文已流于空疏浅陋，而逐渐"文敝道丧"，"浅弱不振"。[2] 正在这时，"湘乡曾文正公出，扩姚而大之，并功德言为一途，挈揽众长"，"以矫桐城末流虚车之饰"，[3] 文人学士皆争相走趋曾氏之门，形成了所谓"桐城中兴"的局面。为什么吴敏树在此风靡之时，仍能不为所动，独树一帜，形成其散文清新、恬淡、秀逸的风格呢？原因是多方面的。

首先，吴敏树一生喜山水、乐游览，得山水之助甚多。吴氏家居山水之乡，经常遨游山水间，徜徉于洞庭、君山、岳州等名胜之地，并曾游览过太湖、西湖、彭蠡湖、石钟山、庐山以及大小孤山等名胜。于是，山水的清秀、俊逸，江湖的宽广、深邃，家居生活的闲适、恬淡，田野风光的绚丽多姿，皆汇聚于胸中，发而为文。时人郭嵩焘曾说过一段话：吴敏树之"从弟士迈，购九江楼君山，有湖山花木之胜。君乐之，为堂于其前，曰鹤茗堂，而建北渚亭于其左。岁尝自其家棹小舟，载书策，行九十里，至所谓九江楼者，读书吟咏于其中。累月经时，凭阑望远，云烟淡碧，澄澈如镜。或时闻风涛万顷，雷霆之声，以发其文趣。视人世忻戚得丧，无累于其心，以自适其超远旷逸之趣。此君文之所以独绝于人也"[4]。这是极有道理的。

其次，吴敏树为文，不拘于一家一派，能兼取众家之长。吴敏树"自年二十时，辄喜学为古文"[5]。曾精研过《史记》和《归震川集》，编纂有《史记别录》、《归

***

[1] 张舜徽：《清人文集别录》（下册）卷十八，中华书局 1963 年版，第 505 页。

[2] 黎庶昌：《〈续古文辞类纂〉序》，选自《中国近代文论选》（上），人民文学出版社1959 年版，第 314、315 页。

[3] 黎庶昌：《〈续古文辞类纂〉序》，选自《中国近代文论选》（上），人民文学出版社1959 年版，第 314 页。

[4] 郭嵩焘：《吴南屏墓表》，选自《郭嵩焘诗文集》卷二十二，岳麓书社 1984 年版，第 470 页。

[5] 吴敏树：《与篠岑论文派书》，选自《吴敏树文》，商务印书馆民国二十二年（1933）版，第 45 页。

文别钞》，又精研过《望溪文集》，认为"望溪之文，厚于理，深于法，而或未工于言"，"然为一代之文"；"亦欲钞之，而竟未暇"。[1] 并强调，"盖观古人之文章，而录其尤可喜者，时手而读之，此学者恒事也"[2]。后读八家之书，尤用心研习韩愈和欧阳修之文，认为："二公者，其持身立朝，行义风节，何如哉？岂尝有分毫畏避流俗，不以古人自处者哉？故得罪贬斥而不悔，丛谤集谗而不惧；而文章之道，故有浩然盛大者焉。"[3] 就是对同时代作家的古文，如梅曾亮、朱琦、曾国藩等的文章，吴敏树亦认真研究。正是在广泛吸取古今各家之长，融汇于心的基础上，吴敏树以自己过人的才气，加以发挥、创造，而终于形成了自己独特的风格。

再次，吴敏树仕途失意。怀才不遇，毅然退出官场，专心于治古文，以求"有传于后"。吴氏"年二十时，即有志于古文，杂以他学，用意不专"[4]，总希望通过科举步入仕途，一展雄图。然而，道光壬辰岁（1832）举乡试后，"尝数至京师矣，既龃龉有司，不得一当；欲勉持一刺，干谒当时声誉之人，则愁沮万状，甘自晦匿而已"[5]。仕途的不得志，官场的黑暗，使他的幻想破灭，并终于下定决心，抛弃科举之途，而专意于古文的创作："大者不望见用于时，犹愿发挥文字，有传于后。"[6] 其"冀以宽闲无虞之日月，尽意文字间"[7]。功夫不负有心人，经过数十年的揣摩、研习、探索，吸其精华，去其糟粕，吴敏树终于在古文的创作上卓然独立，自成一家，取得了令人羡慕的成就。

总之，吴敏树的散文创作，冲破了桐城古文的藩篱，兼取古今众家之长，而形成了自己独特的风格，给道光、咸丰及同治年间的文坛吹进了一股清新的风，产生了较大的影响。"桐城中兴"的盟主曾国藩也曾说：

> ……大集古文，敬读一过，视昔年仅见零篇断幅者，尤为卓绝。大抵节节顿挫，不矜奇辞奥句，而字字若履危石而下，落纸乃迟重绝伦。其中闲适之文，清旷自怡，萧然物外；如《说钓》、《杂说》、《程日新传》、《屠

---

[1] 吴敏树：《与篠岑论文派书》，选自《吴敏树文》，商务印书馆民国二十二年（1933）版，第45页。

[2] 吴敏树：《记钞本震川文后》，选自《吴敏树文》，商务印书馆民国二十二年（1933）版，第25页。

[3] 吴敏树：《与朱伯韩书》，选自《吴敏树文》，商务印书馆民国二十二年（1933）版，第41页。

[4] 吴敏树：《与朱伯韩书》，选自《吴敏树文》，商务印书馆民国二十二年（1933）版，第42页。

[5] 吴敏树：《与朱伯韩书》，选自《吴敏树文》，商务印书馆民国二十二年（1933）版，第40页。

[6] 吴敏树：《与朱伯韩书》，选自《吴敏树文》，商务印书馆民国二十二年（1933）版，第42页。

[7] 吴敏树：《上曾侍郎书》，选自《吴敏树文》，商务印书馆民国二十二年（1933）版，第48页。

禹甸序》之类，若翱翔于云表，俯视而有至乐。国藩尝好读陶公、及韦、白、苏、陆闲适之诗，观其博揽物态，逸趣横生，栩栩焉神愉而体轻，令人欲弃百事而从之游。而惜古文家少此恬适之一种，独柳子厚山水记破空而游，并物我而纳诸之域，非他家所可及。今乃于尊集数数遘之，故编中虽兼众长，而仆视此等尤高也。[1]

今天看来，曾氏对吴敏树散文的评价不免有些溢美之嫌，但总的说来，其持论还是比较客观、公允的，且能抓住吴氏散文创作的主要特点。

（《湖北省教育学院学报》1992 年第 2 期）

# 中国近代日记文学概观

## 一

日记是散文的一种，是一种内容广泛、笔法灵活、形式多样的文体。古往今来，优秀的日记文学作品，常常熔叙述、描写、议论和抒情于一炉，成为文学百花园中一枝绚丽的花朵。

我国日记文学的形成，历史悠久，源远流长。据记载，早在一千多年以前的唐代，就出现了日记作品。宋代以后，日记繁兴，文人学士撰写日记蔚然成风，优秀的日记文学作品源源不断地出现，广为流传。这些日记作品，或记录个人日常生活，抒写政治情怀；或记载时事、政治，考辨经史、文物；或纵谈掌故、典章，品评诗文、书画；或描绘名胜古迹，记叙游览踪迹；或谈天说地，记录研究所得。其内容丰富，题材多样，形式新颖活泼，绚丽多姿，是我国古代文学的重要组成部分。

到了近代，日记文学又有了长足的发展。近代日记的数量异常宏富，据统计达千余种之多。

---

[1] 曾国藩：《复南屏书》，转引自李昌焕：《吴敏树文·序》，商务印书馆民国 22 年（1933）版。

这些日记，除少量刻本外，多数为手稿本和钞本。可惜的是，有不少日记由于各种原因已散佚失传。党的十一届三中全会以后，国务院很重视近代日记的研究、整理工作，将许多重要日记列入规划，陆续出版了一批有价值的日记作品，为研究近代社会和近代日记文学的发展提供了条件。

近代是中国社会发展的重要阶段，此时期的日记则是研究近代社会政治、经济、军事、文化、艺术的第一手材料。为了叙述方便，现根据近代社会发展的几个不同的历史阶段，仅以部分著名作品为例，对近代日记所反映的基本内容做一个粗略的归纳。

第一，以第一、第二次鸦片战争为内容的史料记载。如《林则徐日记》、张喜的《抚夷日记》、七弦河上钓叟的《华廷杰日记》、英人义律·宾汉的《英军在华作战记》等。这些日记，从林则徐在广东、浙江领导禁烟运动到中英《南京条约》的签订；从英国借口"亚罗号事件"发动第二次鸦片战争到英法联军攻陷广州的情形，记录了第一、第二次鸦片战争的全过程，《英军在华作战记》更从侧面反映了英军蓄意发动侵华战争的真情，保存了大量原始资料。

第二，记录太平天国革命运动的基本情况的日记。如方玉润的《星烈日记》、汪士铎的《乙丙日记》、汪德门的《庚申殉难日记》、沈梓的《避寇日记》、李棠楷的《李文清公手书日记》、赵烈文的《能静居士日记》、王闿运的《湘绮楼日记》等。日记中记载了太平天国从金田起义到攻克南京建立"天朝"以及清军攻陷天京、太平天国最后失败的全过程，涉及太平天国时期的政治、军事、经济、典章制度和重大战役的战斗经过，其中不少记载，可补史籍记载之缺。

第三，记载洋务运动和使外活动的日记。如《翁文恭公日记》、《郭嵩焘日记》、曾纪泽的《出使英法俄国日记》、薛福成的《出使英法意比四国日记》、志刚的《初使泰西记》、《张骞日记》、王韬的《扶桑游记》、罗振玉的《扶桑两月余》、徐建寅的《欧游杂录》、单士厘的《癸卯旅行记》、张德彝的《航海述奇》、李圭的《东行日记》等等。这些日记，多角度、多方面、多层次地反映了清政府为加强同东、西方各国的联系、往来和洋务派为培养洋务人才，大量向外国派出考察人员和外交使节，或考察外国的政治、军事、文化、教育、风俗等各方面情况，以推动洋务运动的发展；或交涉国与国之间的有关问题，增进双方了解和交流，是研究近代洋务运动兴衰过程和对外交往史的有价值的资料。

第四，述录中日、中法战争情况的日记。如王同愈的《栩缘日记》、唐景崧的《请

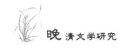

缨日记》、张佩纶的《涧于日记》、吴汝纶的《桐城吴先生日记》等。这些日记，涉及了中日甲午战争、中法战争的具体形势、战况和爱国将领率部抗日、抗法的英勇事迹，为研究中日、中法战争提供了重要参考资料。

第五，反映义和团运动和八国联军侵略中国的日记。如《景善日记》、《高枬日记》、陆树藩的《救济日记》、佚名的《筹笔偶存》、吴庆坻的《庚子赴行在日记》、德人瓦德西的《瓦德西拳乱笔记》等。这些日记，涉及了义和团的活动情况和义和拳的源流、性质以及八国联军和清政府联合镇压义和团运动等各方面情况。其中有些珍贵资料对研究义和团运动的发生、发展和失败，对揭露八国联军的侵华罪行和清政府卖国投降的丑恶嘴脸，有着重要的参考价值。

第六，关于戊戌变法、辛亥革命的日记。如居正的《梅川日记》（原名《辛亥札记》）、宋教仁的《宋渔夫日记》、孙宝瑄的《忘山庐日记》、袁金铠的《傭庐日记》、康有为的《欧洲十一国日记》、梁启超的《新大陆游记》等。这些日记，对戊戌变法前后的种种传闻，对新法的探讨，对康、梁在维新变法失败后四处奔走鼓吹保皇和对辛亥革命发展过程中的许多重大历史事件都有翔实记录，是极珍贵的原始史料。值得一提的是，袁世凯也写有一部《戊戌日记》，但这却是一部欺世盗名的、货真价实的伪日记。

第七，综合记载各个时期重大事件，或专事记述学术兴衰、风俗隆替、治学心得，或论列近代政治、经济、文化、外交等方面的日记。如《曾国藩手书日记》、李慈铭的《越缦堂日记》及《日记补》、叶昌炽的《缘督庐日记》、赵彦偁的《三愿堂日记》、周星誉的《欧堂日记》、俞樾的《曲园日记残稿》等，保存了许多有价值的原始资料。

应该说，近代的任何一部日记，其反映的内容都是非常广泛而丰富的，要准确地判断其归属，确实不易。因而，以上只是就日记所反映的主要时间和内容，所做出的一个大概归纳。

二

从以上简要的介绍中可以看到，中国近代日记文学作为散文文体的一种，有其自身鲜明的特征。

第一，近代日记文学的时代感异常强烈和鲜明。近代是中国社会发展的一个特殊阶段。自 1840 年鸦片战争开始，帝国主义列强用大炮轰开了"天朝"的大门，从此，中国社会一步步沦为半封建半殖民地社会。深刻的社会变革和剧烈的社会动荡，使近代日记文学打上了鲜明的时代印记。我们知道，文学创作是与社会背景的转换、阶级斗争的起伏和政治运动的进展息息相关、密不可分的。在近代，反帝爱国思想启蒙的内容，反帝爱国、救亡图存的主题，成为贯穿近代文学的主线。而日记"是生活的镜子，是战斗的武器"[1]，"最能保存时代生活真貌，及作者真实情感"[2]。因而生活在近代这一特定历史时期的作家，其日记当然是这一时期社会生活的直接记录，也必然会展现这一时期社会各方面的真实情况，读者可以从中感受到时代脉搏的跳动、社会生活气息的熏染。从前面的概述中就可以得到证明。凡近代的各个重要阶段和重大的政治运动，日记中都有充分反映。近代日记文学强烈的时代精神，既可使我们了解、认识各个历史阶段的社会状况，获得正史上得不到的东西；又具有珍贵的史料价值，为研究近代史和近代作家思想，提供了第一手资料；更能激发中华儿女的爱国热情，为振兴中华、建立繁荣富强的社会主义现代化国家而奋斗。

第二，近代日记文学的内容广泛丰富，形式灵活多样。日记是记录作者每天的所见所闻、所思所感、所作所为的文字，即每日生活的实录。尤其是近代，日记已从过去那种传统的狭窄圈子里突破出来，全面地反映社会生活的面貌。人们广阔的生活范围和各种不同的生活方式，使得那些反映人们生活实况的日记，也千差万别，各式各样；而广泛丰富的日记内容，也决定了日记形式的百花齐放，多彩多姿。更值得注意的是，近代日记在形式上已呈现出新旧交替的过渡性质。

如上所述，近代日记的取材广泛，上自国际、国内重大政治事件，下至家庭、个人生活琐事，真是包罗万象，无所不有。几乎涉及政治、经济、历史、地理、军事、科技、文化、艺术、宗教、外交、典章制度、掌故、风俗等各个领域和方面。以《林则徐日记》为例，它记载了嘉庆、道光几十年间的政治、军事、民政、水利、地理、学术诸方面的史料。其中涉及禁烟运动全过程的内容，可补正史之缺；所述自己作诗文、书画的活动，又可补充《清画家诗史》所缺；而所记有关科举、书院、水利等方面的内容，多为珍贵的第一手资料。又如叶昌炽的《缘督庐日记》，因作者学问渊博，精通经、史、子、集，兼长金石之学，遂将其搜访考证、读书心得，都写在日记里。尤其是涉及甲午战争、戊戌变法、义和团运动三个时期的日记，具有较

---

[1]　乐秀良：《日记何罪！》，见 1979 年 8 月 4 日《人民日报》。

[2]　《孙犁文集》，百花文艺出版社 1981 年版。

大历史价值。

与丰富多彩的内容相适应，近代日记文学在形式上也是长短咸宜，不拘一格。艺术上手法多样，风格各异。语言上亦向通俗浅显方面发展。日记文学既可记述事件始末，描绘自然、社会环境，又可研究学问，品评事物短长，抒发心曲。因此，与其他文学样式相比，显得更为自由活泼，灵巧轻便，信笔所至，挥洒自如，为很多作家喜爱和擅长。

第三，近代日记中反映各国交往的使外日记空前发达。近代以前，虽也有反映中国与东、西方各国文化、经济交往的日记，如南宋徐兢的《使高丽录》等，但为数不多。长期封闭的中国大门被英国侵略者的鸦片和大炮轰开以后，沦为半殖民地半封建社会的中国开始向西方列强派出外交使团。尽管这种国际交往是不平等的，是清朝政府向外国侵略者妥协屈服的产物，但不少使臣都留下了珍贵的日记，生动具体地记录了东、西方各国的社会状况、政治制度、文教设施、风土人情和山川景物，打开了中国人的眼界，使人们耳目一新，看到了另一个新的天地。尤其是洋务运动和资产阶级民主革命的兴起，闭关锁国政策受到进一步冲击，中国先进的知识分子开始睁开眼睛看世界，并向西方寻求救国之法。因此，描写出使外国和到世界各地游历生活情况的日记越来越多。李圭的《东行日记》、王韬的《扶桑游记》、郭嵩焘的《伦敦与巴黎日记》、薛福成的《出使英法意比四国日记》、单士厘的《癸卯旅行记》、张德彝的《航海述奇》、康有为的《欧洲十一国游记》等，都是其代表作品。

第四，专门从事日记文学写作的人越来越多，出现了不少日记专集。著名的如方玉润的《星烈日记》、张德彝的《航海述奇》、《郭嵩焘日记》、薛福成的《出使英法意比四国日记》、曾纪泽的《出使英法俄国日记》、单士厘的《癸卯旅行记》、李慈铭的《越缦堂日记》、康有为的《欧洲十一国游记》等等。其中尤以张德彝、郭嵩焘和李慈铭为突出，他们是近代主要从事日记文学创作的著名作家。李慈铭从20岁开始写日记，直到晚年，前后达37年（1853—1889）之久，中间只有短期间断。他的《越缦堂日记》共64册，记述自己的经历和见闻，包含了许多有价值的史料，尤其是那些读书心得，常发人所未发，多所创见。因此，在过去极为风行，得到许多人的重视。郭嵩焘自咸丰五年开始记日记，迄光绪十七年止，前后37年（1855—1891），中间只短期间断。其日记计61册，228万余字，可谓宏富。而张德彝曾八次出国，每次都留下了一部日记体裁的闻见录——《航海奇述》，共70余卷，200

余万字，不能不说是一位大日记、游记作家了。

## 三

近代日记作品的内容广泛，数量宏富，写法灵活，品种齐全。根据其内容和形式上的特征，近代日记大致可分为以下几种类别。

第一，排日记事类。这类日记重在按时间顺序记叙每天的所作所为、所见所闻、所思所感，绝大多数并不是为了发表和出版，而是"写给自己看到"[1]，带有录事备忘的作用；或留存史实、资料，以备将来检索、查验，为创作、著述积累材料。当然也有一部分日记是作者"愿意别人知道，或者不妨给别人知道"[2]的，即准备发表或出版，专门写给别人看得日记。在近代日记文学中，这种排日记事式的日记数量最多。正如鲁迅所说，它是日记的"正宗嫡派"和主体。著名的如李慈铭的《越缦堂日记》、张荫恒的《三洲日记》、徐建寅的《欧游杂录》、单士厘的《癸卯旅行记》等就是这类日记。

排日记事类日记来自古代，但至近代以后，已经有了很大的发展。一般说来，古代这类日记每日所记，都较简略，以记述为主，有的只寥寥数语。但近代这类日记则记事较详尽，篇幅亦较长，兼及描写、议论、抒情，其少则几十言，多则洋洋数百、千言。如单士厘的《癸卯旅行记》记光绪二十九年二月十七日（1903 年 3 月 15 日）参观日本"博览会"就近 3 000 言。徐建寅的《欧游杂录》光绪庚辰九月二十三日（1880 年 10 月 20 日）记在德国柏林东郊参观铜厂制作红铜管，亦有 2 300 百余言。

第二，随手札记类，或称笔记类。这类日记除记下每日自己的所见所闻、所作所为外，还有大量随笔、札记和读书心得。作者将自己的研究所得，每日随手记下来。在这里，时间的顺序就显得不太重要了。甚至有些作者在记日记或最后整理日记时，将日记按内容性质进行归类。如方玉润的《星烈日记》，共 40 卷，20 册，全部分类记载，并立有标题。吴汝纶的《桐城吴先生日记》共 16 卷，10 册，全书按内容性质分为经学、史学、时政等 12 类。又如居正的《梅川日记》（原名《辛亥札记》），1 册，记事起于中部同盟会之酝酿，迄于同盟会公开。虽以日记名书，但不以月、日系事，

---

[1]　《鲁迅全集》第 3 卷，人民文学出版社 1973 年版，第 289 页。

[2]　《鲁迅全集》第 6 卷，人民文学出版社 1973 年版，第 408 页。

而是以本末体分条缕述，按事情先后排列，共 104 条。

第三，咨报类。这是近代日记中的一种特殊类型。随着中国大门被西方列强用大炮轰开和洋务运动、资产阶级民主革命运动的兴起，清朝政府不断向东、西方各国派出各种使团和考察团；并于光绪四年（1878）做出了"出使各国大臣应随时咨送日记等件"的明文规定。要求"凡有关系交涉事件，及各国风土人情，该使臣皆当详细记载，随事咨报"[1]。作为例行公事，当时那些肩负使命的驻外人员，在出使、考察期间，都按日记录下所见、所闻、所得，并经整理后呈交朝廷的有关部门以"备采择"[2]。著名的如薛福成的《出使英法意比四国日记》、载泽的《考察政治日记》、戴鸿慈的《出使九国日记》、郭嵩焘的《伦敦与巴黎日记》、曾纪泽的《出使英法俄国日记》等。尤其是薛福成的日记，为了避免"仿照成式，别无发挥，雷同之弊"，系另辟蹊径，"据所亲历，笔之于书。或采新闻，或稽旧牍，或抒胸臆之议，或备掌故之遗"[3]，熔记事、描写、议论、抒情和工作汇报于一炉。内容广泛丰富，行文流畅生动，确实别具一格。其《观蜡人馆、油画院记》更是日记中的名篇佳制，一直被编进中学的语文课本。

第四，纪游类。这类日记的主要内容为记录旅途行程，叙述出国访问情况，描写异国风情、山水景观，或评判人事，议论得失，抒发作者的某种思想或感情。具有广泛的表现力和极强的真实感。纪游类日记又可分为两种类型，一种是按日记叙游踪行程，以记述为主的；一种是带有鲜明政治目的，不完全按时间顺序，采用小标题方式，记述、议论参半的。前者如王韬的《扶桑日记》，是作者 1879 年赴日本游历所记的日记，逐日记载了这次中日文化交流的盛事，是近代散文中较早反映中日友好关系的优秀作品。后者如康有为的《欧洲十一国游记》（实际上只完成了《法兰西游记》和《意大利游记》两种），就是他为了"遍尝百草"，寻求能够医治中国"沉疴"的"神方大约"的两种纪游体政治考察日记[4]，也是他不断向西方寻求真理的两部心得。他的"游记"，往往借题发挥，纵横议论，既有精华，亦有糟粕。又如梁启超的《新大陆游记》，就是他到北美"游历时随笔所记"[5]的一部政治日记。可以说，他的这次旅行完全是一次政治旅行，其目的在于促进北美"中国维新会"（即

---

[1] 薛福成：《出使英法意比四国日记·咨呈》，岳麓书社 1985 年版，第 59 页。

[2] 载泽：《考察政治日记·序》，岳麓书社 1985 年版，第 563 页。

[3] 薛福成：《出使英法意比四国日记·咨呈》，岳麓书社 1985 年版，第 60 页。

[4] 康有为：《欧洲十一国游记·序》，岳麓书社 1985 年版。

[5] 梁启超：《新大陆游记·凡例》，见"走向世界丛书"，岳麓书社 1985 年版，第 57 页。

"保皇会")的建设。

以上是对近代日记类别所做的一个粗略划分。由于日记是"最随便、最自由、最活泼、最率直的一种文体"[1]，加之各个作家的写法又不拘一格，在同一部日记中，往往"几种方式相互搭界或综合运用"[2]，因而，想用某种固定的框架来予以规范和格式化，显然是不切实际和困难的。

（《荆州师专学报》1992 年第 4 期）

# 论八股文的衰亡

在明清五百年间的历史上，八股文虽然有它红得发紫的一页，但是，以其陈腐空疏、弊端丛生，最后还是没有逃脱遭人唾弃的命运，终于在为"狂飙飞沙之所驱突"、中古文化向近代文化悄然演进的"过渡时代"（梁启超语）里，于 1902 年被送上了历史的祭坛。为什么横行了几百年的八股文会走向颓败呢？为什么一直把八股作为试士选才"法宝"的清政府却在世纪易替之际无可奈何地为它敲响了丧钟呢？我们认为，八股文在清代由衰败走向灭亡，是一种客观的历史文化事实，这种事实，"必须通过寻找原因，才能赋予事实以可以理解的性质"[3]。而且，为这种事实寻找原因，应该拓宽视线，把眼光投向政治风云的变幻、社会思潮的鼓荡、社会风习的兴替等焦点上，从而在清代文化进程和民族发展展示的整个时代风貌中观照、认知上述历史事实出现的必然性。这样，对八股文走向衰亡这一有着内在逻辑的有机过程就可获得整体上的体认。

## 一、封建社会大厦将倾，八股时文难挽颓波终遭痛诋

八股文在清代由兴盛走向衰亡，其地位的揲转，有如宠儿变作弃子。这种充满悲剧意味的戏剧性转换，是多种因素交汇成的合力的推动所致。在这多种因素中，

---

[1]　郑逸梅：《日记摭谈》，见 1984 年 10 月 5 日《青少年日记》。

[2]　韩少华：《谈谈写日记》，选自《应用文写作知识》，档案出版社出版。

[3]　《现代西方历史哲学译文集》，上海译文出版社 1984 年版，第 305 页。

封建社会的颓波难挽以及清政府的腐朽没落，是促其衰亡的决定性因素。清代经历了"康乾盛世"后，在中国延存了几千年的封建社会开始如摇摇欲坠的大厦，时刻都面临着分崩裂析；特别是西方帝国主义的魔爪撬开了中华帝国紧闭的大门后，中国一步一步地沦为半殖民地半封建社会，使得大清皇朝内忧外困，江河日下，险象丛生，到处充满着"日之将夕，悲风骤至"的垂暮景象。政治上，日益腐败："朝廷以阿顺为贤，宰相以直节为忌，群小盈廷"，而"奇才绝识沉沦困踬而无以自效"。[1]经济上，萧条凋敝，民不聊生，"纳过官粮余秸秸"[2]；而官吏"其贪以浚民之脂膏，酷以干天之愤怒"[3]；权贵兼并土地，使"无地者半天下"[4]。文化教育上，八股试士，致使人才日下，"束发成童，即期以富矣。所尚者，非通经也，应举之文也；所求者，非致用也，干禄之术也"[5]。此外，民族矛盾日益加剧，"侮警飚忽，军问沓至"（魏源语）。总之，这是一个"国势危蹙，祖陵奇变"的乱世。然则，清政府腐朽、没落、世运日艰与八股文退出历史舞台究竟有何关系？

第一，世运日艰，迫使清统治者因时通变，谋求出路，最后不得不触及八股文。由上文所述来看，封建社会已如垂暮老者，行将就木；清政府也似身染沉疴的病人，尚存一息。既然如此，封建统治者是否甘愿最后为他们热恋的封建制度和政权唱一曲挽歌呢？不！他们还是希望通过给封建政权这一几乎僵死的躯体注入"强心剂"，使之增加活力，以苟延残喘；还是企图"因时通变"，"以励实学而拔真才"[6]，从而"共济时艰"[7]。然则，连清最高统治者最后也清楚地看到，"四书文取士"只能使"谫陋空疏者，每获滥竽充选"[8]。既然八股试士难收真才，而统治者又希冀"拔真才"以济危局，那么，怎样调和这种矛盾呢？唯一的办法，只有废除八股！由是观之，八股文退出历史舞台，在某种意义上是清政府腐朽没落促使统治者"穷则思变"使然。

第二，政治腐败，世运日艰，使民族增添了忧患意识和紧迫感，从而使一大批以补偏救弊、匡世济众为己任的有志之士蜂拥而起，为推倒八股文提供了有生力量。这些仁人志士在中华民族处在严重危机之时，纷纷挺身而出，上下求索，探寻中华

---

[1]　姚莹：《康輶纪行》卷上，同治八年（1867年）刻本。

[2]　魏源：《江南吟》，选自《魏源集》（下），中华书局1983年10月第二版，第671页。

[3]　《张亨甫全集》卷三，同治六年（1867年）麦秋镌本。

[4]　《皇朝经世文新编、续编》卷五五、卷一。

[5]　《刘孟涂文集》卷二，民国4年（1915）归叶山房精印本。

[6]　《清德宗实录》。

[7]　《清德宗实录》。

[8]　《清德宗实录》。

民族自主富强的道路。这些人尽管主张各异，但在反对八股文这一点上，都是一致的。特别是教育救国的倡导者们，对八股的痛恨、攻击，尤为急切、猛烈。由此看来，衰微、黑暗的时代在孕育了"先天下之忧而忧"的"补天者"的同时，也孕生了剿击八股文的生力军。历史已证明，这些生力军对八股文退出历史舞台，确实起到了不可小视的作用。

## 二、文化启蒙思潮迭起，士人务经世之道而厌空疏学术

马克思曾说："与外界完全隔绝曾是保存旧中国的首要条件，而当这种隔绝状态在英国的努力下被暴力所打破的时候，接踵而来的必然是解体的过程，正如小心保存在密封棺木里的木乃伊一接触新鲜空气便必然要解体一样。"[1]的确，鸦片战争后，西方资本主义新文化涌入古老的中华大地后，以其不可抵阻的能量冲击着中国社会各个领域的传统文化，而处于封闭系统的"木乃伊"式的中华传统文化在与西学的较量、碰撞下迅速解体，西学最终占据了优势。因而在当时的情况下，"已不是中国皇帝用什么手段遏制、在什么时候驱逐西方文化，而是中国的老百姓在怎样的现实教训、理智态度和心理承受能力前提条件下，去逐步地、有选择、有批判地接受它"[2]。为这样的文化大趋势所推动，大批士人开始弃蒙昧主义和空疏的学术，而以开放的胸襟，将西方文化作参照系，调节从封闭的僵体中解脱出的部分中华文化的再生机制，使之蜕变，以获新生。这样，在西学的刺激和影响下，同时也在阶级矛盾、民族矛盾日趋尖锐的现实的感召下，有一大批有识之士从"子曰诗云"的梦呓中开始惊醒过来，转而重新操起明清之际黄宗羲、顾炎武和清中叶龚自珍、魏源等早期启蒙思想家留下的旗帜，将全部的注意力投入到现实问题的解决上，极力张扬经世济民的"实学"：或研究漕运、盐法、河工之大政，或求筹边、御外之良术，或高扬"史学经世"之传统。此外，随着启蒙思潮的高涨，一部分士人还很注重工商业和自然科学。如王韬就曾对"以农为本"、"以工商为末"的传统观念进行过抨击，他还编有《西学辑存》六种，以介绍自然科学知识。正是因为这种启蒙文化和经世意识在近代复活和回归，所以甲午前后，才有冯桂芬、王韬、郑观应等一批具有历史责任感的新学家应运而生，才有大兴学堂以图强求富的洋务派脱颖而出，才有以革故图新为宗的戊戌维新运动蓬勃开展……这种种新的气象表明：西学的侵

---

[1] 马克思：《中国革命与欧洲革命》，选自《马克思恩格斯选集》第2卷（上），人民出版社1975年版，第3页。

[2] 冯天瑜等：《中华文化史》，上海人民出版社1990年版，第926页。

入，促使着中国传统文化的"木乃伊"迅速风化；而以经世致用、立足现实为根本特点的启蒙文化至少是在知识界形成了大气候。因此，不切实际、空疏无用的八股文自是难以抵御这种摧枯拉朽式的启蒙思潮的裹挟。从这个意义上说，西方文化渗透、经世意识复苏的过程，也就是促使八股文走向衰亡的文化大背景形成的过程。

### 三、儒学地位每况愈下，八股文的精神支柱受到摇撼

在清代，集儒学之大成的程朱理学曾一度被统治者尊崇备至，其势炙手可热。但是，在社会经济中资本主义萌芽强劲突破力的作用下，程朱理学在有清一代的哲学思想领域结成的板块开始出现了裂缝：学者们对儒学经典进行了无情的批判和否定，理学的权威性面临着严峻的挑战，开始趋向式微。清季，既有人大胆指责"圣人之书"的《大学》，"其言似圣，而其旨实窜于禅；其辞游而无根，其趋罔而终困；支离虚诞，此游夏之徒所不道，决非秦以前儒者所作可知"[1]；也有人对程朱理学的"宗旨秘义"——"太极"进行无情的抨击："宋儒因性而言理气，因理气而言天……辗转相推，而太极、无极之辩生焉……顾舍人事而争天，又舍共睹共闻之天而争耳目不及之天，其所争者毫无与人事之得失，而曰吾以卫道，学问之醇疵，心术人品之邪正，天下国家之治乱，果系于二字乎？"[2]还有人对清统治者尊为"最为醇正"的儒家经义示以疑虑："自读《春秋》四十年，只如群动对青天，迩来深考流传义，始觉先儒多误传"[3]；更有人对六经给予轻蔑的白眼："六经虽读不全信，勘断姬孔追微茫"（袁枚诗）……这一切都冷峻地折射出这么一种文化流向：清代社会意识形态中居统治地位的儒学，开始被人怀疑以至弃置，其受宠幸而煊赫的际遇逐渐成为难以重温的旧梦。儒教神圣的光环变得黯淡，"圣学"的正宗地位被摇撼，顺理成章地使得据儒学经典命意立论的八股文也失去了昔日的风光。在知识界，一些有志之士经由对儒学经典"完美性"的怀疑，以及对经学研究"纯正性"的否定，演至成怀疑八股，厌弃八股，如毛奇龄作《四书改错》，宣称"四书无一不错……然且日读四书，日读四书注，而就其文作八比，又无一不错……真所谓聚九洲四海之铁，铸不成此错矣"[4]。这种憎恶四书及于八股文的"恨乌及屋"式的意绪不是显而易见吗？又如乾隆年间四库馆臣们纂修《四库全书》时，在倡导朴学、反对理学的旗帜下，

[1] 陈确：《大学辨》，选自《陈确集·别集》（下）卷十四，中华书局1979年版。

[2] 《四库全书总目》，中华书局1965年版，第801、254、307页。

[3] 《四库全书总目》，中华书局1965年版，第801、254、307页。

[4] 毛奇龄：《四书改错》卷一，嘉庆十六年（1811）学圃刻本。

果敢地将"为揣摩举业而作者，概从删汰"[1]。这种情势，不是昭示着当时广大学人贬抑理学进而"厌薄时文"的心态吗？

## 四、教育机制易替转型，八股取士不合时宜处境尴尬

19 世纪中叶以后，在西方资本主义的坚船利炮、商品鸦片的迫击下，大清帝国封锁的国门被撞破，中国全面成熟的中世纪文化随同长矛大刀，一同败下阵来，中华民族面临着空前的危机。深重的灾难使得一部分先进的中国人从传统文化的沼泽中走出，极力寻求拯救危亡、抵御外侮的"良方妙药"。于是，改革学校和科举的呼声逐渐高唱入云，传统教育的封闭体制也悄然让位于新的开放型的体制。这样，以造就"洞达时世之英才，研精器数之通才，练习水陆之将才，联络中外之译才"为宗旨的新学堂便应运而生。如 1862 年总理各国事务大臣奕䜣等在北京开设同文馆，延请英教士包尔腾为教习，教授英文。第二年又添设法文和俄文二馆。1863 年，江苏巡抚李鸿章在上海设立外国语文字学馆，聘西人为教习，也兼聘汉人教习训练经史文艺。1865 年，在曾国藩、左宗棠、容闳、沈葆桢等的主持和经营下，江南制造总局和福建船政局分别成立。两局除雇佣洋匠和派弁兵学制西洋火器和船舰外，江南制造总局并设有学馆，专习翻译。福建船政局也设有船政学堂，招收少年聪慧子弟，学习制造、驾驶等技术。总之，这个时期的新教育以殊别于原有教育体制和科举制度的崭新面目，正蓬蓬勃勃地发展。据美国康奈尔大学教授 Knight Biggevstaff《中国初期近代式公立学校》统计，1861—1894 年，各类新学堂就有七种之多：1. 训练译员和外交人才的学校；2. 训练造船和军火制造工程人员的学校；3. 训练轮机和驾驶人才的水师学堂；4. 陆师学堂；5. 训练电讯人才的电报学堂；6. 训练水陆师医官的医学校；7. 矿冶工程学校。这些新式学堂以新的教育方式和管理办法招生授学，灌输新知识，确也为当时社会输送了不少人才，开了新的办学风气。但这些在当时的兴办新教育的先驱们看来，只具弥缝补苴之效，无济于国家大局。换言之，新教育的实施，其绩效令新教育倡导者们很不满意。如梁启超说："以教育论之，但教方言以翻译，不援政治之科，不修学艺之术，能养人才乎？……如是则有学堂如无学堂……一旦有事，则不过如甲午之役望风而溃，于国之亡能稍有救乎？"[2] 清代陶模亦说："自甲午之后，诏设学堂屡矣，而人才不出。"然则，何事致成此局呢？

---

[1] 《四库全书总目》，中华书局 1965 年版，第 801、254、307 页。

[2] 梁启超：《戊戌政变记》，选自《饮冰室合集·专集》之一，中华书局 1989 年版。

在新教育倡导者看来，是科举"阻碍学堂，妨碍人才"。宋伯鲁曾一针见血地说：

臣以为科举为利禄之途，于今千年，深入人心，得之则荣，失之则辱，为空疏迂谬之人所共托久矣。科举不变，则虽设有经济常科，天下士人谁肯舍素习之考卷、墨卷，别求所谓经济哉！[1]

因此，新教育倡导者们强烈意识到，登进人才以救危亡，必须变法，而"变法必自设学堂始，设学堂必自废科举始"[2]。于是，推广新学，废止科举、八股的呼声在朝野上下此起彼伏。如光绪三十一年八月，赵尔巽、张之洞、周馥等人上奏曰："欲补救时艰，必自广学校始，必先自停科举始。"[3]光绪二十四年四月，宋伯鲁上言曰："伏冀皇上上法圣祖，特下明诏，永远停止八股，悉如圣祖仁皇帝故事，自乡、会试以及生、童科、岁一切考试，均试策论。"[4]由此看来，八股文在新教育倡导者们那里，犹似过街老鼠，不除不足以平息心头之恨。

### 五、文人多有弃儒经商，八股文少人追恋而渐失市场

伴随着资本主义萌芽的长足发展，以及清代启蒙文化中人文主义思潮的涌动，有清一代（特别是康、雍、乾三世）知识分子中相当一部分人的人生价值取向发生了势所必然的易动，他们开始把写在儒家经典上的"君子固穷"、"重义轻利"等"雅训"置于脑后，积极参与社会经济活动。在他们看来，切近经济的"治生"之业是正当合理的，也是人生价值的体现。如陈确就曾明确表白："确尝以读书、治生为对，谓二者真学人之本事，而治生尤切于读书……唯真志于学者，则必能读书，必能治生……岂有学为圣贤之人而父母妻子之弗能养，而待养于人者哉！"[5]由此可见，在当时文人的价值系统中，着眼于现实人生的"治生"之业呈现出不断升值的趋向。在这种新的经济伦理观的导向下，很多士人开始放下传统文人酸臭的架子，以极大的热情在商品经济的舞台上十分投入地扮演着生意人的角色。如赵霞门，"少业儒，长而去为贾"[6]；"秦书隐，名士钥……家贫，垂帘卖卜，日得百钱，养继母[7]"。

[1] 《戊戌变法档案史料》，中华书局1958年版，第215—216页。
[2] 《皇朝经世文新编、续编》卷五五、卷一。
[3] 朱寿朋编：《光绪朝东华录》，中华书局1958年版。
[4] 《戊戌变法档案史料》，中华书局1958年版，第215—216页。
[5] 《陈确文集》卷五，选自《陈确集》（上），中华书局1979年版。
[6] 吴德旋：《初月楼闻见录》卷八、卷九、卷十，道光二年（1822）木刻线装本。
[7] 吴德旋：《初月楼闻见录》卷八、卷九、卷十，道光二年（1822）木刻线装本。

钱处士"早孤,年十三,弃书学贾"[1];邵芳"好读书,不治进士业,隐于卖浆家"[2]。由此可见,在当时确有很多读书人挡住了科举功名、八股进身的巨大诱惑,而热衷于面向现实人生的"治生"之业。既然士人弃儒经商已成潮流,那么,不言而喻,这潮流带来的自然是大批士人对科名场闱的淡漠,是对陈腐的八股时文的冷落。在这种文化走向下,八股文的处境焉能不如明日黄花,每况愈下?

## 六、八股自身积弊日深,遍遭志士非议而难以为继

按照马克思主义的观点,任何事物的发展变化,在一定程度上取决于该事物内部矛盾的特殊规定性。八股文由兴盛走向衰亡,亦不例外,与其自身丧失了存在的必然性有关。明清统治者试士以八股,本是为选录怀才抱德之人以为国用,但在其风行的五百年间,随着时间的推移,非但无益于国家延揽人才,而且积弊日深,危及社会的方方面面。对八股风行之弊害,明清(特别是清代)朝野人士指谪甚多,约而言之,有如下几端:第一,八股之文"徒空言而不适于用"(舒赫德上书语),亦即无以责实,流于空疏。第二,作文"万喙相因,词可猎而取,貌可拟而肖"(龚自珍语),亦即"剽掠剿袭,摹拟颠倒"。第三,造就了大批孤陋寡闻的腐儒,这些人往往"不知司马迁、范仲淹为何代人,汉祖、唐宗为何朝帝者,若问以亚非之舆地,欧美之政学,张口瞠目,不知何语"[3]。第四,败坏了士习、学风。就士习言,八股之行,把士人引入了利禄的筌蹄;就学风言,八股文致使士人"非徒子、史不观,而且正经不读"(梁启超语)。由此看来,八股试士带来的弊端、危害,确实是很多、很大的。在此情境下,八股文在体式上刻板、僵化,几百年来无变化,本身又缺乏一种内部调适机制,致使其在风行过程中不断产生的短弊不仅未能除绝,而且愈演愈烈,终于成了阻碍社会进步的绊脚石。因此,自明前后七子一直至清末,代代不乏指斥、抨击八股文的朝野人士。如顾炎武曾把八股之害比之为秦始皇的焚书坑儒;颜元则把八股看成是造成天下祸乱的孽源:"八股行天下而天下无学术,无学术则无政事,无政事则无治功,无治功则无升平矣"[4];龚自珍攻讦八股之风行使"天下子弟心术坏而义理锢";梁启超更是沉痛指出:"内政、外交、治兵、理财无一能

---

[1] 吴德旋:《初月楼闻见录》卷八、卷九、卷十,道光二年(1822)木刻线装本。

[2] 吴德旋:《初月楼闻见录》卷八、卷九、卷十,道光二年(1822)木刻线装本。

[3] 康有为:《请废八股试帖楷法试士改用策论折》,选自《康有为政论集》(上),中华书局1981年版,第269页。

[4] 《颜习斋先生言行录》,选自《颜元集》,中华书局1987年版。

举者，以科举之试，以诗文、楷法取士，学非所用，用非所学故也"[1]。这些发自各个时期的愤怒的痛斥、控诉之声，前后呼应，日益高涨，汇成了一股连绵不绝的强大声浪。这一阵高过一阵的声浪，则映现出了八股文的腐朽至极、不可救药、病入膏肓，丧失了吐故纳新功能的肌体，别无出路，等待它的必然是末日的即将来临——这就是规律！

### 七、戊戌变法勃然而兴，造就了八股文的最后掘墓人

如前所述，19世纪中叶后，一些先进的中国人从儒学的梦魇中走出，转而学习西方，寻找匡世制夷的良图。于是有了由部分军阀、官僚、买办发起的"洋务运动"。可惜的是，洋务派的梦想最后还是被中法、甲午两役的战火焚毁。由此而来的是帝国主义的步步逼进，是列强瓜分割地狂潮的掀起。在这样的局势下，以救亡图存、富国强兵为旨的戊戌变法运动便迅速兴起。这场资产阶级改良运动虽如昙花朝菌，极为短命，但在广度和深度上都是前所未有的，它把资本主义的文化启蒙推向了高潮。这场深刻的启蒙运动推出和造就了一大批具有资本主义新文化思想的旗手和健将，如康有为、梁启超、谭嗣同、严复、夏曾佑等。从变革现实以救"国势危蹙"之局的基点出发，这些旗手和健将们无一不痛恨八股取士之制，无一不把批判的锋芒直刺八股制艺。如康有为在《请废八股试帖楷法试士改用策论折》中，对八股取士制度给予了猛烈的攻击，明确提出废止八股文，并历陈八股之弊："诸生荒废群经，惟读四书，谢绝学问，惟事八股，于是二千年之文学扫地无用，束阁不读矣。渐乃忘为经义，惟以声调为高歌；岂知圣言，几类俳优之曲本。东涂西抹，自童年而咿唔摹仿；妃青俪白，迄白首而按节吟哦，既因陋而就简，咸闭聪而黜明。"梁启超在《政变原因答客难》中亦主张废除八股取士之制："科举不废，荣途不出，士大夫之家聪颖子弟，皆以入学为耻，能得高才乎？"严复在《原强》中亦说："救亡之道当何如？曰：痛除八股而大讲西学。"戊戌变法运动中，维新派给予八股文的打击的确是沉重致命的，缩短了八股文进入坟墓的历程。由于维新派的强烈呼吁，清德宗在1898年6月23日谕令科举考试停用八股，"一律改试策论"。自此，八股文一蹶不振，至1901年，清廷终于明令废止八股。[2]八股文就这样在历史的长河中销声匿迹了。有趣的是，1901年清廷罢黜时文时所颁诏文的用语，竟"与戊戌年

---

[1]　梁启超：《公车上书请变通科举折》，选自《饮冰室合集·文集》之三，中华书局1989年版。

[2]　《清德宗实录》。

罢时文之诏，几如出一辙"[1]。由此不难见维新派在扫荡八股文上的摧枯拉朽的威力。

维新派在整个改图更法过程中，为什么都把矛头对准八股文呢？为什么要首先拿八股取士制度开刀呢？我们认为，这是因为维新派们都认为兴学校、开民智、育人才是变法之大本，而要抓住这个大本，必然要变革科举，废弃八股。梁启超在当时就曾把自己的变法主张归结为："变法之本，在育人才，人才之兴，在开学校，学校之立，在废科举。"[2]康有为也曾说："臣窃惟今变法之道万千，而莫急于得人才；得才之道多端，而莫先于改科举。今学校未成，科举之法未能骤废，则莫先于废弃八股矣。"[3]这样，维新派们把自己的改良之策付诸实践后就为清季涌动着的反八股势力最终推倒八股文提供了一个百载难逢的契机，因为戊戌变法是以急风暴雨、狂飙突进的运动形式展开的，规模宏大，影响深远，而且又是以废八股为首务；它有着把晚清社会散现着的反八股势力合流的凝聚力。清季的反八股势力正是把握着这个契机并融入这场维新运动之中，才在打击八股文上取得了决定性胜利。

（《华中师范大学学报》1994年第1期，合作）

# 桐城派散文在近代的变化与发展

清代散文，自康熙、乾隆以后，以桐城派占绝对优势。桐城派是我国古代规模最大的一个散文流派。它产生于康、乾盛世，因其创始人方苞、刘大櫆、姚鼐同出于安徽桐城而得名；他们尊奉程朱理学为道统，以承继秦汉及唐宋八大家的文统相标榜，结为门户，世代相传；中经道、咸，文人学士争相归附，弟子遍及各地，直到"五四"前后，共延续了二百多年，才逐渐衰落。其规模之大、时间之长、作家之多，在中国文学史上是罕见的，故时有"天下之文章，其在桐城乎"[4]的赞誉。

---

[1] 王德昭：《清代科举制度研究》，中华书局1994年版，第235页。

[2] 梁启超：《法通议》，选自《饮冰室合集·文集》之一，中华书局1989年版。

[3] 康有为：《请废八股试帖楷法试士改用策论折》，选自《康有为政论集》（上），中华书局1981年版，第269页。

[4] 周永年语，转引自曾国藩《欧阳生文集序》，《曾国藩全集·诗文》，岳麓书社1986年版，第245页。

桐城散文在其发展过程中，尤其是近代，经过了几次变化。本文试图勾勒出桐城散文在近代的变化与发展的基本轨迹。

一

桐城派的大师姚鼐去世后，继其余响，活动在嘉、道年间文坛上的主要是姚门弟子刘开、管同、梅曾亮、方东树、姚莹，前四人被称为"姚门四杰"，后四人被称为"姚门四弟子"；在五人中，除刘开、管同外，其他几人都活到了鸦片战争以后。鸦片战争前后，正是中国社会发生剧烈变革的时期。此时清王朝已由盛转衰，其政治黑暗，经济凋敝，阶级矛盾尖锐。而鸦片战争的失败，民族危机也日益加深。一批地主阶级的开明知识分子，如龚自珍、魏源、包世臣等人，开始摆脱封建思想的束缚，把眼光转向现实社会，大胆地揭露、抨击封建末世的种种弊端，积极倡导经世致用之学，带来了政风、学风、文风的变化。在这股强大、进步的社会思潮的冲击下，姚门弟子也做出了他们的反应：一方面，继承姚鼐衣钵，大力提倡古文辞，以巩固和维护桐城文派"国朝古文正宗"的地位；一方面也认识到文章有反映时代和现实生活的必要，不得不进行一些变革。

方东树是桐城派的忠实继承者，但面对时代的风云，思想也发生了一些变化。他针对乾、嘉时期盛行的考据之风和学人埋首故纸堆、脱离现实的状况，著《汉学商兑》，认为考据家们终日"只向纸上与古人争训诂形声"，对于自身的修养，以及"民人国家，了无益处"；并强调"文不能经世者，皆无用之言，大雅君子所弗为也"[1]。这对当时学风和文风的转变无疑起了积极的促进作用。鸦片战争期间，方东树正在广东，他写了系列议论国事的文章，《化民正俗对》陈述禁烟的道理，《病榻罪言》论述防御外敌的策略，《劝戒食鸦片文》揭露英帝国主义企图通过鸦片贸易灭亡中国的阴谋，《与魏默深书》则推崇魏源《海国图志》欲借外国经验来抵御外敌的思想，表现了方氏关心国家命运的爱国精神。

姚莹是姚鼐的侄孙，曾得姚氏嫡传。他较早就注意时务与世界大势：早年在江苏为官时，因办事认真负责，曾受到林则徐的称赞；道光初年，在京师与龚自珍、魏源、张际亮、汤鹏等经世派人物结识，思想上受到一些影响。鸦片战争时期，他任职台湾道，积极抵抗并击败了英军的入侵；后竟因此被诬而贬官四川。丰富的经历、

---

[1] 方东树：《复罗月川太守书》，《仪卫轩文集》卷七，同治七年（1868）刻本。

学历和爱国思想，使他的文学思想较桐城传统有较大的发展。他曾对姚鼐的"义理、考据、文章"三结合的文学主张进行修正补充，提出了"义理、经济、文章、多闻"四结合的文学主张，除将"考证"易为更切实际的"多闻"外，更补入了"经济"为第二要端。很明显，姚莹文学思想的核心，就是主张文章要反映社会问题，反映现实生活，与方东树的单纯批判汉学考据更为全面而深刻。不仅如此，姚莹还突破了桐城派关于"雅洁"的审美准则，认为文章"不穷不奇，不奇不可以大而久"[1]，而提倡"沉郁顿挫"[2] 的风格。更为可贵的是，他身体力行，写了不少经世致用之文，如《台湾水师船炮状》、《夷船初犯台洋击败状》、《上邓制府请造战船状》、《上督抚言防夷急务状》、《夷船复来台洋游弈状》、《台湾十七口设防图说状》、《台湾令壮勇不能登陴议》、《驳淡水守口兵费不可停给议》、《驳凤山令港口毋庸设炮募勇议》、《噶玛兰台异记》、《再与方植之书》等，"指陈时事利害，慷慨深切"[3]，表现了作者积极设防，抵抗外国侵略或对投降派的憎恨以及关心民生疾苦的爱国主义思想。

在姚门弟子中，以梅曾亮最有眼光，成就也最大。他在《答朱丹木书》中明确提出："惟窃以为文章之事，莫大乎因时。"他主张文章不仅要反映社会现实，而且要随着时代的变化而变化，因为"运会所移，人事所推演，而变异日新者，不可穷极也"，只有这样才能"执古今之同，而概其异"。在《送陈作甫序》中又强调："开张王霸，指陈要最，前无所袭于古而言乎时论，不必稽于人而事核其实。"这就是强调文章既应该反映现实并为现实服务，又不能囿于古而失其真。这里所说的"真"，指的是作家的性情之真，即所谓"人有缓急刚柔之性"，而"文有阴阳动静之殊"；因文见人，虽千百世，作者的音容笑貌可"坐而得之"，这是由于文真的缘故，正如梅曾亮所说："见其文而知其人，文之真者也。"[4]"真"也是桐城派作家衡文的一个重要标准，即梅氏所谓"物之可好于天下者，莫如真也"[5]。在梅氏看来，文章要表现作家个性，表现作家性情，表达作家的心声，就必须"真"。因此，他指出：

---

[1] 姚莹：《答张亨甫书》，《康輶纪行》，同治六年（1867）刻本。

[2] 姚莹：《答张亨甫书》，《康輶纪行》，同治六年（1867）刻本。

[3] 《清史稿·姚莹传》卷三八四，上海古籍出版社／上海书店 1986 年版。

[4] 梅曾亮：《太乙舟山房文集叙》、《黄香铁诗序》、《杂说》，咸丰六年（1856）杨氏海源阁刻本。

[5] 梅曾亮：《太乙舟山房文集叙》、《黄香铁诗序》、《杂说》，咸丰六年（1856）杨氏海源阁刻本。

"真也，古人之作肖乎我，今人之作肖乎人。"[1] 强调文章应"肖乎我"，将"真"看作是文章能否表现作者艺术个性的主要因素。这对桐城派作家因袭成"法"，句摹字剽，不敢越雷池一步的不良倾向是一个有力的纠正。梅曾亮不仅提倡为文要"因时"，要"真"，而且也努力去实践。他的《臣事论》、《上汪尚书书》、《观鱼》、《韩非论》、《读庄子书后》、《赠林侍郎序》、《书邓中丞决狱事》、《与陆立夫书》、《王刚节公家传》、《正气阁记》等文章，都是为时人所称颂的反映时代新内容的佳作，对桐城家法有所突破。

身处社会的转变时期，姚门弟子不仅强调文章须因时而变和"经济世务"，注意"立言""救时"，而且写出了不少与世运兴衰发生密切关系的好文章，已在经世致用的道路上迈出了可喜的步伐，这无疑比姚鼐大大前进了一步。尽管他们费尽心机，惨淡经营，但星回斗转，今非昔比。他们迫切希望借助一两个强有力的权威的支持，摆脱困境，重振家业。方东树在《致鲍觉生学士书》中，就表示了这种急切之情："思得一二大人君子在上位者，为人望所属，庶几足以震荡海内，开阖风气，使偏宕卓荦之士，悉转移而归之正学。"

## 二

姚门高足弟子中年寿最长的方东树、姚莹、梅曾亮于 19 世纪 50 年代相继去世，跟随他们学古文义法的弟子虽众，但大多在文坛上没有什么名气，不足以当主坛坫，执牛耳之重任。眼看轰烈一时的桐城事业，已面临群龙无首、落叶飘零的局面，由全盛走向了衰微。这时，曾国藩援以手臂，使桐城派又从衰微走向复兴。因此，有人说，曾国藩是"桐城中兴"的盟主，这话既对又不全对。

说这话对是因为，一方面，曾国藩确实看到了桐城派以程朱理学为归，以为道、绌邪、兴教化为任，忠心为清朝统治阶级政权服务，有可利用的一面，并凭借自己显赫的政治地位，尊奉桐城派为文坛正宗，终于使濒于"文弊道丧"、"浅弱不振"的桐城文风扭转过来[2]，得以延续、发展，并形成"中兴"局面。曾国藩在镇压太平天国革命期间，官为一品，是当时汉族在朝官员中官品最高的。他于 1858 年写了《欧

---

[1] 梅曾亮：《太乙舟山房文集·叙》、《黄香铁诗序》、《杂说》，咸丰六年（1856）杨氏海源阁刻本。

[2] 黎庶昌：《续古文辞类纂·序》，选自《中国近代文论选》（上），人民文学出版社 1959 年版，第 314、315 页。

阳生文集序》一文，描述桐城派及姚鼐以后的发展进程和规模，肯定了它的文坛正宗地位，并自称为姚氏"私淑弟子"。1859年又写了《圣哲画像记》，更是将姚鼐提升为自孔孟之后的第32名圣哲，并宣称"国藩之初解文章，实由姚先生启之"。于是，"国藩功业既焜耀一世，'桐城'亦缘以增重"[1]，他成为桐城后裔们拥戴的保护人和领袖。

另一方面，曾国藩本身就是卓有成就的文学家，为文界所推崇。李祥在《论桐城派》中说："文正之文，虽从姬传入手，后益探源扬、马，专宗退之，奇偶错综，而偶多于奇，复字单义，杂侧相间，厚集其气，使声采炳焕，而戛焉有声。"王先谦也说："曾文正公以雄直之气，闳通之识，发为文章，冠绝古今。"[2] 曾国藩作文学司马迁、韩愈，在文笔上追求一种雄奇的气势，在语言上奇偶并用，表现出一种独特的文章风格。所以章太炎在《校文士》中称其文"善叙行事，能为碑版传状，韵语深厚，上攀班固、韩愈之轮"。梁启超也认为，曾氏即使没有什么"事业"，单就文章而论，也"可以入文苑传"[3]。徐凌霄、徐一士兄弟对曾国藩的文章更是推崇备至，认为"国藩文章诚有绝诣，不仅为清一代之大文学家，亦千古有数之大文学家也"[4]。

曾国藩既有政治地位，又是文坛名家，出来振臂一呼，又有谁不闻风而响应呢？

说这话又不全对，是因为曾国藩虽表面尊奉桐城派，宣扬桐城古文，但实际上并未遵循桐城家法，"以姚氏为宗，桐城为派"[5]。正如王先谦所说："曾文正公歆许姬传……以为初解文章，由姚先生启之也。然寻其声貌，略不相袭。道不可不一，而法不必尽同，斯言谅载！"[6] 就连他本人亦承认"斯实搔着痒处"，"平生好雄奇瑰玮之文"。[7] 于是他在继承的基础上，对桐城派进行了重大改造和修正，而形成了另外一个散文流派，文学史上称之为"湘乡派"，或"桐城—湘乡派"。所以钱基博先生说："湘乡曾国藩以雄直之气，宏通之识，发为文章，而又据高位，自称私

[1] 梁启超：《清代学术概论》（十九），中华书局1954年版。
[2] 王先谦：《续古文辞类纂·序》，选自《中国近代文论选》（上），人民文学出版社1959年版，第320页。
[3] 梁启超：《清代学术概论》（十九），中华书局1954年版。
[4] 徐凌霄、徐一士：《曾胡荟谈》。
[5] 吴敏树：《与筱岑论文派书》，《吴敏树文》，商务印书馆民国22年（1933）版。
[6] 王先谦：《续古文辞类纂·序》，选自《中国近代文论选》（上），人民文学出版社1959年版，第319页。
[7] 曾国藩：《致吴南屏书》，选自《曾国藩全集》（书信），岳麓书社1986年版。

淑于桐城，而欲少矫其懦缓之失……此又异军突起而自为一派，可名为湘乡派。一时风流所被，桐城而后，罕有抗颜行者。"[1]

曾国藩对桐城派的改造和修正，主要表现在以下几个方面。

第一，发展了桐城派的散文理论。它具体表现在两个方面。其一，曾国藩见随着时代的发展，桐城古文的"空疏"之弊愈来愈严重，即所谓"有序之言虽多，而有物之言则少"[2]。于是，主张"文章与世变相因"[3]，并在姚鼐"义理、考据、文章"三合一的文学主张基础上，另加"经济"一门，而成四合一，以"经济"统帅之；将"经济"并于"义理"之中，"以理学经济发为文章"[4]，这样，以义理规范经济，使经济不离义理的轨道；以经济充实义理，再佐以考据、辞章，写出来的文章就会充实、饱满。故曾门弟子誉其为"扩姚氏而大之，并功德言于一涂，挈揽众长，轹归掩方，跨越百氏"[5]。这里的"经济"，也就是"经世致用"。与其说它是曾氏对姚氏思想理论的继承与发展，不如说它是曾氏直接从姚莹那里承继而来。其二，提倡"博雅雄奇"的风格，以克服桐城古文"雅洁"之不足（规模狭小）。曾国藩曾声明："平生好雄奇瑰玮之文"，又强调说："文章之道，以气象光明俊伟为最难而可贵"[6]。他善于学习古人和同时代人的长处，并形成自己的特点。他在《杂著》中认为，庄子的风格"诙诡恣肆"，扬雄、司马迁的风格则"瑰玮俊迈"，而能兼备二者之长的是韩愈。因此，他以韩愈为榜样，兼取众家之长而为己用，追求一种雄放瑰玮的文风。这种文风对坚持清淡简朴风格的桐城派来说，无疑是一种重大冲击。

第二，编选《经史百家杂钞》以补救《古文辞类纂》的缺陷，扩大了学习源流，为文章写作提供了新的标准和范本。集中既选入辞赋之类的文章，以增加古文风格的色彩，使文章声调铿锵，富于节奏感和音乐感，呈现出一种骈散相间、奇偶交错的宏阔气势。又选录史传之类的文章，以增强文章记叙铺张、崇实尚用的特色，使文章写得扎实而又灵活。曾氏广收博取，持论较姚氏宏通，亦合乎实际，有利于散文创作的发展。

---

[1] 钱基博：《现代中国文学史》，岳麓书社 1987 年版，第 33 页。

[2] 《曾国藩日记·辛丑闰三月》，选自《曾国藩全集》，岳麓书社 1987 年版。

[3] 曾国藩：《欧阳生文集序》，选自《曾国藩全集·诗文》，岳麓书社 1986 年版，第 247 页。

[4] 薛福成：《庸庵文外编·寄龛文存序》，选自《中国近代文论选》（上），人民文学出版社 1959 年版，第 311 页。

[5] 黎庶昌：《续古文辞类纂·序》，选自《中国近代文论选》（上），人民文学出版社 1959 年版，第 314 页。

[6] 曾国藩：《致吴南屏书》，选自《曾国藩全集·诗文》，岳麓书社 1986 年版，第 247 页。

第三，新组织培养了一支阵容强大的文学队伍。曾国藩为适应清王朝统治形势的变化，维护摇摇欲坠的封建专制统治，利用他的地位、名望和影响，凭借桐城派这面旗帜，多方面罗致人才；而大批文人学者亦纷至沓来，聚集其麾下，真可谓"一时为文者，几无不出曾氏之门"[1]，成为一支围绕在曾氏周围的重要的政治、文化方面的力量。据薛福成在《叙曾文正公幕府宾僚》中说，当时聚集在曾氏周围的幕府宾僚共有 83 人。这些人或为朋友，或为幕僚，或为弟子，除十数人不以文学见称外，其他都是当代知名文士，著名的如俞樾、莫友芝、高心夔、孙衣言、吴敏树、郭嵩焘、李元度、张文虎、张裕钊、黎庶昌、薛福成、吴汝纶、方宗诚、汪士铎、王闿运、刘蓉、王先谦等。一时人才济济，传为美谈。

若论政治思想，曾国藩是反动的，历史已有公论。但他善诗工文，堪称桐城——湘乡派的代表作家。在他的文集中，有不少污蔑、攻击农民革命的反动文章，如《讨粤匪檄》之类；也写了不少表彰被太平军击毙的湘军将士的所谓"昭忠祠记"和碑志，如《金陵湘军水师昭忠祠记》、《湖口县楚军水师昭忠祠记》、《罗忠节公神道碑铭》、《江忠烈公神道碑》等，尽管对农民革命军颇多诋毁之词，但都能于记事之中，含褒贬之意；文笔简洁，叙事清晰，富有文采。曾氏还写过不少说理文章，如《原才》、《送周荇农南归序》等，皆层次清楚，章法严谨，而又说理透辟。尤其是他还写过不少时务文，如《轮船工竣并陈器局情形疏》、《拟选聪颖子弟出洋习艺疏》等，以经世致用为前提，叙说详切，无论内容还是形式，都与桐城古文不同。所以薛福成说：桐城派"流衍益广，不能无窳弱之病，曾文正公出而振之……以理学经济发为文章，其阅历亲切，迥出诸先生上"[2]。吴汝纶也说：桐城诸老"独雄奇瑰玮之境尚少"，曾国藩"出而矫之，以汉赋之气运之，而文体一变，故卓然为一代大家"[3]。

曾国藩之后，桐城—湘乡派的代表作家有所谓"曾门四弟子"，即张裕钊、黎庶昌、薛福成和吴汝纶，他们在散文创作方面都有建树。尤其是黎庶昌和薛福成，后来成为洋务派的著名人物。他俩都曾出使外国，受到西方文化的熏陶，产生了维新思想。他们所写的那些政论和国外游记散文，表达了他们维新变法的思想，向国人介绍了一个崭新的世界，洋溢着强烈的爱国主义激情，将他们自认为"虽百世不能易"的桐城义法，也抛到了九霄云外。

---

[1] 姜书阁：《桐城文派述评》，商务印书馆 1929 年版。

[2] 薛福成：《庸庵文外编·寄龛文存序》，选自《中国近代文论选》（上），人民文学出版社 1959 年版，第 307 页。

[3] 吴汝纶：《与姚仲实》，选自《中国近代文论选》，人民文学出版社 1959 年版，第 311 页。

# 三

19世纪末至20世纪初，民族危机进一步加深，救亡图存成为时代的主旋律。而随着中西文化交流的进一步深入，中国出现了翻译文学热潮。作家们纷纷翻译外国文学作品，"为振作志气，爱国保种之一助"[1]。在众多的翻译家中，以林纾和严复的成就最大。

林纾于1898年与王寿昌合作，翻译了法国作家小仲马的小说《巴黎茶花女遗事》，引起社会强烈反响，"一时纸贵洛阳，风行海内"，被称作"外国的《红楼梦》"。于是，林纾受到鼓舞，便专事小说翻译，一发而不可收，直到他去世。25年总共翻译了184种，大约1 200万字，大都是长篇，也称"林纾小说"。"林纾小说"大大提高了文艺翻译在士大夫中的地位，向中国人民打开了一个崭新的文学世界，为中国人民展示了西方近代社会色彩斑斓的"人间喜剧"。林纾不懂外文，全凭别人口述，他用笔记。但他是著名的古文家，译文全用古文，常常运笔如风，能做到"耳受手追，声已笔止"[2]，速度惊人。他曾师从桐城名家，但又不囿于桐城范围，文笔洗练明快，流畅隽永，生动传神，极富艺术表现力，写景、叙事、抒情皆能曲尽其妙，与桐城古文相去甚远，颇受读者喜爱。

严复忧中国将亡国灭种，奋起挽救。他于1897年开始翻译英国生物学家赫胥黎的《天演论》（即《进化论》），问世后有如一声惊雷，震动了整个思想界。一时"物竞天择，适者生存"，"优胜劣败"的思想深入人心，成为与封建顽固派战斗的武器，也是进行维新变法、救亡图存的理论基础。于是他继续翻译西方资产阶级的哲学、经济学、社会学、法学和名学等社会科学名著，它们与《天演论》一起合称为"严译八大名著"。这些译著比较系统地介绍了西方资产阶级的世界观、方法论、政治制度以及自然科学等方面的新成就，从而对中国社会起了空前广泛的影响，开辟了中国近代思想史上的一个新纪元。严复曾从桐城古文大师吴汝纶学古文，他的翻译亦全部采用桐城笔法，又能吸取先秦散文的优点，不仅态度严谨，选择精慎，而且文字简朴，语言古雅，文笔优美，形成一种特殊的文章风格，受到文学界的推崇。因此，胡适认为："在原文本有文学价值，他的译本在古文学史也应该占一个很高

---

[1] 林纾：《黑奴吁天录跋》，光绪二十七年（1901）武林魏氏（文学翻译家魏易）家刻本。
[2] 林纾：《黑奴吁天录跋》，光绪二十七年（1901）武林魏氏（文学翻译家魏易）家刻本。

的地位。"[1] 尤其是他提出的"信、达、雅"的翻译标准,被奉为"翻译界的金科玉律"(郁达夫语)。

总之,林纾和严复皆采用桐城笔法,在运用时又加以变化,从事翻译,宣传救亡图存的思想,也为桐城古文找到一个新的表现阵地。

桐城派散文在近代的变化与发展,如上所述,我们可以看出其变化、发展的基本轨迹。"五四"新文化运动爆发,一种文字浅显易懂、平易畅达的新文体——白话文成为时代潮流。桐城末流不能审时度势,仍死抱住家法不变,自然只会走上穷途末路,消失在历史的长河中。

(《高师函授学刊》1995 年第 5 期)

# 张裕钊其人其文

一百多年前,湖北出了一位有名的人物。他既是中国近代著名的学者和教育家,一生喜奖掖后进,乐于培育人才,弟子满天下;他又是一位书法大师,其书法对中国近代书风的转变和对日本近代书法体系的确立,都产生过重大影响;他还是一位文学家,尤其是他的散文创作,别树一帜,得到文坛名家的普遍推崇。可以这样说,在当时的文化界,不知其大名者甚少。这位名人就是武昌的张裕钊!本文试就张裕钊的生平事迹、散文创作成就做一个初浅的探讨,以便先生的学行志趣、散文创作业绩得以弘扬。

一

张裕钊,字廉卿,亦字方侄,号濂亭,又号圃孙,一生淡于仕进,而乐育桃李,故晚年人称"武昌先生"。清道光三年(1823)农历十一月初四日,出生于武昌县(今湖北省鄂州市)东沟镇龙塘村的一个世代书香之家。裕钊三岁即启蒙于父亲张善准

---

[1] 胡适:《五十年来中国之文学》,选自《胡适文存二集》卷二,上海亚东图书馆 1924 年版,第 116 页。

膝下，七岁正式入塾，勤奋好学，又聪慧颖悟，得到父亲好友杨慰农先生的严格训练，打下了坚实的国学基础。道光十八年（1838），难违父命、师命，踏上科考之路，考中秀才，时年仅15岁。此后，他仍在家乡修研举业，更加刻苦努力。道光二十六年（1846），他与同乡好友范子璥、范鹤生一起参加乡试，同榜中举，一时大名远播，乡人称之为"文曲星"。

道光三十年（1850），裕钊赴京考取国子监学正，随又官授内阁中书。主考官曾国藩见裕钊所写文章有曾巩之风，甚为赏识，临庭召见。于是，裕钊遂从曾氏学古文法，与黎庶昌、薛福成、吴汝纶同为"曾门四弟子"。曾氏曾经对人称赞说，张裕钊是其门徒中古文"可期有成者"[1]。张裕钊后来亦不负师望，他通经史，善训诂，精研"三礼"，是桐城—湘乡派中期的代表作家，被时人奉为古文大师；曾校刊《史记》，考订《国语》、《国策》，并有《今文尚书考证》、《左民服贡注考证》等著作传世。

裕钊才华横溢，青少年时期即踏上仕途，又有曾国藩等重臣的提携，如乐意仕进，其前途可谓不可限量。然而，裕钊少时就不乐举业，为官后又淡于名利，居京师虽时间不长，但目睹时局日艰，国难深重，耳闻官场黑暗腐败，尔虞我诈，争名夺利；此内忧外患，汇聚于心，而自己又不愿与时俯仰，遂坚定了他脱离官场，退入书斋，执教授徒的决心。咸丰二年（1852）九月，裕钊离京返回故乡，受湖北按察使江忠源之聘，主讲于武昌勺庭书院。在讲学之外，又潜研诗书，精磨书法，学问日益精进。

咸丰四年（1854）八月，曾国藩率湘军追击太平军至鄂，并乘虚攻占了武昌、汉阳等地。曾氏听说裕钊在家，便派人召请裕钊入幕，参办文案多年。其间，裕钊亦时时不忘钻研学问和教授学生。

同治十年（1871），曾国藩再任两江总督，召请裕钊主讲江宁（今南京市）凤池书院。

师生过从甚密，切磋学问，自得其乐。次年春，国藩突然病逝，裕钊不胜悲哀，作《祭曾文正公文》以悼之。此后十余年，裕钊一直生活在金陵，得高徒张謇、马其昶、范当世、朱铭盘等；教授之外，寄情诗文，常与友朋、门生相唱和。此期间，其书法已臻炉火纯青之境。他中锋用笔，熔秦篆、汉隶、魏碑于一炉，独树一帜。近代著名学者康有为曾评价张裕钊的书法说："湖北有张孝廉裕钊廉卿，曾文正公弟子也。其书高古浑穆，点画转折，皆绝痕迹，而意态逋峭特甚，其神韵皆晋、宋得意处。真能甄晋陶魏，孕宋、梁而育齐、隋，千年以来无与比。其在国朝，譬之东原之经学、

[1] 《清史稿·张裕钊传》卷四八六，中华书局1977年版。

稚威之骄文、定庵之散文，皆特立独出者也。"[1] 时人刘熙载亦在其《哀启》中称赞说：裕钊的"文章为当代之冠，书法本朝一人耳"。由此可见时誉之高。

光绪八年（1882），裕钊与湖北学者杨守敬、门生范当世等人会集省城，撰辑《湖北通志》，随又编纂《高淳县志》、《钟祥县志》等地方志。

第二年，应直隶总督李鸿章之聘，张裕钊至直隶主讲保定莲池书院，并兼"学古堂"教习，历时六载。一时间，海内外崇拜者纷至沓来，弟子达三千之众。光绪十年（1884），日本学界名流风千仞访问中国，慕名专程至莲池书院拜访了张裕钊，向他执弟子礼，请教学习汉民族古代文学。另有一日本青年宫岛咏士，历尽千辛万苦，遍访行踪，于光绪十三年（1887）来到保定莲池书院，投到裕钊门下，学习中国文化；尤钟爱书学，跟随尊师奔走大江南北，前后达八年之久。裕钊嘉其志趣，书"远志纯行"四字相赠，以表达对宫岛咏士的信赖和慈爱。

此后，裕钊又先后主讲过武昌江汉书院、经心书院，襄阳鹿门书院。光绪十八年（1892），裕钊迁至陕西西安郊外隐居，直至光绪二十年（1894）辞世。宫岛咏士拜别恩师亡灵，返回日本，创办"普邻书院"，使先师的人品风骨及"书法精神"在异国得到传扬，且久盛不衰，衍为宗派，代有传人。

张裕钊著述甚丰，除前面提到之外，作为文学家，尚有《濂亭文钞》传世。逝世后，其幕友及弟子为他辑有《濂亭遗诗》、《濂亭遗文》、《论学手札》、《濂亭文集》等。1916年，张裕钊的后人重刻文集，将遗文、遗诗收入，合为《濂亭集》。

## 二

张裕钊是中国近代颇有影响的文学家，他"生平于人世都无所嗜好，独自幼酷喜文事"，并决心"捐弃一世华靡荣乐之娱，穷毕生之力"而为之（《与黎莼斋书》）。其文学创作包括诗歌和散文。其诗歌除部分忧愤国事、时世之作外，大多为师友间的应酬唱和和抒发其牢骚及抑郁之作，成就不高。而主要以散文创作享誉文坛。综观张裕钊的散文，主要反映了以下几个方面的内容。

其一，坚持"变"的历史发展观，主张学习西方，富国强兵，团结一致，抵御外侮。19世纪中叶，随着太平天国革命的被镇压，中国政坛一度出现过一个所谓"同治中兴"的局面。清王朝面临的主要威胁已由"内忧"转为"外患"。张裕钊目睹帝国主义

---

[1] 康有为：《广艺舟双楫》卷五，光绪十九年（1893）万木草堂刊本。

列强对中国的欺凌和种种侵略罪行，希望清政府在不改变封建专制制度的前提下，有步骤地进行一些政治上的改良，达到富国强兵的目的。光绪六年（1880），清政府派吴长庆赴山东办理军务，以防沙俄起衅。张氏弟子张謇随行。裕钊立即写了《送张生謇之山东序》。文中希望张生协助吴氏"经武划谋，料敌制胜，戮鲸鲵于东海"，"刷荡国耻，张我皇灵"，并表示将"日夜倾耳跂足，以望之生也"。爱国之情溢于言表。在《送黎莼斋使英吉利序》一文中，他认为"若今日，其尤世变之大且剧乎！"强调"穷则变，变则通，而世运乃与为推移"。主张学习西方先进的科学技术，变法图强，抵御列强的进攻，并对即将出使欧洲的好友黎庶昌谆谆告语，寄予深切希望。在《送吴筱轩军门序》中，他谴责那班"公卿将相大臣"，大敌当前却忙于内讧，致使国防松弛荒废，外侮迭至；又语重心长地勉励友人"实心任事"，与同僚"协恭同德"，保卫国防，使"海隅清晏"。作者的这些主张、见解的提出，显然是针对清政府在西方列强发动的侵华战争中屡遭惨败的现实而有感而发的。这与洋务派的政治思想倾向有些相近，表现出作者鲜明的爱国思想倾向。

其二，对统治阶级卖国求荣、苟且偷安丑恶行径的愤慨和不满，对时局表现出深深的忧虑。由于西方列强对中国的侵略步步升级，民族矛盾日益加剧；而清朝统治集团却腐败无能，屈膝投降，引起大批封建知识分子的悲愤与不满，起而揭露和抨击统治阶级的卖国行为，忧国忧民之情溢于言表。在《愚园雅集图记》中，作者一方面写愚园的雅集，记述其园林殇咏之乐；另一方面则借阮籍、陶渊明、杜甫、白居易、冒辟疆等的饮宴之事，抒发其不忘家国天下之怀。文中虽未明写其"黄屋之忧"，然而委婉道来，含蓄深沉，更耐人寻味。他的《游狼山记》，写与友人登临通州的狼山，面对雄奇和险要的地理形势，思及危机四伏的时局，自然而然地联想到阮籍的《咏怀诗》及其登广武山感悼时事的史事，表现出深深的忧虑，字里行间流露出对腐朽的清王朝靠缔结卖国条约苟且偷安做法的无比愤怒和大胆谴责。作者又在《送吴筱轩军门序》中指出，"任事者"，只好虚名，不务实际，"一旦有事，责其效，而茫如捕风"，谴责朝中的"公卿将相大臣"，不顾大局，外患当前仍忙于内讧，致使国防松弛荒废，不堪一击，外侮迭至，揭露清朝统治集团的腐败误国，深中肯綮。

其三，倡导一种凛然正气，而鄙视、谴责奸佞小人之所为。张裕钊一生淡泊名利，孤高傲世，是一位正统的封建知识分子，受中国传统文化的影响较深。因此，他非常重视一个人的人品、名节，并将它当作一个人安身立命的重要准则。在《跋〈明三原焦公家书〉》中，作者盛赞明末陕西三原人焦源溥的"大节凛然"，但因其"抗疏忤群小，媒祸几不测。后以金都御史巡抚大同，不见容，卒罢归"，感叹像焦公这样正直有才能的官员，不为当权者所用，充分发挥其作用，是国家的不幸，民众的不幸。字里行间流露出对奸佞小人排挤仁人志士的满腔愤慨。很显然，这是针对社会现实有感而发的。他在《虫单传》中，则塑造了一个禀性孤傲，不愿为权贵折腰，不乐与小人周旋而独处特立，最终隐居山中的虫子的形象。这可说是受到韩愈的启发和影响，直接从《毛颖传》脱化而出，是作者以虫子自喻，从此亦可见出作者刚正不阿、傲然独立的品格。

其四，探讨为学之道和为文之法。张裕钊是一位古文家，而他首先是一位学者和教育家，他常将自己的思想、观点、见解，通过所写之文表达出来，让读者、学生读后，从中受到启发和教育。在《复查翼甫书》中，作者主张"学问之道，义理尚已。其次若考据、词章，皆学者所不可不究心。斯二者，固相须为用，然必以其一者为主而专精焉，更取其一以为辅，斯乃为善学者"。这实际上阐明了"专"与"博"的关系。在保定莲池书院讲学时，他曾写有《南宫县学记》一篇，强调指出"天下之治在人才，而人才必出于学"，充分表达了他的学用观和正确对待人才、合理使用人才的主张。文中又历数"科举"之弊，主张革除"八股"，并愿"以身为天下倡"。作者这种为学的言传身教、身体力行的精神，实在可钦可佩。难怪先生每到一地执教，都备受学生敬重和欢迎。在《与黎莼斋书》中，作者强调，文章的成与不成、传与不传，既在乎人，亦在乎天，不能急功近利，勉强求之。其中虽含有唯心主义的成分，但将文学看成终身大业，则有可取之处。又如《答吴挚甫书》、《答刘生书》、《答李佛笙太守书》、《赠范当世序》等文中，亦阐明了不少为学、为文的道理、方法和见解，给读者启发颇多。

此外，像历代富有正义感的文人、骚客一样，当自己的爱国思想不为当权者接受，爱国行动得不到当权者的支持，美好理想不能实现时，张裕钊便将自己热爱祖国的深情寄托在对祖国秀丽风光的描绘和对大好河山的赞颂之中。他一生中撰写了大量的山水游记，如《游狼山记》、《游虞山记》、《北山独游记》等等，就是为读者传颂的名篇。作者以雅洁逸美的文笔，为读者描绘了一幅幅壮丽的山水图，不仅让读者饱览了祖国的山川胜景，娱乐了性情，而且还在潜移默化中产生一种自豪感，受到爱国主义的思想教育。

当然，我们也不必讳言，作为一名以文为事的正统的封建知识分子，张裕钊也

写过不少为清朝统治者歌功颂德，宣扬儒家思想，诬蔑太平天国革命等内容的作品，这是可以理解的。

<h2 style="text-align:center">三</h2>

就内容看，张裕钊散文反映的社会生活面并不宽，但其散文颇讲究写作技巧，独具特色，得到学人们的一致推崇。

张裕钊的文学思想源于桐城派而又与桐城派有所区别。为文讲究章法义理，提倡"意"、"辞"、"气"、"法"的辩证统一。他在《答吴挚甫书》中指出："文以意为主，而辞欲能副其意，气欲能举其辞"，"一以意为主，而辞、气与法，胥从之矣"。并强调，文章应以立意为主，而顺其自然之势，切不可勉强，"自然者，无意于是，而莫不备至，动皆中乎其节，而莫或知其然……凡天地之间之物之生而成文者，皆未尝有见其营度而位置之者也，而莫不蔚然以炳，而秩然以从。夫文之至者，亦若是焉而已"。他又强调、提倡"雅健"的文风，认为"文章之道，莫要于雅健。欲为健而厉之已甚，则或近俗；求免于俗而务为自然，又或弱而不能振"。所谓"雅"指的是语言的渊雅典丽，所谓"健"指的是气势的雄奇宏大。只有"雅""健"结合，自然和谐，才能写出美文《答刘生书》。很显然，作者这里要求的"雅""健"，与前面提倡的自然之势是一致的。裕钊在具体创作实践中，则效法韩愈和汉赋，在雄奇、变化上用功，且自诩甚高，认为"私计国朝为古文者，惟文正师吾不敢望。若以此文（按：指作者所撰之《书元后传后》）较之方（苞）、姚（鼐）、梅（曾亮）诸公，未知其孰先孰后也"。（《答李佛笙太守书》）

张裕钊的散文创作大致可分为以议论为主和以记叙为主的两大类，各有其长。他的序跋、书信、赠答等议论之文，长于说理，且大多写得言辞恳切，情深意长，增强了文章的感情色彩和表达效果。如《送黄蒙九序》就是一篇短小精悍的议论文。裕钊的朋友、湖北随州人黄克家，道光举人，官至江苏候补知府。当众人认为他仕途顺利，即将飞黄腾达之时，他却急流勇退，辞官归里。很多人都不理解。作者应朋友之请写了这篇临别赠言，以充分理解的心情对朋友的做法表示支持和赞赏。文中论述人的出处进退，既有对理想观念的阐述，又有对现实流俗的尖锐批判；行文则由古及今，古今对比展开，并将概括论述和事例的胪举结合起来，突出了黄克家特立独行的个性特点。文章虽不长，却结构谨严，论理充分，语言虽质朴婉转，却又锋芒自现，显示了作者善于说理的能力。字里行间亦流露出了作者对朋友的挚爱之情。

其《送黎莼斋使英吉利序》是为朋友黎庶昌出使英国所写的临别赠言。全文贯穿了一个"变"字。先叙述近代世界各国的变化情形，接着探讨古今之变，尤其是进一步揭示西方科技进步的渊源，说明"变"是世界大势，并强调当今求变的关键在于"精求海国之要务"，以加强国防，抵御外侮，保护人民。最后，谆谆告语老友，察看海国的方法，笼络异邦的策略，要得其"要"与"情"。文章观点鲜明，论理充分，条理清晰，层层相因，浑然一体，写的情真意切。

至于其他各篇，如《送吴筱轩军门序》、《赠范生当世序》、《送梅中丞序》、《送李佛生序》、《赠吴清卿庶常序》、《贺苏生夫妇双寿序》等等，亦都能根据具体对象、具体情况，有的放矢，独抒己见，让人称道；且文中都能融入自己的感情，形象生动，亲切感人。

张裕钊的记叙、纪游之文，则长于写景，富于变化，又常在文中以点睛之笔法，精练之文字，含无尽之意蕴。如他的《北山独游记》，就是广为传颂的写景名篇，其文云：

> 余读书马迹乡之山寺，望其北，一峰崒然而高，尝心欲至焉，无与偕，弗果遂。一日奋然独往，攀藤葛而上，意锐甚；及山之半，足力倦止。复进益上，则涧水纵横，草间藏径如烟缕，诘屈交错出，惑不可辨识。又益前，闻虚响振动，顾视来者无一人，益荒凉惨慄，余心动，欲止者屡矣。然终不释，鼓勇益前，遂陟其巅。至则空旷寥廓，目穷无际，自近及远，洼者、隆者、布者、抟者、迤者、峙者、环者、倚者、怪者、妍者、去相背者、来相御者，吾身之所未历，一左右望，而万有皆贡其状，毕效于吾前。
>
> 吾于是慨乎其有念也。天下辽远殊绝之境，非先蔽志而独决于一往，不以倦而惑，且惧而止者，有能诣其极者乎？是游也，余既得其意，而快然以自愉。于是，叹余向之倦而惑且惧者之几失之，而幸余之不以是而止也。乃沘笔而记之。

全文虽不足三百字，却以雅洁逸美的文笔，为读者描绘了一幅奇妙、壮美的山水图。当读者跟随作者初攀、"复进"、"又益前"、"鼓勇益前，遂陟其巅"时，立于峰顶，俯瞰四际，万千景象，无限风光尽收眼底：峰嶂迭起，谷壑错列；山峦散落，

陵岗簇聚；或峭岩斜出，或孤山挺立；山势环倚相济，岩崖怪妍相间；近处的山峰似悠悠离去，远处的山峰犹扑面而来……置身此景，一股自豪感油然而生！

其《游狼山记》亦是写景名篇。文章描绘狼山雄奇的景色和险要的地理形势，由近及远，层次分明，生动细腻，瑰丽如画；并将写景、议论、抒情有机地融为一体，又借反语和故作旷达之语来表达其愤激之情，增强了文章的思想深度和感人效果。其他如《游虞山记》、《愚园雅集图记》、《俟轩记》等，也都是人们传颂的写景、记事的佳篇。

正是因为张裕钊的散文思力精深，写的是真情实感，又别具一格，故一直得到文界的推崇。时人吴汝纶认为，裕钊虽"文气雄峻不及曾（国藩），而意思之恢诡，辞句之廉劲，亦能自成一家"[1]。黎庶昌亦认为，裕钊文"渊雅超逸"，"论醇辞足"。（《续古文辞类纂》）《湖北通志·人物志》中则称："同光间，海内言古文者，并称张、吴，谓裕钊及桐城吴汝纶也。"[2]

著名学者张舜徽先生指出："裕钊与吴汝纶，并以能为古文辞雄于晚清。吴之才健，而裕钊则以意度胜。文章尔雅，训辞深厚，非偶然也。"[3]

（《高等函授学报》2003 年第 6 期）

---

[1] 吴汝纶：《与姚仲实》，选自《中国近代文论选》（上），人民文学出版社 1959 年版，第 307 页。

[2] 《湖北通志·人物志》，民国十年（1921）刊本。

[3] 张舜徽：《清人文集别录》（下）卷十九，中华书局 1963 年版。

# 中国近代翻译文学的双子星座

## ——严复与林纾翻译文学比较谈

在我国，翻译有着悠久的历史，据文字记载，可追溯到周代："五方之民，言语不通，嗜欲不同。达其志，通其欲，东方曰寄，南方曰象，西方曰狄鞮，北方曰译。"[1] 朝廷里还设有专门的官职，称为"象胥"，即今天的"翻译"。不过，当时的翻译仅限于口头。至春秋战国时，出现了正式的文字翻译，如《说苑·善说篇》中所载之《越人歌》即是，但为数并不多，且所译皆中华民族大家庭内部各兄弟民族之间的不同语言文字。我国大规模的文字翻译则是自汉代开始的，以佛经的翻译开其端。自此以后，我国的翻译得到迅速的发展，无论是翻译的数量、质量，还是技巧和理论，都取得了长足的进步。不过，在宋元以前，中外文化的交流，几乎全部局囿于东方，主要体现在我国与周围邻近国家（比如日本、印度、东南亚诸国以及西亚伊斯兰国家）的文化交流。这种格局，直到明神宗万历八年（1580）以后，随着罗明坚及其以后的利玛窦、汤若望、罗雅各等西方传教士的来华，才得以打破。不过，在鸦片战争之前，西方传教士与中国士大夫合作翻译的书籍，几乎全是宗教神学和自然科学方

---

[1] 见《礼记·王制篇》，（清）孙希旦撰·《礼记集解》（上），中华书局1989年版，第360页。

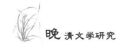

面的著作。

我国真正的文学翻译是从近代才开始。1864 年，董恂（时任清廷总理各国事务衙门大臣，相当于现今外交部常务副部长）翻译了美国诗人朗费罗（Herry W. Longfellow）的《人生颂》，成为我国国民用汉语翻译的第一首英语诗。1871 年王韬与张芝轩合作编译的《普法战纪》，以生动流畅的文笔叙述了普法战争（1870—1871）的全过程，可以视为近代散文翻译的滥觞。其中的《法国国歌》和德国的《祖国歌》，是首次向国内介绍法、德诗歌。1872 年蠡勺居士翻译的英国小说《昕夕闲谈》，共 50 节，连载于我国最早的文学刊物《瀛寰琐记》，它是我国国民翻译的第一部外国小说。

晚清的翻译文学盛极一时，影响很大。据阿英在《晚清小说史》中所统计，1885—1911 年，创作小说有 479 种；而翻译小说在 1882—1913 年就有 628 种。从这个数字可以看出翻译小说的繁荣昌盛。而在晚清众多的翻译家中，毫无疑问，严复（1853—1921）和林纾（1852—1924）的成就最为卓著，一时有"译才并世数严林"[1]的称誉。他们两人就像近代翻译文学史上的两颗明亮的星座，交相辉映，放射出耀眼的光芒。

严复和林纾都是近代著名文学家和翻译家，他们在出身、思想、翻译等方面有着不少相同或相似之处。

首先，他们均出身于比较贫寒的家庭，自幼刻苦攻读，有着良好的古文根基。

严复和林纾都是福建侯官（今福州市）人。严氏虽出生于当地名医之家，幼即聪慧，词彩富逸。可惜父亲早逝，家境一落千丈，寡母无力支持他走科举入仕的正途。他只得投考可以享用官费的福州船政学堂，学习英文、数、理、天文及航海术。同治十年（1871）以优异成绩毕业，被派往军舰服务。五年后，被朝廷派往英国留学。

而林氏出身于小商人之家，年幼时父亲破产，家道中落。于是，林纾发奋攻读，曾画棺于壁，立人于棺前，题曰，"读书则生，不则入棺"。13—20 岁，校阅残烂古书二千余卷。后又借读同县李宗言家所藏书不下三四万卷。他博学强记，能诗，善文，擅画。光绪八年（1882）中举，考进士不中，后终生未仕。

严、林青少年时代的刻苦攻读，为他们日后从事文学翻译事业打下了良好的学问根基。

其次，严、林都在自己的译作中表现了强烈的爱国主义精神。

---

[1]　康有为：《琴南先生写万木草堂图，题诗见赠，赋谢》，载《庸言》第 1 卷第 7 号，1913 年。

严复于 1879 年结束留学生涯。归国后，虽然未得到朝廷重用，但他日后鉴于中日甲午战争惨败、我国面临亡国灭种危险的现状，于是奋笔疾书，发表了一系列发聋振聩的政论。除此之外，他大量翻译西方社会科学著作，系统介绍和传播西方资产阶级的文化思想，积极鼓吹变法维新，成为近代著名的启蒙思想家。尤其是他的《天演论》，似一声春雷，如石破天惊，震撼了当时中国的知识界，一时间，"物竞天择，适者生存"，"优胜劣败"的进化论观点广为传播，深入人心，成为号召国人救亡图存的最有力的思想武器。不仅如此，他每译一书，必结合中国国情，加上按语，阐发自己的政治观点，让读者怵然知变，振奋起来，挽救危亡。如在《法意》的按语中，他指出中国积弱不振的病根是："则通国之民，不知公德为何物，爱国为何语，遂使泰西诸邦，群呼支那为苦力国。何则？终身勤勤，其所恤者，舍一私而外，无余物也。"严复的按语，常常触及到封建制度的种种弊端，故吴汝纶说："其言皆与时局痛下针砭。"[1]

而林纾同严译常常加按语一样，亦常于译著序跋中"于爱国保种再三致意"，抒发其救亡图存的思想。他指出，警醒国人，启迪民智是当务之急，而"西方多以小说启发民智"[2]，故译介外国小说就是救亡图存的最佳方略。例如中日甲午战争后，曾出现过海军将帅"不用命"，镇（海）、定（海）二舰"望敌而遁"的谣言。林纾在《不如归·序》中，给予了回击。他借用外国小说中所记事实来说明我国海军在甲午之战中是曾英勇地打击过敌人的，肯定了将士们英勇抗敌的精神，为爱国将士伸张了正义。并强调，"不经败衄，亦不知军中所以致败之道；知其所以致败而更革之"，应该收"败余之残卒"，以为"新卒之导"；在建立海军购置船炮时，须先"教育英隽之士"，"培育人才"，"仍可自立于不败"，充满了民族的自信心。又如 1905 年为配合反对美国迫害华工的运动，林纾翻译了美国斯托夫人的《黑奴吁天录》（今译作《汤姆叔叔的小屋》），并在该书序跋中强调指出，译此书是"触黄种之将亡，因而愈生其悲怀耳"，"亦足为振作志气，爱国保种之一助"。我们从林纾的不少序跋中都可看到那种"日为叫旦之鸣，冀吾同胞警醒"[3]的精神，表现出一种高度的爱国热情。

再次，严、林二人皆是采用桐城笔法从事翻译，为桐城古文找到了一个新的

[1] 见《桐城吴先生全书·尺牍二》，光绪二十九年（1903 年）刻本。

[2] 林纾：《译林·叙》，载《清议报》1901 年 1 月 11 日。

[3] 林纾：《不如归·序》，光绪三十四年（1908 年）商务印书馆出版。

表现阵地。

严复从英国学成归国后，政治上不被重用，郁郁不得志，便师从桐城派大师吴汝纶，学习古文，打下了深厚的古文基础。他所译均系西方学术著作，但他却是以古文的笔法译出，译笔生动形象，使译作具有很强的艺术魅力，最典型的是《天演论》的开头一段：

> 赫胥黎独处一室之中，在英伦之南，背山而面野。槛外诸境，历历如在几下。乃悬想二千年前，当罗马大将恺彻未到时，此间有何景物。计唯有天造草昧，人工未施，其借征人境者，不过几处荒坟，散见坡陀起伏间。而灌木丛林，蒙茸山麓，未经删治如今日者，则无疑也。怒生之草，交加之藤，势如争长相雄，各据一抔壤土。夏与畏日争，冬与严霜争，四时之内，飘风怒吹，或西发西洋，或东起北海，旁午交扇，无时而息。上有鸟兽之践啄。下有蚁蝝之啮伤，憔悴孤虚，旋生旋灭。苑枯顷刻，莫可究详。是离离者亦各尽天能，以自存种族而已。

这一段文字，文笔灵动活脱，令人有身临其境之感。难怪王佐良先生说，严复将原文里的复合长句在译文中变成了若干平列短句，主从关系不见了，但读起来反而更加顺畅；原文中是用第一人称，译文改成第三人称，比原文更戏剧化，故更富于文学性和可读性。[1]

又如《群学肄言》第四章中的一段：

> 望舒东睇，一碧无烟，独立湖塘，延赏水月，见自彼月之下，至于目前，一道光芒，滉漾闪烁，谛而察之，皆细浪沧漪，受月光映发而为此也。徘徊数武，是光景者乃若随人。颇有明理士夫，谓是光景为实有物，故能相随，且亦有时以此自诧，不悟是光景者，从人而有，使无见者，则亦无光，更无光景，与人相逐。

在这里，严复利用自己深厚的桐城古文的优势，将原文拆开并按照汉语习惯重新组合词句，译文往复顿挫，优美流畅，将哲学讲义变成生动的文学形象，让读者通过阅读优美灵动的抒情文字，在不知不觉中接受了"物是不以人们主观意志为转移而存在的"唯物论道理。

---

[1] 王佐良：《严复的用心》，收入《论严复与严译名著》，商务印书馆1982年版。

严复自己曾说，他所译"学理邃颐之书"，是给"多读中国古书之人"[1]看的，是正宗桐城文笔。这一点既是译者自我陶醉之处，也正是他翻译的不足之处。当1902年严译《原富》问世时，梁启超在推荐之余，就指出过：严译"文笔太务渊雅，刻意模仿先秦文体，非多读古书之人，一翻殆难索解。夫文界之宜革命久矣！欧美日本诸国文体之变化，常与其文明程度成正比例……况此等学理邃颐之书，非以流畅锐达之笔行之，安能使学僮受益乎？著译之业，将以播文明思想于国民也，非为藏山不朽之名誉也。文人结习，吾不能为贤者讳矣"[2]。此论是很有道理的。

而林纾本身就是晚清著名的古文家，他推崇桐城古文，所作古文为桐城派大师吴汝纶所赞赏，名重一时。

在我国，历代的正统知识分子囿于传统的文学观念，尊崇诗文，于小说原不屑一顾，称之为"雕虫小技"，"壮夫所不为"。桐城祖师方苞就批评过明末遗老有"杂小说"的毛病，并将"语录中语"、"藻丽俳语"、"隽语"、"佻巧语"列为古文禁律。[3]林纾自附于桐城派，却以古文笔法从事小说翻译，这无疑是一种"犯禁"。但林纾在翻译中终于冲破了桐城家法的重重禁忌，用轻松而富有弹性的古文翻译外国小说，译文生动畅达，引人入胜。如《巴黎茶花女遗事》中写亚猛与马克郊游的一段：

> 车行一点半始至，憩以村店，店据岗而门，下临苍碧小畦，中间以秋花。左望，长桥横贯，直出林表。右望，则苍山如屏，葱翠欲滴。山下长河一道，直驶桥外，水平无波，莹洁作玉色。背望，则斜阳反迫，村舍红瓦鳞鳞闪异光。远望而巴黎城郊在半云半雾中矣。

这一段描写可谓深得原文旨趣，不仅画面清新优美，而且言情写景，能曲尽其妙，沁人心脾。正因如此，林纾的翻译小说受到读者普遍欢迎，一时"风行大江南北"，尤其是他的《巴黎茶花女遗事》，有"外国《红楼梦》"[4]之称。严复1904年出都，赠诗林纾留别，就写道："可怜一卷《茶花女》，断尽支那荡子肠。"林译小说的魅力和影响由此可见一斑。

---

[1]　严复：《与梁任公论所〈原富书〉》，选自牛仰山等编：《严复研究资料》，海峡文艺出版社1990年版，第124页。

[2]　梁启超：《绍介新书〈原富〉》，刊于《新民丛报》第1号。

[3]　沈莲芳：《书方望溪先生传后》，载《方望溪先生全集》，《四部备要》排印本。

[4]　见商务印书馆1932年版《巴黎茶花女遗事》再版扉页记。

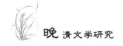 

此外，在"五四"运动前后，严、林皆堕落为时代的落伍者，成为阻碍历史前进的绊脚石。

严复在戊戌政变后，仍致力于西方典籍的翻译工作，但政治上却反对孙中山领导的民主革命。辛亥革命后，他被袁世凯任命为京师大学堂总监督（校长），后又任总统府外交法律顾问、约法会议议员、参议员。1915年袁世凯准备称帝，授意杨度组织筹安会，鼓吹帝制，严复成为"洪宪六君子"之一，堕落为封建复辟派。

与严复遥相呼应，林纾晚年亦日趋守旧。辛亥革命后，他自己就说过："革命军起，皇帝让政。闻闻见见。均弗适于余心"，"惟所恋恋者故君耳"。[1]他曾十次叩谒光绪皇帝的陵墓，并以清朝遗老自居。后又以"圣人之徒"自命，以"卫道匡时"自任，反对新思想的传播，反对新文化运动。"五四"运动中，《新青年》杂志提倡以白话文代替文言文，主张言文合一。林纾则竭力反对，他致书北京大学校长蔡元培说：若"覆孔孟、铲伦常"，"尽废古书，行用土语为文字，则都下引车卖浆之徒所操之语，按之皆有文法"，"凡京津之稗贩，均可用为教授矣"。[2]并创作小说《荆生》、《妖梦》，对陈独秀、胡适、钱玄同、蔡元培等进行人身攻击，终于堕落成为封建顽固派的头面人物。

尽管林纾与严复有上述许多相同（或相似）之处，但林译小说无论内容还是风格，与严复所译著作均有明显的不同，这种不同主要表现在以下几个方面。

第一，两人所译的对象完全不同。

林纾翻译的全部是小说，从1897年始，至他逝世的25年中，共译外国小说183种，约1 200万字，世称"林译小说"。其中涉及有英国、美国、法国、俄国、日本、希腊、挪威、瑞士、比利时、西班牙等国家的作品，介绍了莎士比亚、狄更斯、雨果、大仲马、小仲马、巴尔扎克、易卜生、塞万提斯、托尔斯泰等世界文豪和著名作家。所译小说以《巴黎茶花女遗事》、《黑奴吁天录》、《拊掌录》等最为有名。"林译小说"大大提高了文艺翻译在士大夫层中的地位，向中国人民打开了一个崭新的文学世界，为中国人民展示了西方近代社会五光十色、色彩斑斓的"人间喜剧"。正如钱钟书先生所说：《林译小说丛书》"带领我进了一个新天地，一个在《水浒》、《西游记》、《聊斋志异》以外另辟的世界……接触了林译，我才知道西洋小说会那么迷人"[3]。

[1]　林纾：《畏庐诗存·自序》，民国二十三年（1934）商务印书馆铅印本。

[2]　林纾：《答大学堂校长蔡鹤卿太史书》，选自《畏庐文集·畏庐三集》，商务印书馆1916年版。

[3]　钱钟书：《林纾的翻译》，商务印书馆1981年版，第34—35页。

林纾开启近代翻译西方文学风气的功劳是应该肯定的，而且他是我国第一个以古文笔法翻译西方小说的人，译作之多，影响之大，均无人可与之比肩。

严复翻译的则全是西方社会科学著作，是我国近代第一个比较系统译介西方资产阶级思想学说的人。1895—1908 年，他先后翻译了赫胥黎的《天演论》、亚丹·斯密的《原富》、斯宾塞的《群学肄言》、约翰·穆勒的《群己权界论》和《名学》、甄克斯的《社会通诠》、孟德斯鸠的《法意》、耶芳斯的《名学浅说》，后人称为"严译八大名著"。此外，还翻译有宓克的《支那教案论》、卫西琴的《中国教育议》等等。其中以《天演论》、《原富》、《法意》和《名学》最为著名。这些著作比较系统地介绍了西方资产阶级的世界观、方法论、政治制度以及自然科学等方面的新成就，从而对中国社会造成了空前广泛的影响，开辟了中国近代思想史上的一个新纪元，他也因此成为"在中国共产党出世以前向西方寻找真理的一派人物"[1] 中的代表之一，成为中国近代资产阶级著名的启蒙思想家。

第二，林译和严译最大的不同在于，林纾不懂外文，严复则精通英语。

林纾不懂外语，他的翻译是依靠合作者口述原文大意，由他笔录。经常跟林纾合译西方小说的有王寿昌、魏易、曾宗巩、陈家麟、毛文钟、王庆通，王庆骥、李世中等 19 人。由于林纾有着深厚的古文根基，运笔如风，译书速度相当惊人。别人口述，他笔录，做到"耳受手追，声已笔止"[2]，往往是口译者的话音刚落，他的译文也就写好了，甚至不加窜点，脱手成篇。

由于林纾不懂外文，无法对原著进行严格的挑选，因此，他费了九牛二虎之力，结果翻译了许多在世界文学史上并无多少地位，属于三四流的作品，如英国哈葛德、柯南道尔的作品就达 30 余种。再加上口译者水平不一，故译文瑕瑜互见，亦常出现错、漏、删、改译的现象。例如，莎士比亚的戏剧《亨利第四》、易卜生的剧本《群鬼》，就被译成了小说，改变了原作品的体裁，使原作品的风格全不见了。又如雨果的《九三年》（林译为《双雄义死录》）较原作品删改了大半；塞万提斯的《堂·吉诃德》，仅是原作品的三分之一等等。此外，因林纾译书速度太快，又往往"不加窜点，脱手成篇"[3]，因而难免出现这样或那样的毛病。林译小说的这些缺陷，多为后人所诟。

---

[1]　毛泽东：《论人民民主专政》，选自《毛泽东选集》第四卷，人民出版社 1966 年版，第 1358 页。

[2]　林纾：《译孝女耐儿传序》，选自《中国近代文论选》（下），人民文学出版社 1959 年版，第 711 页。

[3]　钱钟书：《林纾的翻译》，商务印书馆 1981 年版。

林纾本人亦承认，"鄙人不审西文，但能笔述，即有讹误，均出不知"[1]。他在感叹之余，常鼓励青年以自己为鉴戒，努力学习外语。[2]他这种坦诚的态度、勇于解剖自己的精神，确实是很可贵的。

严复则完全不同。在福州船政学堂学习时，他就学过英文；留学英国期间，又注意考察西欧各国风情，并常与出使英国大臣郭嵩焘讨论中西学术和政治制度的异同。他不仅精通英语，而且对英法等国的国情及西方资产阶级的学术思想有比较深切的了解，因此，他翻译的作品，都是经过精心选择的，有着明确的政治目的，所译差不多每一本都是西方资产阶级早期思想学说的奠基之作，而且原文的文学价值都比较高。严复译述的态度亦极为严肃认真，"一名之立，旬月踟蹰"[3]；加上他精心的技术处理和特殊的文章风格，使他的翻译在近代文学史上独树一帜。正如胡适所说："严复译的书……在原文本有文学的价值，他的译本，在古文学史也应该占一个很高的地位。"[4]

第三，林纾凭借"意译"，严复讲求"信、达、雅"。

由于林纾不懂外文，他翻译外国小说只能依靠"意译"，具有很大的随意性。不过，由于他的文学修养很高，娴熟古文，又长于叙事抒情，善于发挥"再创造"的能力，因而对原作往往能"曲尽其妙"。尤其是一些经他精心处置的译作，更是具有感人的力量，例如，《迦茵小传》本来在世界文学史上并没有什么地位，但经过林纾译后则增添了不少光彩，女主人公显得格外感人。郭沫若在回忆自己少年时代读这部林译小说的感受时说："那女主人公迦茵是怎样的引起了我深厚的同情，诱出了我大量的眼泪啊！"[5]尽管如此，由于林纾在翻译中，并不忠实于原作，常随意增删、改译，甚至有时还改变原作品的体裁，弄得面目全非，因而可訾议的地方颇多。

严复则不同，他不仅精通英文，而且在翻译过程中，态度非常严谨、审慎，奉行"信、达、雅"的标准。他在《天演论·例言》中说："译事三难：信、达、雅。"所谓"信"，指译文要忠实于原著，要准确地传达出原作的精神。所谓"达"，指达旨，即译笔通顺畅达。严复认为，近代西方语言与中国文言相去甚远，必须"将全文神理，

[1]　林纾：《西利亚郡主别传·序》，光绪三十四年（1908年）商务印书馆出版。
[2]　林纾：《撒克逊劫后英雄略·序》，光绪三十一年（1905）商务印书馆出版。
[3]　严复：《梁任公论所译〈原富〉书》，选自《严复集·书信》第三册，中华书局1986年版。
[4]　胡适：《五十年来中国文学》，选自《胡适文存》卷二，上海亚东图书馆1921年12月初版，第116页。
[5]　郭沫若：《我的童年》，《少年时代》，人民文学出版社1979年3月版。

融会于心"，而不应"斤斤于字比句次"，"至原文词理本深，难于共喻，则当前后引衬，以显其意。凡此经营，皆以为达"。所谓"雅"，指文笔渊雅，富于文学色彩。严复尊奉孔子"言之无文，行之不远"之说，主张于"信达而外，求其尔雅"。[1]并强调，三者之间互相依存，互为因果，缺一不可。尽管包括严复在内，几乎没有人能够始终如一地做到这一点，但此说一出，即得到了翻译界的公认，不少人将它奉为"翻译界的金科玉律"[2]。而且，这三条原则的创立，对我国翻译事业的发展确实起了促进作用，是值得肯定的。

总之，严复和林纾的文学翻译既有相同或相似的地方，又有不同的地方，而且呈现出同中有异、异中有同的特点。他们以古文家的身份翻译外国的社会科学著作和文艺小说，开启了近代的翻译风气，扩大了中国人民的视野；他们的翻译在近代翻译领域具有里程碑的作用，代表了近代翻译文学的最高水平。他们的译作教育、影响了一代又一代的中国的知识分子，因此，他们"在历史上的地位是不能够抹杀的"；"在文学上的功劳，就和梁任公在文化批评上的一样，他们都是资本制度革命时代的代表人物，而且是相当有些建树的人物"[3]。尽管他们身上各自存在着这样或那样的缺陷，但作为一个历史人物，他们在中国思想史、文化史、文学史上所占有的重要地位，是应该给予充分肯定的。

（《外国文学研究》1991 年第 4 期，合作，本人执笔完成）

# 近代翻译小说选题简论

## 一

近代翻译小说异彩纷呈，盛极一时。西方各种题材的小说纷纷被译介进来，对近代中国社会和文学创作产生了广泛的影响。尽管也有鱼目混珠，良莠不齐的情况

---

[1]　以上所引均见严复《天演论·例言》，选自《中国近代文论选》（上），人民文学出版社 1959 年版，第 181 页。

[2]　郁达夫：《读了珰生的译诗而论及于翻译》，载《晨报副镌》1924 年 6 月 29 日。

[3]　郭沫若：《我的童年》，人民文学出版社 1979 年 3 月版。

存在，但从总体上看，近代翻译小说在题材和种类的引进方面是审慎而有选择的。它主要集中在政治小说、虚无党小说、历史小说、社会小说、科幻小说、侦探小说、教育小说和爱情小说等种类上。

近代翻译小说最初大量引进的是政治小说。梁启超率先从日本引进了"政治小说"这一术语。他从理论上大力倡导多译政治小说。在介绍西方国家重视政治小说的情况时不无夸张地说："在昔欧洲各国变革之始，其魁儒硕学，仁人志士，往往以其身之所经历，及胸中所怀，政治之议论，一寄之于小说……往往每一书出，而全国之议论为之一变。彼美、英、德、法、奥、意、日本各国政界之日进，则政治小说为功最高焉。"[1] 他认为"政治小说之著述"是"浸润于国民脑质最有效力者"，[2] 呼吁："西人政学百新，无一书无独到处，虽悉其所著而译布之，岂患多哉？"[3] 梁启超还亲自动手翻译政治小说，如《佳人奇遇》（1899）就是他在逃亡日本的兵舰上边读边译的，并与人合作或鼓励他人翻译了《经国美谈》（周宏业译，1907年）、《雪中梅》（熊垓译）等日本著名政治小说。于是，翻译政治小说蔚然成风。如林纾译的《黑奴吁天录》（1901）、吴超翻译的《比律宾志士独立传》（1902）、独立苍茫子翻译的《游侠风云录》（1903）、赖子译的《政海波澜》（1903）、亡国遗民译的《多少头颅》（1904）、佚名译的《美国独立记演义》（1903）、汤红绂译的《旅顺双杰传》（1909）、陈鸿璧译的《苏格兰独立记》（1906）等等，在当时都产生了很大的影响。

同政治小说性质相近的有虚无党小说。虚无党小说中推翻帝制和实行暗杀的主张与行为，与当时革命青年反对专制、主张暴力革命的思想和行为甚是契合，故而颇受欢迎。影响较大的有金一译的《自由血》（1904），冷血译的《虚无党》（1904）、《虚无党奇话》（1906），天涯芳草馆主人译的《虚无党真相》（1907）以及周桂笙译的《八宝匣》等等。

历史小说与政治小说也有密切联系。历史小说中国古已有之，并不是新题材。但近代翻译的历史小说大多注入了时代的新内容，它们多是以反抗外来侵略，争取民族独立、民主自由或反映某一民族兴盛衰亡历史为主题。较有名的如鲁迅译《斯

---

[1] 梁启超：《译印政治小说·序》，选自《中国近代文论选》（上），人民文学出版社1959年版，第156页。

[2] 梁启超：《饮冰室自由书·传播文明三利器》，选自《饮冰室合集·专集》之二，中华书局1989年版。

[3] 梁启超：《变法通议·论译书》，刊于《时务报》1897年，第27、29、33册；另见《饮冰室合集·文集》之一，中华书局1989年版。

巴达之魂》（1903）、林纾译《撒克逊劫后英雄略》（1905）、曾朴译《马哥皇后佚史》（1905）、抱器室主人译《几道山恩仇记》（今译作《基度山伯爵》，1907）、伍光建译《侠隐记》（今译作《三个火枪手》，1907）、《法宫秘史》（1908）、曾朴译《九十三年》（1913）等等。

随着翻译面的不断拓宽，一批批判现实主义名著——社会小说被译介进来。著名的如平云译雨果的《孤儿记》（1906），林纾译狄更斯的《块肉余生述》（1907）、《孝女耐儿传》（1907）、《贼史》（1908），德富芦花的《不如归》（1908），欧文的《拊掌录》以及商务印书馆编译的《昙花梦》等等。它们的输入，对我国清末谴责小说创作产生了深远的影响。

科学幻想小说纯粹是受西方文学影响而引进的，它为长期以来仅仅接触言情志怪小说的中国读者打开了眼界。鲁迅在1903年翻译凡尔纳科幻小说《月界旅行》时说："苟欲弥今日译界之缺点，导中国人群以进行，必自科学小说始"，这样，"冥冥黄族，可以兴矣。"[1] 这话很具代表性，当时绝大多数译家皆欲以普及知识、破除迷信，进行科学的启蒙运动。近代翻译的科幻小说约百余部，而以梁启超译的《世界末日记》（1902），海天独啸子译的《空中飞艇》（1903），杨德森译的《梦游二十一世纪》（1903），包天笑译的《千年后之世界》（1904），吴趼人译的《电术奇谈》（1905），周桂笙译的《地心旅行》（1906），鲁迅译的《月界旅行》、《地底旅行》（1906），陈绎如和薛绍徽译的《八十日环游记》（1906）等等影响较大。

侦探小说亦纯系舶来品。著名侦探小说翻译家周桂笙曾经说过："侦探小说，为吾国所绝乏，不能不让彼独步。盖吾国刑律讼狱，大异泰西各国，侦探之说，实未尝梦见。"[2] 在近代翻译小说中，侦探小说所占的比重最大。它与中国武侠、公案小说有相通之处，而又有新意，适合市民阶层的需要，很受读者欢迎，因而形成了一股侦探小说热。影响较大的有商务印书馆译印的《华生包探案》（1903）、周桂笙译的《毒蛇圈》（1903）、奚若译的《福尔摩斯再生案》（1904）、佚名译的《毒美人》（1904）、周作人译的《玉虫缘》（1905）、商务印书馆编译所编译的《毒药樽》（1907）等等，其中尤以英国柯南道尔的《福尔摩斯侦探案》（单行本很多，1916年有《福尔摩斯侦探案全集》）影响最大。

教育小说是配合思想启蒙，为社会改革和"新民"需要而出现的一个小说品种。

[1] 鲁迅：《〈月界旋行〉辨言》，日本东京进化社1903年版。
[2] 周桂笙：《歇洛克复生侦探案·弁言》，《新民丛报》第3年第7号。

著名的有梁启超译《十五小豪杰》（1903），苦学生译《苦学生》（1903），朱树人译《冶工轶事》（1903），包天笑译《铁世界》（1903）、《儿童修身之感情》（1905）、《馨儿就学记》（1610）等等。

爱情小说中国古已有之，然而翻译引进的外国爱情小说与中国传统的才子佳人小说有很大不同，它使国人的耳目为之一新。这类小说以林纾翻译的小仲马《巴黎茶花女遗事》（1899）影响最大，当时严复有"可怜一卷《茶花女》，断尽支那荡子肠"之语，可见反响之强烈。其他比较著名的尚有林纾译的《迦因小传》（1903）、《洪罕女郎传》（1906）、《情侠传》和任墨缘译的《情海劫》（1906）等等。

总之，近代翻译小说题材的引进主要集中在以上几个方面。当然也还有其他一些题材，如冒险小说、心理小说、艳情小说以及一些纯文艺性小说等等，但它们所占的比重并不大。

## 二

在向西方学习的过程中，作家们发现中国小说种类较少，题材狭窄，如梁启超就认为"重英雄"、"爱男女"、"畏鬼神""三者可以骇尽中国小说矣"；而西方小说种类繁多，题材广泛，"几合一切理想而冶之，又非此三者所能限耳"[1]，倡导大量翻译外国小说。但在具体译介外国小说时，译家们又将选题主要集中在前面所述的几个方面，原因何在？我们认为，最主要最直接的原因就是：他适应了当时的政治改良和文学改良的需要，表现了新的时代风貌和特点。这一点可以从近代翻译小说题材所表现的主要内容得到充分证明。从近代翻译小说的整体看，它比较集中地表达了以下几个方面的思想内容。

其一，鼓吹国家独立富强，呼吁抵抗外国侵略。这是政治小说、虚无党小说、历史小说、社会小说的共同思想内容。如《佳人奇遇》叙写欧美各灭亡国家革命志士和中国遗民共谋光复国家之事。《瑞西（士）独立警史》写爱国志士为使国家独立而英勇反抗日耳曼人的故事。《经国美谈》演述希腊的齐武国志士驱逐斯巴达收复国土的过程。《美国独立记演义》写美国人民反抗英国殖民主义而取得独立的故事。另如《埃司兰情侠传》、《鬼山狼侠传》等亦有相似的内容。总之，这类小说比较集中地表达了反帝爱国，争取民族独立的思想。

---

[1] 梁启超：《小说丛话》，载《新小说》第一、二卷，又有《新小说》社1906年刊印之单行本。

其二，主张人权平等，反对种族歧视。就其性质而论，种族歧视与民族压迫相同，是一种逆人权平等的行为。它其始主要出现在白种人与有色人种之间。后随着中西交往的频繁，范围逐渐扩大，以至发生了美国等迫害华工、华侨和留学生的事件。为了配合"反美华工禁约"的实际斗争，林纾与魏易合译了美国斯托夫人的《黑奴吁天录》，这是一部为黑人被白人所奴役而诉苦伸冤的名著。小说叙写了黑奴汤姆多次被出卖，最后惨死于奴隶主鞭下的悲惨故事，并通过对各种奴隶主和黑奴形象的刻画，揭露和抨击了野蛮的种族歧视制度。这部小说的翻译出版，对唤醒生活在帝国主义铁蹄下的中国人民和中国反种族歧视小说的出现，都产生了深远的影响。

其三，抨击封建专制制度，宣扬民权、民主与人道精神。在引进的大量政治小说、虚无党小说和社会小说中，这一思想表现得比较集中和突出。如《俄国虚无党史》，叙述了俄国虚无党人夏雅丽行刺俄皇的故事，希望"呼吸世界自由的空气"。《虚无党奇话》从民主自由的角度描写党人的活动，揭露沙皇的封建专制，并主张采用暗杀手段对付统治者。而《俄国皇帝》更是揭露"皇帝处于最高之位"，"践踏我人民"，"国内人民，竟无一人敢吐自由之气"。另如《贼史》、《块肉余生述》、《孝女耐儿传》等，或描写下层社会的贫困，或揭露上层社会的腐败，亦有助于中国读者认识资本主义制度的实质。这些小说都从资产阶级人道主义的角度，以民权、民主思想为武器，来揭露抨击资本主义社会的虚伪、自私、残酷和拜金主义等黑暗现象的。它具有较明显的近代意识。

其四，传播科学思想，破除封建迷信。这一点在大量引进的科幻小说和侦探小说中有充分反映。于科幻、侦探小说用力最著的周桂笙，就曾极力推崇西方"科学小说之发明真理，理想小说之寄托遥深，侦探小说之机警活泼"；批评中国以窃贼充捕役，以无赖当公差，至断狱，动以刑求，暗无天日，根本用不着侦探；赞扬"泰西各国，最尊人权，涉讼者例得请人为辩护，故苟非证据确凿，不能妄入人罪"[1]。还一再呼吁，"后之学者，其与科学幸加之意焉！"[2] 鲁迅在《月界旅行·辨言》中亦宣称，翻译科幻小说的宗旨是"改良思想，补助文明"。这类小说多赞扬西方社会的尊重科学，尊重法律，从而抨击中国讼狱制度的黑暗和封建迷信。

其五，批判封建礼教，主张婚姻自主、恋爱自由。我们知道，中国古典小说中已有批判封建礼教，主张爱情自由的传统，但与外国爱情小说相比，就可看出其明

---

[1] 周桂笙：《歇洛克复生侦探案·弁言》，《新民丛报》第 3 年第 7 号。

[2] 周桂笙：《神女再世奇缘·序》，《新小说》第 22 号。

显不足：它没有"父母之命，媒妁之言"这些封建意识，表现出来的完全是一种新的爱情自由、神圣的思想观念。如《巴黎茶花女遗事》通过妓女玛格丽特的恋爱悲剧揭露资产阶级的虚伪、自私，歌颂茶花女与阿尔芒超越门第、出身界限的自由、真挚的爱情。《迦因小传》描写迦因对亨利真挚的爱情和她表现出来的高尚品质。它们让读者看到了译者的反封建思想和反传统的进步思想意识。另如《洪罕女郎传》、《情侠传》等亦表达了同样的内容和思想。总之，以上作品所表达的这些新观念，都是自由平等，个性解放思想在爱情问题上的反映，也在一定程度上反映了妇女的不幸遭遇，表现出对封建礼教的不满，给予清末民初的爱情小说创作以很大影响。

其六，提倡妇女解放，主张男女平等，反对歧视妇女。这一思想源于西方的天赋人权，为中国传统小说所没有，是西方人权平等这种近代意识在作品中的体现。这种思想在不少虚无党小说、社会小说和爱情小说中都有表现。如《昙花梦》通过叙写俄国警察总局之女投身虚无党，从事反对专制暴政的活动，表现了女子的卓越政治才能和献身精神。《情海劫》叙述一位叫劳恩的女子参与航海探险，途中遭强盗劫持陷害，毫不动摇，终于排除险情与父母团聚的故事。《虚无党真相》演述奇女子与娘子军的活动，推崇妇女的思想才能，表达其进步的女权思想。此外，《不如归》还从人道主义立场对歧视妇女的封建观念予以批判，并提出了一些当时社会所面临而又迫切需要给予回答的现实问题，如家族观念、婆媳关系、夫妻关系以及官商与军人勾结等等，引起中国读者的广泛共鸣。这些作品，提倡妇女解放，提倡女权，反对歧视妇女，是社会意识进步的一种具体表现。它为我国清末民初的小说创作带来了新的生机。

三

从前面的简要分析可以看出，近代翻译小说无论是在题材的引进，还是在作品内容的反映上，都是有选择的，表现了明确的目的性，即适应当时政治改良和文学改良的需要。认真地审视近代翻译小说的选题，可以看出它具有以下几个鲜明特征。

首先是强烈的爱国主义精神。近代中国留下的是一部丧权辱国史，同时也是一部中华民族从沉酣中猛醒、奋进、抗争、自强的历史。正如梁启超所说："志士扼腕切齿，引为大辱奇戚……于是对外求索之欲日炽，对内厌弃之情日烈，欲破壁以自拔于此黑暗。"[1] 这一点不仅从前面的介绍、分析中可以看出，而且从大多数译者的思想、译书目的也可以充分证明。如林纾"平生倔强不屈人下，尤不甘屈诸虎视眈眈诸强邻之下"[2]。并常常为民族的沉沦而感到焦灼："吾同胞犹梦梦焉，吾死不瞑目矣！"[3] 他1901年在杭州与魏易同译《黑奴吁天录》时，二人且译且泣，且泣且译。在跋尾自题中说："吾与魏君同译是书，非巧于叙悲，以博阅者无端之眼泪，特为奴之势逼及吾种，不能不为大众一号。"而在1908年翻译《不如归》时，也一再表明："纾年已老，报国无日，故日为叫旦之鸡，冀吾同胞警醒！"这里，林纾的苦心孤诣可见，爱国之情跃然纸上。

梁启超大力倡导译介外国小说，强调"国家欲自强，以多译西书为本"[4]。认为"美、英、德、法、奥、意、日本各国政界之日进，则政治小说为功最高焉"。号召将"有关切于今日中国时局者，次第译之"[5]，"运他国文明新思想，移植于本国，以造福于其同胞"[6]。字里行间洋溢着作者为振兴中华民族而四处奔走呼号的爱国精神。

有一位译者（佚名），曾将林纾译的《黑奴吁天录》演述成白话的《黑奴传》。他在"演义首回"中交代这样做的原因时说："想唤醒我们四万万的黄种，请大家惊心动魄的听听。"又强调说："既怕为奴，当先明理；要想明理，自然就得识字读书了。识字读书这件事，谈何容易呢，只好用些浅近白话，照着原书，演说一遍。"充分表达了译者希望拯救祖国的爱国主义思想。

即使是科幻、侦探等小说的译介，也都反映了译者改良政治，开启民智的愿望和宗旨。周桂笙主张译介科幻、侦探小说，将西方的"新思想、新学术源源输入，俾跻吾国于强盛之域"[7]。鲁迅亦宣称，他译介科幻小说旨在使读者"于不知不觉间，获一斑之智识，破遗传之迷信，改良思想，补助文明"。总观此时期的翻译小说，绝大多数都体现了"鼓吹新学思潮，标榜爱国主义"这一时代特点。

其次是鲜明的启蒙色彩。王国维曾指出："自《天演论》一出，嗣是以后，达尔文、

[1] 梁启超：《清代学术概论》（二十一），中华书局1954年版。

[2] 林纾：《爱国二童子传·达旨》，光绪三十三年（1907）商务印书馆出版。

[3] 林纾：《伊索寓言·识语》，光绪二十九年（1903）商务印书馆印行之第4版。

[4] 梁启超：《西学书目表·序例》，刊于《时务报》第8册；另见《饮冰室合集·文集》之一，中华书局1989年版。

[5] 梁启超：《译印政治小说·序》，选自《中国近代文论选》（上），人民文学出版社1959年版，第156页。

[6] 梁启超：《论学术之势力左右世界》，选自《饮冰室合集·文集》之六，中华书局1989年版。

[7] 周桂笙：《译书交通公会试办简章·序》，刊于《月月小说》创刊号（1906）。

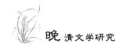

斯宾塞之名，腾于众人之口，'物竞天择'之语，见于通俗之文。"[1]梁启超强调："小说有不可思议之力支配人道"，"欲改良群治，必自小说界革命始；欲新民，必自新小说始"[2]。林纾1900年在《译林叙》中也说："吾谓欲开民智，必立学校；学校功缓，不如立会演说；演说又不易举，终之唯有译书……大涧垂枯，而泉眼未固，吾不敢不导之；燎原垂火，而星火犹爝，吾不能不燃之。"这些话可说道出了当时的实际情况和大多数译者的共同动机，表达了他们对光明、对真理的渴望与追求，具有开启民智，唤醒民族之魂，救亡图存，振兴中华民族的思想启蒙意义。

科幻、侦探小说也不例外。周桂笙曾指出："科学在西国与文学并重。""盖天下事，必先有理想，而后乃有实事焉。故彼泰西之科学家，至有取此种理想小说，以为研究实事之问题资料者，其重视之，亦可想矣。"他感叹国人之不察此意，并大声疾呼："今外国已有空中飞艇之制，而回视吾国，则瞠乎未之有闻。科学不明，格制不讲，宜乎儒者于本国经史之外，几不复知有学矣。后之学者，其于科学幸加之意焉！"[3]他试图通过提倡翻译科幻、侦探小说，借人们喜闻乐见的小说形式，以求达到传播科学思想，冲破国人轻视科学的狭隘观念和封建迷信的目的，同样具有思想启蒙的意义。

在国家和民族的危亡之际，仁人志士们大量翻译外国小说，系统介绍和传播西方资产阶级的文化思想，并运用西方资产阶级天赋人权及民权、民主自由等新的思想为武器，来揭露帝国主义的侵略，抨击封建专制、封建礼教，反对种族歧视和压迫，鼓吹国家的独立富强，倡导平等自由，传播科学知识，开启民智，对振奋国人精神，对国人近代意识的形成都起了巨大的促进作用。这些影响从我国清末民初创作的一大批小说，如《孽海花》、《狮子吼》、《自由结婚》、《东欧女豪杰》、《苦社会》、《黄绣球》、《玉梨魂》、《霍桑探案》等等中可以明显地感受到。

另外，就是明确的文化批判意识。从近代翻译小说的整体看，绝大多数译者的翻译作品或多或少地表达了这样一个共同的旨意或倾向：学习西方，引进资本主义社会的物质文明和精神文明；开启民智，锐意革新；振奋国人精神，以求民族的自强、自立。因此，很多译者在翻译外国小说的时候，常将中国文化与外国文化进行比较，从而做出选择。箸夫曾著文主张淘汰"中国旧日喜阅之寇盗、神怪、男女数端"，而"取

[1] 王国维：《近年的学术界》。

[2] 梁启超：《论小说与群治之关系》，选自《中国近代文论选》（上），人民文学出版社1959年版，第157、161页。

[3] 周桂笙：《女神再世奇缘·序》，载《新小说》第22号。

西国近今可惊、可愕、可歌、可泣之事，如波兰分裂之惨状、犹太遗民之流离、美国独立之慷慨、法国改革之剧烈，以及大彼得之微行、梅特涅之压制、意大利之三杰、毕士麦之联邦，一一详其历史、摹其神情，务使须眉活观，千载如生。使观者激刺日久，有不鼓舞奋迅，而起尚武合群之观念，抱保国保种之思想者乎？"[1] 作者这里谈的虽说是戏剧，但它与翻译小说的情形完全是一样的。《小说闲评》在分析作品时就认为："欧美女子与男子并立，非如华女之俯仰依人，如芬恩者（按：《情海劫》中的女主人公），随在皆是，更有较胜万万者。"

林纾写过大量的译著序跋，在这方面进行过有益的探索。他曾在《爱国二童子传·达旨》中指出："存名失实之衣冠礼乐、节义文章，其道均不足以强国。强国者何恃？曰：恃学、恃学生。恃学生之有志于国，尤恃学生人人之精实业。"他将中国的古老文明与西方的现代文明进行对照，即将封建主义与资本主义这两种文化进行比较，认为只有学习西方先进的科学文化，才能使中国走上富强、自立之路。他在译完《块肉余生述》、《贼史》、《拊掌录》等一批西方批判现实主义名著后，将西方作家与清末民初的谴责小说作家进行比较："英伦在此百年之前，庶政之窳，直无异于中国，特水师强也。狄更斯极力抉择下等社会之积弊……呜呼！李伯元已矣！今日健者，唯孟朴及老残二君，能出其绪余，效吴道子之写地狱变相，社会之受益，宁有穷耶？"[2] 认为二者有相同之处。他在《黑奴吁天录·跋》中说："今当变政之始。而吾书适成，人人既蠲弃故纸，勤求新学。则吾书虽俚浅，亦足为振作志气，爱国保种之一助。"其中既表明了林纾对西学的鲜明态度，又贯串着明确的文化批判意识。

曾朴等除将中外文学进行比较外，还试图通过译介外国小说来提高中国小说的创作水平，使中国文学走向世界："泰西论文学，推小说家居首，诚以改良社会，小说之势力最大。我国说部极幼稚不足道，近稍稍能译著矣，然统计不足百种。本社爰发宏愿，筹集资本，先广购东西洋小说三四百种，延请名人翻译；复不揣梼昧，自改新著，或改良旧作，务使我国小说界，范围日扩，思想日进，于翻译时代而进于著作时代，以与泰西诸大文豪相角逐于世界。此则本社创办之宗旨也。"[3] 他们的雄心壮志和强烈愿望多么让人感动和钦佩！而且他们立意通过译介外国文学来改造

---

[1] 箸夫：《论开智普及之法首以改良戏本为先》，载《芝系报》第7期，光绪三十一年（1905）印行。

[2] 林纾：《译贼史序》，选自《中国近代文论选》（下），人民文学出版社1959年版，第715页。

[3] 《小说林社总发行启》，"小说林社"于光绪三十年（1904）创办。

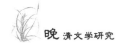

中国文学的愿望，也是对翻译认识的一个提高和新发展。

纵观近代翻译小说的选题，我们可以从中看到译家们高度的忧患意识和贯串其中的启迪民智，反帝反封的爱国主义思想红线。从翻译小说内容看，绝大多数也是直接或借题发挥，抒发其爱国之情，"冀以诚告海内至宝至贵、亲如骨肉、尊如圣贤之青年学生读之，以振动爱国之志"[1]。它对唤醒国人，振奋民族精神，推动近代社会的前进与进步起过重要作用，因此，我们应当给予近代翻译小说选题以充分的重视和肯定。

（《外国文学研究》1993 年第 1 期）

# 近代翻译诗歌论略

随着中西文化交流的进一步深入，中国近代兴起了翻译文学。而在整个翻译文学中，尽管以诗歌的翻译为最早，但无论是从翻译的队伍、翻译作品的数量和种类方面考察，还是从翻译作品的影响上看，翻译诗歌都无法与翻译小说相匹敌——中国近代翻译文学以翻译小说为大宗：队伍庞大，数量繁多，种类齐全，影响最大。虽然如此，我们对近代翻译诗歌给予中国近代人民思想和文学的影响，却是不能忽视的。

一

据《清外史》载，中国近代最早的一首译诗是美国诗人朗费罗（Longfellow，1807—1882）的《人生颂》（*A Psalm of Life*）。同治三年（1864），英国使臣威妥玛（Thomas Francis Wade）曾以汉文翻译了这首《人生颂》，其译文似通非通，有章无韵。威妥玛的属员便请清政府的官员董恂润饰。董恂，字醒卿，江苏甘泉人，本人亦工诗，曾任户部尚书，时为总理各国事务衙门（相当于今天之外交部）的主要负责人，应其所请，将威妥玛的译诗每节改成一首七绝，一共九首。为节省篇幅，现举其第一

---

[1]　林纾：《〈爱国二童子传〉序》，光绪三十三年（1907）商务印书馆出版。

首为例，以见一斑：

朗费罗原作：

> Tell me not， in mournful numbers.
>
> Life is but an empty dleam！
>
> For the soul is dead that slumbers，
>
> And things are not what they seem.

威妥玛译诗：

> 勿以忧时言，人生若虚梦；
>
> 性灵咄即与死无异，不仅形骸尚有灵在。

董恂译文：

> 莫将烦恼著新篇，百岁原如一觉眠。
>
> 梦短梦长同是梦，独留真气满坤乾。

董恂的译诗原题作《长友诗》，并曾亲自书写在扇面上，托人转送给朗费罗本人。[1] 但此译诗既未收入董氏诗集《荻芬书屋诗稿》中，又未予以公开发表，因此它在当时并未产生什么影响。直到 120 年以后才由钱钟书先生从方濬师的《蕉轩随录》卷十二中将其发掘出来。[2]

朗费罗的译诗，除《人生颂》外，安徽休宁人黄寿曾的《寄傲庵遗集》里也收有一首，题作《白羽红么曲》，即今人所译之《箭与歌》。黄寿曾（1887—1913），字念耕，曾在北京高等师范学堂就读，后至浙江教育司工作，卒时年仅 27 岁。1897 年 10 月出版的《中西教会报》第 34 册，亦曾刊有《美国龙飞罗先生爱惜光阴诗》，署"[ 英 ] 沙光亮口译，叶仿村笔记"。

虽然《人生颂》是中国最早的一首汉译英语诗，但其译稿毕竟是出自一个英国人之手。而真正由中国人翻译的外国诗歌始于同治十年（1871 年）。早期维新派代表人物之一的王韬（1828—1897）曾在其所译《普法战纪》卷一中连带翻译了法、德两国国歌。《普法战纪》于 1873 年出版，而书前序言写于 1871 年，其诗当译于

---

[1] 转引自马祖毅《中国翻译简史——五四以前部分》，中国对外翻译出版公司 1984 年版，第 321 页。

[2] 钱钟书：《汉译第一首英语诗〈人生颂〉及有关二三事》，收入《七缀集》，上海古籍出版社 1985 年版。

此时。

《法国国歌》（即今之《马赛曲》）相传是法国鲁实·棣·厘士（Rouget de lisle）于1792年所作，译诗共四章，不仅译文流畅，而且音韵铿锵，富有整齐美和节奏感，现录其首章如下：

> 法国荣光自民著，爰举义旗宏建树。母号妻啼家不完，泪尽词穷何处诉？
> 吁王虐政猛于虎，乌合爪牙广招募。岂能复睹太平年，四出搜罗因好蠹。
> 奋勇兴师一世豪，报仇宝剑已离鞘。进兵须结同心誓，不胜捐躯义并高！

《祖国歌》，德人原作，作者不详，译诗共六章，译法灵活，句式长短不一，参差错落，跌宕起伏，读来具有抑扬顿挫之感。现录其首章如下：

> 谁是普国之土疆兮？将东顾士畏比明（Schwaben-land）兮，抑西瞻礼吴（Rhine）河旁？将礼吴河北葡悬纠结兮，抑波的海白鸥飞翱翔？我知其非兮，我宗邦必增广而无极兮，斥远而靡疆。

这两首译诗在本世纪初产生过较大影响。《祖国歌》后来被奋翮生（蔡锷）编入《军国民篇》（《新民丛报》第11号）；《法国国歌》则被梁启超收入《饮冰室诗话》。不久，日本出版的政治小说《佳人奇遇》，也全文引用了王韬翻译的《马赛曲》。此后还出现过几种不同的《马赛曲》译文，并配上谱曲广泛流传。

光绪十六年（1890），云南回族学者马安礼又用诗经体翻译了阿拉伯著名诗人蒲绥里（1211—1296）的名著《斗篷颂》（Qasida al-Buraa），题作《天方诗经》，连同阿拉伯原文一起在成都刊行。《斗篷颂》是一首长篇宗教颂诗，全诗计162行，具有很高的艺术性，不仅比喻生动巧妙、想象丰富奇特、语言流畅优美，而且极富音乐美和节奏感。它是我国翻译的第一首阿拉伯诗。

光绪二十四年（1898），严复的译著《天演论》出版，书中翻译了原文所引英国十八世纪诗人朴伯（Pope，今译作蒲伯，1688—1744）《原人篇》（An Essay on Man）中的一段诗：

> 元宰有秘机，斯人特未悟；世事岂偶然，彼苍审措注；乍疑乐律乖，庸知各得所？虽有偏沴灾，终则其利溥。寄语傲慢徒，慎勿轻毁诅；一理今分明，造化原无过。

这段译诗"用韵文译韵文"，格律严谨；"很有原文那种肯定、自信的口气，连蒲伯的教训人的神情也传达出来了"；而且"蒲伯每行中有一反一正两个意思，译文也照样"，干净利落，对照分明，"是颇见功力的"[1]。

严复还用他那流畅、精练的译笔翻译过英国诗人丁尼生（Tennyson，1809—1892）的长诗《尤利西斯》（*Ulyssess*）中的一节：

> 挂帆沧海，风波茫茫；或沦无底，或达仙乡。二者何择？将然未然；
> 时乎时乎，吾奋吾力；不竦不 ，丈夫之必。

光绪二十八年（1902），梁启超也在他的小说《新中国未来记》中巧妙地植入他所翻译的拜伦的《渣阿亚》片断和长诗《哀希腊》中的两节。《哀希腊》的两节译文为：

> [沉醉东风] 咳！希腊啊！希腊啊！你本是和平时代的爱娇，你本是战争时代的天骄。撒芷波歌声高，女诗人热情好，更有那德罗士、菲波士（两神名）荣光常照。此地是艺文旧垒，技术中潮。即今在否？算除却太阳光线，万般没了！

> [如梦忆桃源] 玛拉顿后啊，山容缥缈；玛拉顿前啊，海门环绕。如此好河山，也应有自由回照。我向那波斯军墓门凭眺，难道我为奴为隶，今生便了？不信我为奴为隶，今生便了！

《哀希腊》是拜伦长诗《唐璜》中的一章，共有十六节，梁译两节为其中的第一、第三节。梁氏在翻译时用了中国戏曲的曲牌，但并没有完全按照曲牌的要求写，却类似于今天的自由诗。

同年，梁启超还从《新民丛报》第二期开始开辟了《棒喝集》专栏，专载外国译诗。本期刊载的外国译诗有四篇：《日耳曼祖国歌》（[德] 格拿活）、《题进步图》（[日] 中村正直）、《日本少年歌》（[日] 志贺重昂）和《德国男儿歌》（[日]）内田周平译。

## 二

在中国近代诗歌翻译史上，真正致力于诗歌翻译，而又卓有成绩的，有马君武、黄侃、苏曼殊和辜鸿铭等。

马君武（1882—1939），名和，字贵公，祖籍湖北蒲圻，生于广西桂林。近代

---

[1] 王佐良：《严复的用心》，见商务印书馆 1982 年版《论严复与严译名著》。

著名诗人、教育家。其精通英、法、德、日诸国语文，生平著译甚多。1905年，他见梁启超在《新中国未来记》中只译有拜伦《哀希腊》诗两节，感其不全，遂取拜伦诗读之，边读边随笔移译，于是完成全篇16节。现亦录其第一、第三节如下：

　　希腊岛，希腊岛，诗人沙浮安在哉？爱国之诗传最早。战争和平万千术，其术皆自希腊出。德娄飞布两英雄，溯源皆是希腊族。吁嗟乎！漫说年年夏日长，万般销歇剩斜阳。

　　马拉顿后山如带，马拉顿前横碧海。我来独为片刻游，犹梦希腊是自由。吁嗟乎！闲立试向波斯冢，宁思身为奴隶种！

马君武共译诗38首，除《哀希腊》外，主要的译诗尚有歌德的《米丽容》、《阿明临海岸哭女诗》，英国虎特的《缝衣歌》等。其译诗用的是古风歌行体，格律自由，语言流畅，故受到读者普遍欢迎。

黄侃（1886—1936），字季刚，晚自署量守居士。湖北蕲州（今蕲春县）人。近代著名国学大师、文学家，1905年赴日留学，留日期间曾从章太炎先生为师，与苏曼殊等交谊甚笃。居日期间，曾代挚友苏曼殊译有拜伦诗《赞大海》、《去国行》和《哀希腊》。[1] 前两篇节译自长篇叙事诗《恰尔德·哈洛尔德游记》，后者节译自《堂璜》。兹亦录其《哀希腊》第一、第三节如下：

　　巍巍希腊都，生长奢浮好。情文何斐娓，荼幅思灵保。征伐和亲策，陵夷不自葆。长夏尚滔滔，颓阳照空岛。

　　山对摩罗东，海水在其下。希腊如可兴，我从梦中觊。波斯京观上，独立向谁语。吾生岂为奴，与此长终古。

黄侃译诗用的是五言古风体，古朴而典雅。除以上三首外，尚有《译拜伦留别雅典女郎诗四首》。[2]

苏曼殊（1884 1918），名玄瑛，字子谷，"曼殊"乃其出家后之法号，祖籍广东香山县（今珠海市），因其父在日本横滨经商，故横滨成为苏氏的出生地和第

---

　　[1] 长期以来，学术界皆以为拜伦此三诗系苏曼殊所译，实际上为黄侃所译，台湾潘重规先生有专文《蕲春黄季刚先生译拜伦诗稿读后记》辩证；另见黄侃《缋秋华室说诗》。

　　[2] 据《苏曼殊全集·文学因缘》曼殊自序"留别雅典女郎四章，则故友译自拜伦集书"可知，此诗非曼殊所译；查《天义报》，知为盛唐山民所译；盛唐山民者，黄侃早岁之笔名。

二故乡。他的生母是一位日本女子。他的一生，有着奇特的身世，奇特的经历和奇特的才华，并在文学上取得了奇特的成就和在社会上产生了奇特的影响。苏氏精通日、英、法、梵诸文字，译作较多，除翻译小说外，尚编译有《文学因缘》、《拜伦诗选》；[1] 此外还译有彭斯的《颎颎赤墙靡》、豪易特的《去燕》、师梨（雪莱）的《冬日》，瞿德（歌德）的《题沙恭达罗》、陀露哆的《乐苑》等等。其译诗独具风格，历来受学术界所重视。他还将中国古诗 110 余首，其中《诗经》61 首，从《击壤歌》到唐人李白、杜甫等人的诗作 58 首，用英语翻译后介绍到外国去。

辜鸿铭（1857—1928）还翻译过英国诗人科伯（William Cowper，1731—1800）的《布贩约翰·基尔宾的趣事》（*The Diverting History of John Gilpin*），由商务印书馆出版，书名《华英合璧：痴汉骑马歌》。辜氏原名汤生，自号汉滨读易者，福建厦门人，自幼侨居海外数十年，精通拉丁、希腊、英、德、法、俄等文。他曾将《中庸》、《论语》及《春秋大义》等中国经典译介到西方。《痴汉骑马歌》是一篇长诗，共 63 节，辜氏用五言古体翻怿，"把诗人的风趣和诗中主角布贩的天真烂漫，特别他的那股痴呆味儿都译出来了，读来十分亲切"[2]。现录其第一节如下：

原文：

> John Gilpin was citizen
> Of Credit and renown,
> A train-band Captain eke was he
> of famous London town.

译文：

> 昔有富家翁，饶财且有名；身为团练长，家居伦敦城。

此外，应时翻译了歌德、乌郎、裴尔格等的诗 11 首，集成《德诗汉译》出版。

周树人（鲁迅）、周作人兄弟在"五四"前亦曾翻译过一些外国诗，如散见于 1903 年出版的《红星佚史》中有译诗 16 首，于 1909 年在日本东京刊印的《域外小说集》中之《灯台守》里也有译诗 1 首。1914 年鲁迅还译过《海涅的诗》（《中华小说界》第 2 期）。这些译诗多用骚体，富有文采。

[1] 苏曼殊编：《拜伦诗选》收诗 5 首，除《赞大海》、《去国行》、《哀希腊》为黄侃所译外，另外的《答美人赠束发毯带诗》和《星耶峰耶俱无生》均为曼殊自译。

[2] 伍光建语，转引自马祖毅《中国翻译简史——五四以前部分》，中国对外翻译出版公司 1984 年版，第 328 页。

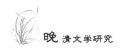

就连新文化运动的旗手陈独秀也于1915年在《新青年》的第二卷第二期上刊出过2首译诗；一首为印度文豪泰戈尔的《赞歌》，一首为 S. F. Smith 作的《美国国歌——亚美利加》。刘半农于1910—1918年也发表过《译诗十九首》。

更有趣的是，拜伦的《哀希腊》一诗，自梁启超节译过两节后，马君武用七言歌行体、黄侃用五言古风体将其全译过；而青年翻译家胡适仍都不满意，又用离骚体（实为白话直译）将其诗全译之（胡适还用古体诗和白话译过不少外国诗歌），可谓翻译史上的一段佳话！

三

前面文字是对我国近代翻译诗歌轮廓的粗略勾勒。从这些粗略的勾勒中，即可清楚地看出近代翻译诗歌的一些基本特征或特点。

其一，近代翻译诗歌经历了一个由不自觉到自觉的发展过程。

外国诗歌最早被译介到中国来的是美国诗人朗费罗的《人生颂》，但译稿系出自一个英国人之手，董恂不过是受人之请，在已译之诗的基础上加以润色，并非重译或有心要向国人介绍朗费罗的诗。当然，董恂以外交部常务副部长之尊而亲自改译外国诗，从中还是透露出了一丝中西文学交流势在必行的时代信息。

至王韬翻译《普法战纪》时，书中也连带翻译了法国国歌和德国国歌各一篇。事实上，王氏在翻译时并没有什么明确的目的或考虑到它将会产生的社会影响。只是因为法国国歌和德国国歌"皆彼中名家之作，于两国立国精神大有关系者，王氏译笔亦尚能传其神韵"[1]，所以，当它一面世就得到维新志士的推崇并迅速受到社会的重视。

到了梁启超时，则开始有意识、有目的地译介外国诗歌了。他不仅在其政治小说《新中国未来记》中巧妙地嵌入他翻译的拜伦《渣阿亚》的片断和长诗《哀希腊》中的两节，而且还在《新民丛报》上开辟专栏，专门刊载外国译诗，谓"张茂先《厉志诗》，崔子玉《座右铭》，肖《选》录之，取讽劝焉。今帅其意，译录中外哲人爱国之歌，进德之篇，俾国民讽之，如晨钟暮鼓，发深省焉，名曰《棒喝集》……"[2]

这个时期的翻译诗歌，主要目的还是在服务政治的思想宣传上，因而其影响也

---

[1] 梁启超：《饮冰室诗话》，人民文学出版社1959年版，第37页。

[2] 见《新民丛报·棒喝集》序言，《新民丛报》于光绪二十八年一月（1902年2月）在日本横滨创刊。

主要是思想和精神上的。直到马君武、黄侃、苏曼殊、辜鸿铭、周树人、周作人等人出而翻译外国诗歌，已经是有意识、有目的、自觉地从事诗歌翻译了：除了着眼于服务政治、宣传救亡图存、争取自由独立的思想外，还着眼于文学的本身，注意拓宽诗歌的领域，并将中西诗歌进行比较，吸收其对中国古典诗歌的营养。尤其值得注意的是，1905 年以后的诗歌翻译，已不像以前那样多是一些片断并附在翻译作品中；它不仅大多以独立的形式出现，而且还出现了不少的翻译诗集，使近代诗歌的翻译进入到一个崭新的时期。

中国近代翻译诗歌从其开始到兴盛，正是走过了这样一条由不自觉、无意识到自觉、有意识的发展道路，并收到了良好的效果。

其二，中国近代翻译诗歌的内容比较单一，其目的性较为明确——启迪民智，反帝爱国，救亡图存的思想红线贯串其中。

梁启超在译《哀希腊》时，就通过小说主人公陈猛之口，咏赞了拜伦的人品和诗品，并在按语中指出：《哀希腊》"虽属亡国之音，却是雄壮愤激，叫人读来，精神百倍……句句都象是对着现在中国人说一般"。而他在《新民丛报》第二期《棒喝集》所刊载的几首译诗题下小引中所反复重申的也仍是"激厉国民进取"、"发扬志气"的宗旨。

马君武在全译《哀希腊》的译序中说过他译此诗的原因："拜伦哀希腊，今吾方自哀之不暇尔。"后来他从欧洲寄诗赠名画家高剑父亦曾谈到译此诗的原因："誓使严华从地起，莫临沧海患途穷。"其意是很明白的。

黄侃在《代苏玄瑛译拜伦哀希腊诗十六章》的篇末"识语"中指出："拜伦此诗，悲丽深婉，所以哀怜振董亡国之民者至矣。桂林马君武尝译为七言，今更译之。"其意亦甚明。

鲁迅在他所译述的《摩罗诗力说》、《裴象飞诗论》等论文中，就曾热情地为国人介绍了拜伦、雪莱、普希金、莱蒙托夫、密茨凯维奇、裴多菲等积极浪漫主义诗人，赞扬他们"立意在反抗，指归在动作"的革命精神，盼望中国亦能出现这样的"精神界之战士"。因此，鲁迅在分析梁启超等四人先后译介拜伦的《哀希腊》及拜伦给青年一代的深刻影响时，就能一语中的："那时拜伦之所以比较为中国人所知，还有一个原因，就是他的助希腊独立。时当清的末年，在一部分中国青年的

心中，革命思潮正盛，凡有叫喊复仇和反抗的，便容易惹起感应。"[1]

总之，近代翻译诗歌服务于政治需要，注重选择那些以启迪民智、反压迫、争自由、反帝爱国为主题的诗歌，充满了强烈的爱国精神和忧患意识，因此受到国人的欢迎。

其三，近代翻译诗歌在形式上较为一致，没有什么突破，那就是绝大多数译者都采用的是传统形式。

李思纯于 20 世纪 30 年代在其译诗集《仙河集》自序中曾指出，"近人译诗有三式：苏曼殊式，以格律轻疏之古体（即五言古风体）译之；马君武式，以格律谨严之近体（即七言歌行体）译之，胡适则白话直译（即离骚体），尽驰格律矣"。如果将云南回族学者马安礼的"诗经体"算上，近代译诗在形式上主要有以上四种体式。但无论有多少体式，总体上却并未脱离中国传统诗歌的形式。中国是一个传统的诗国，长期形成的诗歌形式、格律，在人们的思想中根深蒂固。因此，这些体式为中国封建社会末期的士大夫们所熟悉，自然，译诗中所宣传的启迪民智、反帝爱国、救亡图存的思想，也就易于为士大夫们接受了。正如胡适在《五十年来中国之文学》中所说："严复用古文译书，正如前清官僚戴着红顶子演说，很能抬高译书的身价"；"若用白话，便没有人读了"。它用来说明当时为何译诗大多采用传统体式的原因，也是很恰当的。

此外，从近代翻译诗歌的总的情况来看，不仅从事译诗的人少，而且实际翻译的作品数量也不多。究其原因，则是诗歌太难翻译。

积极倡导译介外国文学的梁启超就曾在《新中国未来记》第四回"如[梦忆桃源]"译后按语中说过："翻译本属至难之业，翻译诗歌，尤属难中之难。本篇以中国调译外国意，填词选韵，在在窒碍，万不能尽如原意。"并在总批中说："本回原拟将《端志安》十六折全行译出，嗣以太难，迫于时日……译成后，颇不自慊，以为不能尽如原意也。"

而深知翻译甘苦的苏曼殊亦曾感叹地说："甚矣，译事之难也！"[2] 译事难，译诗更难"夫文章构造各自含英，有如吾粤之木棉素馨，迁地弗为良。况诗歌之美，在乎节族长

————————

[1] 鲁迅：《坟·杂忆》，选自《鲁迅全集》第 1 卷，人民文学出版社 1981 年版，第 220—221 页。

[2] 苏曼殊：《与高天梅论文学书》，选自《中国近代文论选》（下），人民文学出版社 1959 年版，第 465 页。

短之间，虑非译意所能尽也。"[1]翻译诗歌既然如此之难，又要求译者做到"按文切理，语无增饰，陈义悱恻，事辞相称"[2]，自然也就少有人问津此道，而更多地去选择那种较为便捷的小说了。虽然如此，但就整个近代社会的历史进程而言，翻译诗歌仍然起到过其他翻译文学所不能替代的积极、进步作用。因而，它应当受到人们的重视。

（《外国文学研究》1994年第2期）

# 中国近代文学家对托尔斯泰的认识和介绍

## 一

中国近代知识界、文学界对托尔斯泰认识、了解、接受、介绍和深入研究的过程，可以1910年为界，分为前后两个时期。

据现在所能见到的资料看，中国近代最早出现的介绍托尔斯泰的文字是在1900年。这一年上海广学会（清末在中国的传教士、外国领事和商人组成的出版机构）出版了从英文译出的《俄国政俗通政》一书，其中的语言文学部分中提到了托尔斯泰的名字：

> 俄国爵位刘（名）都斯笃依（姓）……幼年在加森（今译喀山）大学
> 院肄业。一千八百五十一年考取出学，时年二十三岁，投笔从戎，入卡利
> 来亚（今译克里米亚）军营效力。一千八百五十六年，战争方止，离营返里，
> 以著作自娱。生平得意之书，为《战和纪略》（今译《战争与和平》）一编，
> 备载一千八百一十二年间拿破仑伐俄之事。俄人传诵之，纸为之贵。[3]

---

[1] 苏曼殊：《文学因缘·自序》，选自《苏曼殊全集》第4册，北新书局1928年版，第294页。

[2] 苏曼殊：《〈拜伦诗选〉自序》，选自《苏曼殊全集》第4册，北新书局1928年版，第301页。

[3] 转引自戈宝权：《托尔斯泰和中国》，载《托尔斯泰研究论文集》，上海译文出版社1983年版。

这段文字比较简略，但它毕竟是第一次用中文向中国的文化界介绍了托尔斯泰这位俄国大作家。而中国近代文学家最早介绍托尔斯泰的文字，大概要算单士厘（1856—1943）的《癸卯旅行记》中的记述了。其中有一段文字介绍说：

> 购一托尔斯泰肖像。托为俄国大名小说家，名震欧美。一度病气，欧美电询起居者日以百数，其见重世界可知。所著小说，多曲肖各种社会情况，最足开启民智，故俄政府禁之甚严。其行于俄境者，乃寻常笔墨，而精撰则行于外国，禁入俄境。俄廷待托极酷，剥其公权，摈于教外（摈教为人生莫大辱事，而托淡然）。徒以各国钦重，且但有笔墨而无实事，故虽恨之入骨，不敢杀也。曾受芬兰人之苦诉：欲逃无资。托悯之，穷日夜力，撰一小说，售其版权，得十万卢布，尽畀芬兰人之欲逃者，藉资入美洲，其豪如此。

单士厘的丈夫钱恂（1853—1927）是近代的外交官，到过日本、西欧的许多国家。因为丈夫的关系，单士厘亦曾先后多次到过日本和西欧的一些国家。《癸卯旅行记》就是作者于光绪二十九年（1903）二月十七日至四月三十日自日本出发，经朝鲜釜山港入中国东北，最后到达俄国都城彼得堡，历时八十日，行程二万余里，留下的一部三万余字的旅行日记。1904年由日本同文印刷舍排印出版。上面的记述较简略，主要介绍的是托尔斯泰的生平和影响，而对他的文学成就却谈得很少；更主要的是，这部著作的流布不广。因此，并未引起中国知识界、文学界的注意。

1904年的11月，上海教会编印的《万国公报》转载了闽中寒泉子为《福建日日新闻》撰写的《托尔斯泰略传及其思想》一文，比较详细地介绍了托尔斯泰的生平和思想。

此后不久，中国知识界、文学界有两个人则直接与托尔斯泰通过信，并将自己的著作或译著赠送给托氏。

1905年，我国留俄学生张庆桐（1872—？）见"俄人多有思译"《李鸿章》者，[1] 而该书"略古详今，不但中国数千年大势粗具其中，即五十年来东方近事亦搜罗殆尽"[2]，于是便同俄国东方学者沃兹涅森斯基合作，将此书翻译成俄文。译本前有张庆桐的序文，时间为1905年9月1日。据张氏介绍，译本"版权售于俄《陆军月报》主人毕列槎氏"。书出版后，为使其"广布"，遂分赠各方，"一赠内外权要，一赠报界，

---

[1] 梁启超：《李鸿章》，光绪二十八年（1902）商务印书馆刊本。
[2] 见张庆桐《俄游述感》，此书1912年印行，无出版单位，大概系私人出资所印。

一赠诗文巨子"。作为当时俄国"诗文巨子"之一的托尔斯泰，自然也在赠书之列，这就为张庆桐与托尔斯通信提供了机会。

张庆桐在赠给托氏的书的封面上写着："俄国伟大作家惠存，深表敬仰之意。张庆桐敬赠。一九〇五年十二月一日于彼得堡。"[1] 张氏和托尔斯泰的往来信函均系俄文。张庆桐在撰写《俄游述感》一书时，将两人的信都收入其中，并译成中文。张氏致托氏的信写道：

> 甲午中日之役，余愤国势骤落，乃弃旧文求新学。以平日习闻大彼得之遗事，而未得其详，于是决意习俄文。而上下深闭固拒，方之俄当彼得以前，情势殆有甚焉。心常以为天不欲兴中国则已，苟欲兴之，必有如彼得者以为之主，而后可及，居俄数年，读先生之书，则此心更大惊怪彼得强力变政，勃兴国事，先生精思为文，唱崇民德，相距二百年，伟人并出，何俄得天之独厚也。虽然，我国士大夫通异国文字者鲜，其于西国政治学术，既择焉而不精，语焉而不详。至如俄者，以为专制国，其民当卑之无甚高论，而孰知先生理想之高尚，欧美人莫不心折乎？又孰知老氏无为之旨，白种中独先生契之最深乎？自满洲铁路成，俄政府进取之余锐且坚，我国民愤且怒，以为俄真老狼国，不可近，然而俄之人民，政事固不与闻也。窃谓政府人民当分而为二。后日中俄政府之交，其究竟不可测，而两国人民必当谋所以亲密之道。其道惟何？亦得通声气而已。是故先生著作，苟有人译述一二，传之中国，我国恍然见山斗在北，必骤生亲仁善命之感情。先生其许我否乎？《李鸿章》一书，我国古今政事变迁，略具其中，寄呈左右，暇乞一览。

托尔斯泰给张庆桐的复函较长，现节录如下：

> 承赠书甚喜。得尊函心快。余老矣，生平数与日本人遇，而中国人则未一遇。且亦未因事得与中国人一通声气。余之愿未偿，盖已久也。余亦欧人，虽于中国伦理哲学未敢谓悉其精蕴，然研究有年，知之颇审。至于孔孟老三氏及其诸学更无论矣（余所惊服者，孟氏之辩）。余于中国人敬

[1] 转引自戈宝权：《托尔斯泰和中国》，载《托尔斯泰研究论文集》，上海译文出版社1983年版。

之重之，匪伊朝夕。自日俄战祸成，而此念更有所增益……来函谓中俄两大国之联合，当从性情上着想，不可专恃外交家之手段，或政府中人之团体，余甚以为然。窃谓中俄人民皆务农业者，于共同生计上当脱政府之羁绊，别拘形式，今日所谓种种自由信教、自由言论，自由政体、自由选举，皆不足道。余之所重，在真自由。所谓真自由者，人民之生活无须乎政府，无一人为其所制，人民所服从者，惟有至高无上之道德而已。更伸一言，余甚喜与君相交。余之生平著作，君如能译布于中国，则尤所欣幸无穷者也。

从上面信函里可知，张庆桐曾有译介托尔斯泰著作的打算，但因回国时禁带书籍，回国后又忙于公务而未果（张氏曾任我驻恰克图都护副使）。这确实是我国文化界、文学界的一件憾事。尽管张氏在《俄游述感》中以七页的篇幅介绍了托尔斯泰的生平、思想和著作，但因其印行较晚，因此，他与托氏通信之事，影响仍不大。

近代另一个与托尔斯泰通信的人是学者辜鸿铭（1857—1928）。1906年3月，辜鸿铭通过俄国驻上海总领事勃罗江斯基将他用英文撰写的《尊王篇》和《当今，皇上们，请深思！——论俄日战争道义上的原因》两书送给托尔斯泰。托氏先让秘书复函致谢，又托好友切尔特科夫将自己在国外出版的被禁的著作寄赠给辜鸿铭，并于当年九十月间亲笔写了一封很长的复信，题名《致一个中国人的信》[1]，信中说：

我接到你的书，我怀着很大的兴趣读了他们，特别是《尊王篇》。

中国人民的生活，一向非常引起我的兴趣，我曾尽力想理解中国生活中我所能懂得的一切，这主要是中国的宗教的智慧——孔子、孟子、老子的著作和对他们的注疏。我也读过中国有关佛教的书籍以及欧洲人所写的关于中国的著作。最近这个期间，在欧洲人——其中很大程度上也包括俄国人——对中国人民所施加的种种暴行之后，中国人民的一般情绪，特别引起了我的兴趣，而且还将会引起我的兴趣。

……………

我认为，在我们的时代，在人类生活当中正在发生一个重大的转变，而在这个转变中，中国将领导东方各民族起着巨大的作用。

---

[1] 托氏此信先后发表在德文的《新自由报》和法文的《欧罗巴邮报》上，并出版有俄文的单行本，后收入百年纪念版《托尔斯泰全集》第三十六卷中。

此信译成中文后，刊载于《东方杂志》1911 年 1 月号。据有关材料记载，1908年 9 月 9 日，在托尔斯泰 80 寿诞之时，辜鸿铭还曾与上海的一些中外人士聚会，并致函祝贺，尊称他为"当代文章泰斗"。同年 10 月，辜氏又将自己用英文翻译的《大学》和《中庸》两书赠送给托尔斯泰。辜鸿铭虽然不能与托尔斯泰相比，但他也是当时享誉海内外的哲学家、文学家和翻译家。他与托尔斯泰的通信交往，无疑是中国近代中西文化交流史上的一段佳话。事实上，他与托氏的通信交往，对后来中国文化界、文学界认识、介绍托尔斯泰起了积极的影响。

至 1907 年 1 月，在日本东京出版的《民报》第 11 期上，刊载了托尔斯泰的相片，像片下面还附有"俄国之新圣杜尔斯兑"一行字作说明。同年，托尔斯泰的小说也有了中译本，这就是由德国的传教士格纳尔（中国名为叶道胜）和中国人麦梅生合译的《托氏宗教小说》，这本小说集共收入托尔斯泰用宗教题材写成的所谓"民间故事"十二篇：《主奴论》（《主与仆》）、《论人需土几何》、《小鬼如何领功》、《爱在上帝亦在》、《以善胜恶论》（即《蜡烛》）、《火勿火胜论》、《二老者论》、《人所凭生论》、《论上帝鉴观不爽》、《论蛋大之麦》、《三耆老论》、《善担保论》（即《教子》）。它"是根据英国尼斯比特·贝恩翻译的《托尔斯泰小说集》转译的，由香港礼贤会出版，在日本横演印刷，在香港和我国内地发行。书前印有托尔斯泰的相片，叶道胜写的英文前言，王炳堃和叶道胜两人写的序文"[1]。《托氏宗教小说》被译介过来，不仅为中国的知识界、文学界了解、认识托尔斯泰其人、其思想、其小说，提供了最直接的条件；而且为深入认识、研究托氏其人、其思想，并大量译介其作品做了初步尝试和准备。

1908 年 12 月，在日本东京出版的《河南》月刊第八号上，刊登有鲁迅撰写的《破恶声论》文章，文中提到托尔斯泰写的《忏悔录》："奥古斯丁也，托尔斯多也，约翰卢骚也，伟者自忏之书，心声之洋溢者也。"[2]

从以上情况可以看出，中国近代知识界、文学界这个时期对托尔斯泰的名字已很熟悉了，但对他的了解、认识还只是初步的、表面的，并不深入。

---

[1] 转引自戈宝权：《托尔斯泰和中国》，载《托尔斯泰研究论文集》，上海译文出版社1983 年版。

[2] 鲁迅：《破恶声论》，选自《鲁迅全集》第八卷，人民文学出版社 1981 年版，第 27 页。

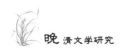

二

中国近代知识界、文学界对托尔斯泰的真正、全面、深入的了解、认识，并大量译介托氏的作品，以 1910 年为标志和转折点。

1910 年 11 月 20 日，托尔斯泰与世长辞。我国上海的《神州日报》立即做了报道："托尔司泰（吾国旧译作唐斯道）伯爵之噩耗，已传遍于世界。此世界中，顿失一学界伟人……然在世人崇仰之心，终难忘情于木坏山颓之感也。"同年底出版的《东方杂志》，亦刊发了"俄罗斯大文豪托尔斯泰卒"的消息，称其为"俄之大贤人"，还转载了《神州日报》的纪事。

1910 年 11—12 月，刚创刊不久的《民立报》[1]，在托尔斯泰去世前后，发表了一系列介绍托尔斯泰的文章，如《托尔斯泰先生传》（署"泣民"）、《欢送文豪》（署"骚心"，即于右任）、《托氏琐事评》（署同前）、《托氏遗事评》（署同前）、《托尔斯泰遗事记》（无署名）、《我来何处哭英雄》（署"楚伧"，即叶楚伧）等。其中《托尔斯泰先生传》还是连载多日的长篇文章。[2] 它不仅详细介绍了托氏的生平和思想，而且高度评介了托氏的文学成就。文中说托尔斯泰的《战争与和平》、《安娜·卡列尼娜》和《复活》三大小说，"稍于文学有知识者，无不服之"；尤其是他的"《复活》一篇，以峭刻之笔锋，悲惨之事实，活写世界现象，凡政治、宗教、社会、文学各方面，无不痛加针砭。其为益于世道人心，尤甚焉"。《托氏琐事评》中还说，若"使托氏魂飞于东亚，而来主笔政于吾《民立》，则世人之鼓动又当何如！"可见中国的文学家们对托尔斯泰的推崇。自此以后，托尔斯泰的作品便被源源不断地翻译过来：

1913 年，马君武翻译的托氏著名长篇小说《心狱》（即《复活》）出版（上海中华书局），封面上还印有托尔斯泰的画像和一段简介文字；同年，大澍等人翻译的《复活记》也在上海《进步》月刊上开始连载，但未刊完。

1914 年，天笑生（即包天笑）译的托氏短篇小说《六尺地》（即《一个人需要多少土地》）在《小说月报》上发表；半侬（即刘半农）译的短篇小说《此何故耶》

[1] 《民立报》是 1910 年 10 月 11 日创刊的清末资产阶级革命派的著名报纸。
[2] 此文从 1910 年 11 月 22 日至 12 月 13 日连载于《民立报》。

在《中华小说界》上发表；周瘦鹃还译有短篇《黑狱天良》。

1915 年，上海商务印书馆出版了三本托氏作品的单行本。第一本是林纾和陈家麟合译的《罗刹因果录》，共收入八篇小说；第二本是雪生译的《雪花圈》（即《主与仆》）；第三本是朱东润译的《骠骑父子》（即《两个骠骑兵》）；另外，刘半农译的《如是我闻》刊于《中华小说界》；愿深和瓶庵还译有短篇《伊里亚》和《嗟平校论》（载《中华小说界》）。

1916 年，马君武译的《绿城歌客》（即《卢塞恩》），刊载于上海出版的《小说名画大记》。

1917 年，林纾和陈家麟合译的《社会声影录》由商务印书馆出版，其中收录《尼里多福亲王重农务》（即《一个地主的早晨》）和《刁冰伯爵》（即《两个骠骑兵》）两部中篇小说；他俩合译的另一中篇《人鬼关头》（即《伊凡·伊里奇之死》）也在《小说月报》发表；同年，中华书局出版了陈家麟与陈大镫合译的《娜娜小史》（即安娜·卡列尼娜》）和朱世凑译的《克里米血战录》（即《塞瓦斯托波尔的故事》）；这一年上海中华书局出版的周瘦鹃编译的《欧美名家短篇小说丛刊》中，收录有托氏的《宁人负我》（即《上帝看出真情，但不立刻讲出来》）一篇；此外，托氏的戏剧作品《生尸》（即《活尸》）也由程生、夏雷译介过来（刊载于《小说时报》第 32 号）。

1918 年，林纾和陈家麟合译的《现身说法》（即《童年·少年·青年》）由商务印书馆出版；同年，周作人译的小说《空大鼓》（即《工人叶美良和空大鼓》）则在《新青年》杂志上刊出；《青年进步》杂志也刊载了吴蛰庵译的《尼哥拉二世之梦》。

1919 年，林纾和陈家麟合译的《恨缕情丝》由商务印书馆出版，收入《波子西佛杀妻》（即《克莱采奏鸣曲》）和《马莎自述生平》（即《幸福家庭》）两个中篇小说。

从以上的粗略介绍可以看出，自 1910 年—1919 年的 10 年，中国的知识界、文学界对托尔斯泰的认识，确实是一个飞跃；译介作品的数量之多，速度之快，是令人惊奇的。"五四"运动以后，中国知识界、文学界对托尔斯泰及其作品的认识、介绍、研究，更是进入到一个崭新的阶段，托尔斯泰的许多重要作品大都有了好几种不同的版本，如长篇小说《战争与和平》、《安娜·卡列尼娜》和《复活》各有四种；中篇小说《哈吉穆拉特》四种和《童年》、《伊凡·伊里奇之死》、《歌萨克》等各三种；戏剧作品《黑暗之势力》、《教育之果》和《活尸》等各三种，等等。由此可见托尔斯泰在中国近现代文学家心目中的地位。

## 三

如果我们将"五四"运动以前译介俄国文学的情况归纳、分析一下，就不难发现一个重要的现象，那就是：中国近代共译介过"普希金、莱蒙托夫、屠格涅夫、阿历克塞·托尔斯泰、列夫·托尔斯泰、契诃夫、高尔基、迦尔洵等十几位俄国名作家的作品，总数约在八十种以上，其中列夫·托尔斯泰的作品即占了三十多种，相当于全数的一半。更重要的是托尔斯泰的几种代表作品如《复活》、《安娜·卡列尼娜》，都是在这个期间介绍过来的"[1]。

为什么在中国近代会出现这种"托尔斯泰热"的现象呢？要回答这个问题，我们必须先了解中国近代文学家们的文学探索历程。

中国近代社会自1840年鸦片战争开始，逐渐沦为半殖民地半封建的社会。中国人民反对帝国主义、封建主义，争取民族独立、民主的斗争，成为整个中国近代社会生活的基本内容。伴随着这一斗争的进程，先进的中国人不断地寻求着富民救国的道路和真理。他们看到西方资本主义国家比中国强盛和先进，便把目光投向西方，想以之为师，使中国也能够强盛和先进起来。而在不断探求富民救国道路和真理的先进中国人的行列中，作为它的一个重要方面，先进的中国文学家们也自始至终在寻求着"文学救国"的道路和方式——也就是要寻求一种最能帮助中国人民反帝反封建，争取独立民主的斗争的文学，以它为学习的榜样。这种探求也经历了一个极其艰难的认识、选择过程。

中日甲午战争前，先进的文学家们经过几十年的探求，只到早期改良主义者才开始将目光投向西方资产阶级的文学，如蠡勺居士就翻译了英国小说《昕夕闲谈》——它是我国第一部外国小说的全译本，并认为这种翻译小说能"拾遗补阙，匡我不逮"[2]，还发出了"谁谓小说为小道哉"[3]的质疑；马建忠在论述翻译西方资本主义国家各种著作的重要性时，亦主张要译介西方资本主义国家的小说。[4]当然，这个时期注意西方资产阶级文学的人并不多，而且没有明确的目的。

---

[1] 转引自戈宝权：《托尔斯泰和中国》，载《托尔斯泰研究论文集》，上海译文出版社1983年版。

[2] 见《新译英国小说》，壬申年十二月初六日（1873年1月4日）《申报》广告。

[3] 蠡勺居士：《昕夕闲谈小序》，载《中国近代文论选》（上），人民文学出版社1959年版，第239页。

[4] 参见马建忠：《拟设翻译书院议》，载《适可斋纪言》卷四，中华书局1960年版。

中日甲午战争以后至 1905 年，由于甲午战争的惨败和维新变法运动的被镇压，使先进的中国文学家们为了富民强国，以雪国耻，加快了文学救国道路探求的步伐。在西方资产阶级文学中，他们最看重的是日本文学，尤其是日本的政治小说，并掀起了一场文学改良运动。这场运动中提出的"诗界革命"、"文界革命"、"小说界革命"和"戏剧改良"等几个著名口号，就是受到日本等国文学影响而提出来的。这个时期与前一个时期不同的是，不仅注意西方资产阶级文学的人多，而且有了大体一致的目的，即力图选择一种最适应中国社会需要的文学作为借鉴和样板。

1905 年中国同盟会的宣告成立，标志着中国资产阶级民主革命派正式登上政治历史舞台。在对西方资产阶级文学的探索中，革命派与维新改良派在某些方面的认识上虽有一致的地方，但在关键问题上，即以什么文学为楷模的问题上，却有很大差距。他们已开始意识到，文学应有自身的规律和特点，应该能够解决人们精神世界深处的问题，使人感到亲近；而不应该将文学当成纯粹的政治思想的传声筒。因此，他们认为不应以日本文学为学习的榜样，而应该以俄国文学为学习的榜样。

1910 年以后至"五四"运动前，资产阶级民主革命派更明确了他们的这一探索和选择——必须以俄国文学为我国文学的借鉴和楷模，于是开始大量译介俄国文学。后来"五四"新文学运动的实践和发展，也证明了这一点，中国近代先进的文学家们的选择是对的——不仅文学上是以俄为师，而且后来政治上也是以俄为师。

大家知道，列夫·托尔斯泰"是俄国革命的镜子"，他"是一个天才的艺术家，不仅创作了无与伦比的俄国生治的图画，而且创作了世界文学中第一流的作品"[1]。因此，中国近代的文学家们在学习俄国文学的过程中，特别重视学习托尔斯泰就不难理解了。

资产阶级民主革命派文学家、小说理论家王仲麟（1880—1914）就曾认为："吾国有翟铿士（狄更斯）、托尔斯太其人出现，欲以新小说为国民倡者乎，不可不自撰小说。"[2] 很显然，王无生在这里是将托尔斯泰当作我国小说家学习的榜样看待的。另一位革命派文学家黄小配也曾指出：

> 泰西各国，以小说著名者，俄则有托尔斯泰，法则有福禄特尔，英则
> 有昔上比亚，日则有柴四郎，德则有墨克。吾不知此数人者，方之我国之

---

[1]　列宁：《列甫·托尔斯泰是俄国革命的镜子》，选自《列宁选集》第 2 卷，人民出版社 1972 年版，第 370 页。

[2]　王仲麟：《中国历代小说史论》，载《中国近代文论选》（上），人民文学出版社 1959 年版，第 229 页。

金圣叹、施耐庵、曹雪芹、汤临川、孔云亭诸大家，其撰述之声价何如，结构之文字何如，而彼此皆以小说名重于时，则其受社会上之欢迎，与其为社会上之转移，则已中西无间，实为普天下之所公认。[1]

可以看出，黄世仲（1872—1912）此段话的本意，是在肯定赞扬西方资产阶级小说；而他所肯定赞扬的西方资产阶级小说家也不少。但是，在他所肯定赞扬的这些"为普天下之所公认"的西方资产阶级名小说家里，不仅有托尔斯泰，而且是放在"诸大家"之首的。在这里，黄氏同样是将托尔斯泰当作我国小说家学习和借鉴的楷模看待的。

（《外国文学研究》1996 年第 1 期）

# 中国近代翻译文学的兴盛及其原因

清朝末年至民国初年，伴随着中西文化交流的进一步深入和谴责小说的勃兴，中国近代文坛上兴起了翻译文学。

说到翻译，其实在我国的历史很悠久。据文献记载，可追溯到周朝："五方之民，言语不通，嗜欲不同。达其志，通其欲，东方曰寄，南方曰象，西方曰狄鞮，北方曰译。"[2]当时朝廷里还设有专门的官职，称作"象胥"，即今天所谓"翻译"，故后世常称翻译人员为"象胥之才"。不过，当时的翻译仅限于口头。春秋战国时期，出现了正式的文字翻译，如《说苑·善说》里记载的《越人歌》，就是楚国人与越国人交际过程中所翻译的一首歌词，但为数并不多，且所译皆为中华民族内部各兄弟民族之间的不同语言文字。我国大规模的文字翻译是从汉代开始的，以佛经的翻译开其端。从此以后，我国的翻译得到迅速发展，无论是翻译的数量和质量，还是翻译的技巧与理论，都取得了长足的进步。不过，宋元以前的中外文化交流，几乎全部局囿于东方，主要体现在我国与周围邻近国家，如日本、印度、东南亚诸国以及西亚伊斯兰国家的文化交流。这种格局直到明神宗万历八年（1580）以后，随着罗明坚及其以后的

---

[1] 黄世仲：《小说之功用比报纸之影响为更普及》，载《中外小说林》1907 年第 11 期。

[2] 《礼记·王制》，（清）孙希旦撰《礼记集解》（上），中华书局 1989 年版，第 360 页。

利玛窦、汤若望、罗雅各等西方传教士的来华，才得以打破。而且，鸦片战争以前，西方传教士是输入科学文化的主要桥梁，他们同中国士大夫合作翻译的书籍，几乎全是宗教神学和自然科学等方面的著作；鸦片战争后的相当长一段时间，虽然先进的知识分子已认识到学习西方文化的重要性，并积极主张翻译外国书籍，也主要限于自然科学、机械制造以及政治、经济、哲学等社会科学著作。

我国真正意义上的文学翻译是从19世纪六七十年代开始的。1864年（清同治三年），时任清政府总理各国事务衙门大臣（相当于今外交部常务副部长）的董恂，翻译了美国诗人朗费罗（Longfellow）的《人生颂》（*A Psalm of Life*），成为中国国民用汉语翻译的第一首英语诗；1872年（同治十一年），蠡勺居士翻译了英国小说《昕夕闲谈》，共55节，连载于我国最早的文学期刊《瀛寰琐记》上，它是中国近代翻译的第一部外国小说。此后，外国的文学作品便不断地被译介过来，尤以小说为多，至19世纪末20世纪初达到鼎盛。一时间，世界各国的政治小说、虚无党小说、社会小说、教育小说、历史小说、爱情小说、侦探小说、科幻小说和诗歌、戏剧等作品，有如潮水般涌进国内。据著名学者阿英先生的统计，仅晚清出版的创作小说和翻译小说，其总数就达到两千种以上，而"就各方面统计；翻译书的数量，总有全数量的三分之二"[1]。由此亦可见出这一时期翻译文学繁荣兴盛的面貌。

为什么清末民初会出现翻译文学繁荣兴盛的局面呢？仔细考察，主要有以下几个方面的原因。

首先，是资产阶级维新派倡导的文学改良运动的促进和资产阶级民主革命派的积极实践。自中日甲午战争，尤其是戊戌变法失败后，梁启超等资产阶级维新派为挽救民族危亡而发动的文学改良运动得到蓬勃发展，使"诗界革命"、"文界革命"、"小说界革命"和"戏剧改良"的口号深入人心，先进的知识分子已经认识到文学的价值，认识到"小说为文学之最上乘"，"今日欲改良群治，必自小说界革命始；欲新民，必自新小说始"。[2] 他们以文学为武器，用以"重铸国民灵魂"，提高国民素质，使文学尤其是小说的地位和作用得到了极大的提高。由于维新派的大力提倡，因此，小说的创作出现了空前繁荣的局面。

与此同时，梁启超等又对西方的新理论、新思想、新学说、新观点以及文学作

---

[1] 阿英：《晚清小说史》，东方出版社1996年版，第210页。

[2] 梁启超：《论小说与群治之关系》，选自《中国近代文论选》（上），人民文学出版社1959年版，第158、161页。

品发生很大兴趣，认为"译书为强国第一义"，而"西人政、学百新，无一书无独到处，虽悉其所著而译布之，岂患多哉？"[1]于是，又大力倡导译介外国有用之书和小说，并强调"国家欲自强，以多译西书为本"[2]。他还认为："彼美、英、德、法、奥、意、日本各国政界之日进，则政治小说为功最高焉"；号召国人"采外国名儒之撰述"，将"有关切于今日中国时局者，次第译之"[3]。从而，"运他国文明新思想，移植于本国，以造福于其同胞"[4]。字里行间洋溢着作者为振兴中华民族而四处奔走呼号的爱国精神。梁启超不仅撰文提倡，而且还亲自动手翻译过《佳人奇遇》、《经国美谈》、《十五小豪杰》等几部小说。在梁氏的倡导影响下，外国的政治小说纷纷被译介进来，并很快形成为一股热潮。

1905年同盟会成立后，中国的资产阶级民主革命运动进入到了一个新的阶段。为了唤醒民众，鼓舞人们的斗志，拯救民族的危亡，积极配合推翻清王朝的民主革命的开展，急需从西方输入一些反对封建专制主义，提倡暴力革命，宣传民主、自由、平等思想的读物。而同政治小说性质相近的虚无党小说，主张推翻帝制，实行暗杀，与当时的一班激进青年和革命志士反对专制、主张暴力革命的思想观点和行为要求甚为契合。于是，他们大力宣传、倡导翻译虚无党小说，并很快形成了一股译介虚无党小说的热潮。

正是由于资产阶级维新派和民主革命派的共同倡导和实践，才使近代形成了一股翻译外国文学作品的风气。

其次，各类新式学堂的开办，为翻译文学培养了一支基本队伍。早在同治元年（1862），清政府为满足外交和其他洋务活动的需要，培养通晓西学的翻译人才，批准洋务派首领恭亲王奕䜣等王公大臣的奏请，在北京设立了"同文馆"，可以称得上是清末最早的"洋务学堂"或"外语学校"。第二年，江苏巡抚李鸿章又奏请朝廷批准，在上海设立了"上海同文馆"（亦称"广方言馆"）。1864年（同治三年），广州将军瑞麟、两广总督毛鸿宾又奏请在广州设立了"广州同文馆"（亦称"广方言馆"）。它们招收的对象一般为13—20岁的青少年，聘请外籍教师，分别教授英、法、俄、德、日本等外国语言和数、理、化等自然科学知识。北京同文馆还将翻译

---

[1] 梁启超：《变法通议·论译书》，选自《饮冰室合集·文集》之一，中华书局1989年版。

[2] 梁启超：《西学书目表·序例》，载《时务报》第8册；另见《饮冰室合集·文集》之一，中华书局1989年版。

[3] 梁启超：《译印政治小说序》，选自《中国近代文论选》（上），人民文学出版社1959年版，第156页。

[4] 梁启超：《论学术之势力左右世界》，选自《饮冰室合集·文集》之六，中华书局1989年版。

西书作为重要活动要求，只要译书有成绩，无论教师还是学生，都会受到奖励。学生学习三年（也有五年，甚至八年的）便可毕业分配工作，授予官职。随后，各类新式学堂、教会学校如福州船政学堂、广东水师学堂、广东陆师学堂、天津水师学堂、圣约翰大学、南洋公学、北洋大学、通艺学堂、时务学堂等，便不断出现。这类学校除学习中国传统文化外，都开设有外国语言和自然科学课程，有些学校讲授外国语言的课时所占比例还比较大，就连 1898 年 5 月 31 日在上海成立的中国女学堂，其"堂中功课，中文西文各半"[1]，由此可见一般。

各类新式学堂开办后，确实为清政府培养了不少翻译人才，如北京同文馆第一届毕业生张德彝（英文馆毕业生），从 18 岁开始，以译员或参赞的身份，受清政府派遣，曾八次随清廷大员出国游历、考察；每一次游历、考察归来，都留下了一部《航海述奇》，不仅成为一位大游记作家，而且在 1901—1906 年间被任命为出使英、义、比大臣，成为职业外交官。那些从新式学堂毕业而外语又比较好的人，曾自觉不自觉地从事过翻译活动；后来主要从事文学翻译工作的也不少，如魏易、曾宗巩、蒋绍徽等，而翻译文学大家曾朴、周桂笙、包天笑等则更是他们中的佼佼者。

再次，留学之风的盛行，为翻译文学造就了一批骨干力量。自 1840 年爆发的中英鸦片战争始，帝国主义列强以其坚船利炮轰开了中国封闭的大门。在中华民族骤遭如此千年不遇之巨变的时候，一部分先进的中国知识分子，开始放眼看世界；随着风气日开，逐步有人走出国门，去探求强国富民的道路。从 1847 年（道光二十七年）容闳、黄胜、黄宽等开始，不断有人远涉重洋，到西方留学；而自 1872 年（同治十一年）开始，清政府也正式成批向西方派遣留学生，[2] 并到清末达到高潮。这时自费出国留学也成为风气。据有关方面的资料记载，当时赴各国留学的人数日益增多，到 1905 年（光绪三十一年），仅在日本一国的中国留学生就达 8 000 多人。[3] 到 1906 年又陡增至 12 000 人（1906 年以后遂逐年减少），大大超过了同期在其他国家留学人数的总和。这些留学生当中，有不少人回国后便主要从事文学创作和文学翻译。由于他们都在国外学习过几年，有的达七八上十年，甚至也有长达一二十年的；他们一般都精通一门外语，有的甚至精通数国语言，如苏曼殊就精通英、法、日、梵几种语

---

[1]　《上海新设中国女学堂章程》，载《时务报》第 47 册。

[2]　曾国藩接受容闳的建议，向清政府奏请，并获批准，从 1872 年始，至 1875 年止，曾分四批逐年官费派遣 120 名幼童赴美留学（他们于 1881 年全部学成回国），如清末外务部尚书梁敦彦、民初科学家詹天佑、民初国务总理唐绍仪等人，就是他们中的佼佼者。

[3]　[日] 实藤惠秀：《中国人留学日本史》，生活·读书·新知三联书店 1983 年版。

言，马君武精通日、英、法、德几种语言，辜鸿铭精通英、法、德、拉丁等多种语言；不仅如此，他们还熟悉或比较熟悉留学所在国的文化习俗和文学风貌，因此，他们回国后投身到翻译文学领域，很快便成为这支队伍中的骨干力量，像后来成为著名翻译家的严复、马君武、苏曼殊、辜鸿铭、伍光建、徐念慈、陈景韩、吴梼、戢翼翚、应时等人，就都是留学生；而"五四"前夕崭露头角的一批青年翻译家，如周树人（鲁迅）、周作人、陈独秀、胡适、李石曾、郭沫若等人，也都是留学生。

近代前一阶段的翻译，大多由略懂汉语的外国人口述，而由略懂或不懂外语的中国人笔录、润色，因而，质量一般不是很高。而留学生大批回国并加入翻译队伍后，既为翻译文学队伍增添了活力，又提高了翻译的水平，保证了翻译文学的质量。

又次，创办文学期刊和书局的风气大盛，为翻译文学的兴盛提供了条件。自从1872年（同治十一年）我国最早的报纸《申报》在上海出版发行，同年底又由申报馆创办了我国最早的文学期刊《瀛寰琐记》后，报刊便逐渐多起来；至1905年以后则大盛起来。正如学者们指出的那样："清朝末年，是使用近代印刷技术的杂志的时代。"[1] 据有人统计，1873—1918年的45年间，仅创办的文学期刊便达132种，其中1905年以前创办的只有10种，而1905年以后创办的则有122种之多。[2] 在这些文学期刊中，比较著名的有《时务报》（1896年）、《新民丛报》（1902年）、《新小说》（1902年）、《绣像小说》（1903年）、《新新小说》（1904年）、《小说世界》（1905年）、《新世界小说社报》（1905年）、《月月小说》（1906年）、《小说林》（1907年）、《中外小说林》（1907年），《新小说丛》（1907年）、《竞立社小说月报》（1907年）、《扬子江小说报》（1909年）、《小说时报》（1909年）、《小说月报》（1910年）、《游戏杂志》（1913年）、《民权素》（1914年）、《小说丛报》（1914年）、《中华小说界》（1914年）、《繁华杂志》（1914年）、《礼拜六》（1914年）、《小说旬报》（1914年）、《女子世界》（1914年）、《剧场月刊》（1914年）、《小说海》（1915年）、《妇女杂志》（1915年）、《大中华》（1915年）、《小说大观》（1915年）、《小说新报》（1915年）、《新青年》（1915年）等。其中许多期刊都登载翻译文学作品。由于期刊多，译者译出作品后，也就不担心没有地方发表了。

---

[1] ［日］樽本照雄：《清末民初小说目录·序》。

[2] 祝均宙：《近代66种文艺报纸和122种文艺杂志编目》，载《中国近代文学争鸣》第1辑，上海书店1989年版。

与此同时，各种书局和出版机构也应运而生，至"五四"前后，"上海早已是书局林立"，仅"福州路一带的书局，就不下 20 家"[1]。在"五四"前，有影响的书局或出版机构有商务印书馆、中华书局、广智书局、广益书局、文明书局、国华书局、清华书局、正中书局、镜今书局和竞学社、扫叶山房等。出版翻译作品，尤其是翻译小说，是很多书局或出版机构的重头戏。而且，这一时期的翻译事业，也由以前的官办转为民办，由少数人的事业而变成为全社会的文化事业。

这些文学期刊和书局的大量涌现，为翻译文学作品提供了发表的阵地和出版的条件。

此外，铅字印刷技术的广泛使用，大大缩短了书籍出版的时间，满足了读者的需求，为作品译出后能很快变成书、刊并及时送到读者手中提供了保障。印刷术本来是中国古代四大发明之一（它与纸、指南针、火药并称），包括雕版印刷与活字印刷两种，分别发明于 6 世纪末至 7 世纪初和 11 世纪 40 年代。至 12 世纪，造纸术和雕版印刷术从中国传到欧洲，并风行一时。经过几个世纪的不断改进，印刷技术有了很大的发展。至 19 世纪 80 年代，铅字排印机械化已达到了很高的程度。19 世纪末至 20 世纪初，铅字印刷技术又从欧洲传入中国。

而上海是中国的第一个"现代都市化"的城市，加上租界的外国人依靠其"治外法权"，使上海的资本主义工商业得到迅速发展。据有学人考察，"早在晚清小说热潮之前，上海的印刷业已经是机器生产，运用资本主义管理方式，而且成为上海的主要工业之一，1894 年上海外国资本的印刷业，要占到整个上海外资工业的十分之一，超过西药业、饮食业和卷烟业加在一起的总和。一些最新的印刷技术如石印、纸型，很早就在上海使用"[2]。印刷技术的发达，立即导致了各种报刊、书局，尤其是小说专刊大量涌现的局面，极大地扩大了书刊的出版阵地，使书刊的出版周期大大缩短，也使书刊出版的成本大大降低，因此，创作小说和翻译小说便大批而迅速地进入千家万户，成为他们生活中的一个组成部分。

总之，正是由于上述几个方面的主要原因，导致和促进了清末民初翻译文学繁荣兴盛的局面。当然，除了以上几个主要原因外，也还有一些其他的原因，比如稿酬制度的实行、市民阶层的陡增、商品意识的增强以及西方文学作品尤其是西方小说内容和形式的新奇等等，这里就不再一一赘述了。

（《外国文学研究》1998 年第 4 期）

---

[1] 袁进：《鸳鸯蝴蝶派》，上海书店 1994 年版，第 110 页。

[2] 袁进：《鸳鸯蝴蝶派》，上海书店 1994 年版，第 34 页。

# 各擅胜场的近代小说翻译家

19 世纪末至 20 世纪初，在资产阶级维新运动的促进下，伴随着晚清谴责小说的勃兴，文坛上同时兴起了翻译文学热潮。而在近代翻译文学中，又以翻译小说的数量最多，影响最大，一时译家蜂起，译作缤纷。据阿英先生在《晚清小说史》中的统计，当时的创作小说和翻译小说"至少在一千种上"，而"就各方面统计，翻译书的数量，总有全数量的三分之一"。

近代不仅翻译小说的品种齐全，涉及政治小说、虚无党小说、社会小说、历史小说、科幻小说、侦探小说、教育小说以及爱情小说，大大丰富了我国的小说种类；而且涌现了一大批各擅胜场的小说翻译家。为了让读者对近代翻译小说有一个大致的了解，本文拟就各个种类具有代表性的翻译家及其译作简要介绍如下。

只要提起近代的翻译小说，人们自然就会首先想到林纾——他是近代翻译小说影响最大、成就最高的翻译家。林纾（1852—1924），字琴南，号畏庐，别署冷红生，晚年改号蠡叟、践卓翁等。福建侯官（今福州市）人。幼年家贫，然勤奋好学，青少年时期即博览群书，有深厚的古文造诣。中举后曾多次参加会试不第，遂放弃仕途。早年写过不少关心国家前途命运，抨击时弊，鼓吹资产阶级改良思想，洋溢着救亡图存爱国热情的诗文。晚年后，思想渐趋保守、落后。他多才多艺，在古文、诗词、小说、戏曲、绘画、文学理论等方面皆有建树，是近代著名的文学家和艺术家。但他最富盛名的还是翻译小说。清光绪二十四年（1898）夏，林纾抱着试试看的心情，与王寿昌合作，翻译了法国作家小仲马的《巴黎茶花女遗事》（今通译为《茶花女》），并于第二年初在福州刊行。他以鲜明的反封建的主题、哀感顽艳的爱情故事和凄婉而有情致的译笔，打动了中国读者的心，引起了社会强烈的反响，"一时纸贵洛阳，风行海内"，被称作是"外国的红楼梦"[1]。连大翻译家严复看后也不禁发出了"可

---

[1]　寒光：《林琴南传》，中华书局 1935 年版。

怜一卷茶花女，断尽支那荡子肠"[1] 的感叹，可见此书在当时的影响之大。这意外的成功，也使林纾受到很大的鼓舞。于是，他便一发而不可收，专事于小说翻译，直到他去世。在 25 年当中，他共翻译外国文学作品 184 种之多（包括未刊的 23 种），约 1 200 万字，近 300 册，且绝大多数是长篇小说，世称"林译小说"，并成为中国文学史上的一个专有名词。"林译小说"涉及英、法、美、德、俄、希腊、挪威、瑞士、日本、比利时、西班牙等许多国家的作品，介绍了托尔斯泰、莎士比亚、狄更斯、雨果、大仲马、小仲马、易卜生、塞万提斯等许多世界著名作家。所以郑振铎先生说："在中国，恐怕译了 40 余种世界名著的人，除了林先生外，到现在还不曾有过一个。"[2] 一个完全不懂外文的人，靠与人合作（经常与林纾合作的有 20 余人），翻译了 180 多种小说，且有 40 多部是世界名著，这实在是世界翻译史上的奇迹！林纾翻译小说的题材广泛，涉及政治小说、社会小说、讽刺小说、历史小说、家庭小说、伦理小说、爱情小说、侦探小说、神怪小说等各个方面，其代表作除《巴黎茶花女遗事》外，尚有《黑奴吁天录》（今译作《汤姆叔叔的小屋》）、《撒克逊劫后英雄略》（今译作《艾凡赫》）、《块肉余生述》（今译作《大卫·科波菲尔》）、《拊掌录》（原名《克莱因先生的杂记》，共收 32 篇散文、随笔和短篇小说，此集只译了其中 10 篇）等。其译笔生动畅达，引人入胜，又深得原作的旨趣神韵，故言情写景，能做到曲尽其妙，是我国第一个以古文笔法翻译西方小说的人，大大提高了文艺翻译在士大夫层中的地位，向中国人民打开了一个崭新的文学世界，推动和促进了中国近代思想启蒙和爱国运动的深入发展，其开启近代翻译西方文学风气的功劳是值得肯定和推崇的。

　　1905 年同盟会成立后，中国的资产阶级民主革命运动进入到了一个新的阶段。为了唤醒民众，鼓舞人们的斗志，拯救民族的危亡，积极配合推翻清王朝封建专制统治的民主革命运动深入开展，急需从西方输入一些反对封建专制主义，提倡暴力革命，宣传民主、自由、平等思想的读物。而同政治小说性质相近的虚无党小说，主张推翻帝制，实行暗杀，与当时的一班激进青年和革命青年反对专制、主张暴力革命的思想与行为要求甚为契合，于是，很快便形成了一股虚无党小说翻译的热潮，最著名的翻译家是陈冷血。

---

　　[1]　严复：《甲辰出都呈同里诸公》，选自《严复集·诗文》（下），中华书局 1986 年版，第 365 页。

　　[2]　郑振铎：《林琴南先生》，选自《林纾的翻译》，商务印书馆 1981 年版，第 14 页。

冷血，原名陈景韩（1877—1965），又名景寒，笔名冷血、华生等，江苏松江（今属上海市）人。青年时代曾入湖北武备学堂学习，后赴日留学。回国后曾担任《时报》、《新新小说》、《申报》的主笔，并于20世纪初开始从事小说的翻译。他最早出版的翻译小说是1903—1904年出版的《侦探谈》，全书共四册，一年出版两册，收录英、法、日等国的翻译小说10种。冷血的翻译小说涉及面很广，有侦探小说、政治小说、虚无党小说、军事小说、历史小说、社会小说和言情小说等，而以虚无党小说的影响最大，著名的有《虚无党》（1904年，计收《白格》、《加须克夫》和《绮罗莎夫人》三个中短篇）、《虚无党奇话》（1906年，长篇），另有《女侦探》、《爆裂炸弹》、《杀人公司》、《俄国皇帝》四个短篇。冷血自己也特别喜欢虚无党小说，他曾经说："我爱其人勇猛，爱其事曲折，爱其道为制服有权势者不二之法门"；"我喜俄国政府虽无人道，人民尚有虚无党抵制政府。"[1] 而陈冷血的翻译多用白话体，译笔自然流畅，简洁隽冷，有"冷血体"之称，深受读者的欢迎。

与虚无党小说同时"热"起来的还有侦探小说。翻译侦探小说最早出现于1897年，此后日益增多。1905年后形成热潮。阿英先生指出："如果说当时翻译小说有千种，翻译侦探要占五百部上"；而且，"当时译家，与侦探小说不发生关系的，到后来简直可以说是没有"[2]。究其原因，一方面是由于中国资本主义的发展，而侦探小说正好满足了他们追求惊险，喜好猎奇的文化心理；另一方面，中国知识分子在介绍和传播西方科学文化时，已产生了朦胧的科学意识，希望通过此类小说来赞扬西方社会的尊重法律，尊重科学，从而达到批判中国讼狱制度腐朽黑暗的目的。正如林纾所指出："近年读上海诸君子所译包探诸案，则大喜，惊赞其用心之仁。果使此书风行，俾朝之司刑谳者，知变计而用律师包探，且广立学堂，以毓律师包探之材……下民既免讼师及隶役之患，或重睹清明之天日，则小说之功，宁不伟哉！"[3] 在侦探小说的翻译方面，以周桂笙最有名。

周桂笙（1873—1936），名树奎，字桂笙，笔名桂生、新庵、新新子等，上海南汇人。少时入广方言馆学习，后又进上海中法学堂，专习英文和法文。毕业后曾当过天津电报局领班，做过英怡太轮船公司的买办，游历过日本，办过报纸。后致力于小说

---

[1] 陈冷血：《虚无党·自叙》，《侦探谭》第四册，开明书局1904年版。

[2] 阿英：《晚清小说史》，作家出版社1955年版。

[3] 林纾：《神枢鬼藏录·序》，光绪三十三年（1907）商务印书馆出版。

翻译,是近代最早介绍西方文学的翻译家之一。他的翻译小说取材较广,有侦探小说、科幻小说、虚无党小说、教育小说、奇情小说等,其中以侦探小说的影响最大。主要作品有《毒蛇圈》(1903)——我国最早的一部白话直译小说,《双公使》(1904)、《歇洛克复生侦探案》(1904)、《失女案》(1905)、《福尔摩斯再生案》(三册,1906)、《妒妇谋夫案》(1907)、《红痣案》(1907)、《海底沉珠》(1907)等等。在这些小说中,又以法国鲍福的《毒蛇圈》影响最大。周桂笙认为:"侦探小说,为吾国所缺乏,不能不让彼独步。盖吾国刑律讼狱,大异泰西各国,侦探之说,实未尝梦见。"[1]因此,他非常重视对侦探小说的翻译介绍,就是"侦探小说"之名也是由他首先使用,并为翻译界所公认定名的。周氏翻译小说多采用"报章体",译笔生动朴实,简洁晓畅,委婉而富有情致,很受读者欢迎。此外,他翻译的科幻小说如《水底渡节》(1904)、《窃贼俱乐部》(1905)、《地心旅行》(1906)、《神女再生奇缘》(1906)、《飞访木星》(1907)、《伦敦新世界》(1907)等等,亦深受读者喜爱。

为破除迷信思想,普及科学知识,倡导科学启蒙运动,并适应社会改革和"新民"的需要,当时盛行的还有科学小说和教育小说。

科学小说,亦称理想小说或奇情小说,即今天所谓"科幻小说"。在这方面提倡最力的是徐念慈、周桂笙、索子等人。徐念慈(1875—1908),字彦士,别号觉我,亦署东海觉我,江苏昭文(今常熟)人。1903年开始发表译作,1905年与曾朴合办小说林社,1907年任《小树林》杂志译述编辑。他翻译的科幻小说有《海外天》(1903)、《黑行星》(1905)、《新舞台》(三册,1907)、《美人妆》(1907)等。他的翻译小说多用白话或近于白话的文言所译,平易流畅,尤其是他译的美国西蒙纽加武的《黑行星》,用纯白话直译,保持了西方小说的特有风格,对后来的译界影响很大。周桂笙的科幻小说前文已有介绍。索子即"鲁迅",在当时"科学救国"思想的影响下,他非常"喜欢科学小说"[2],不仅主张译介西方的科幻小说,而且还自己动手翻译了法国儒勒·凡尔纳的《月界旅行》(1903)、《地底旅行》(1906),

---

[1] 周桂笙:《歇洛克复生侦探案·弃言》,《新民丛报》第3年第7号。
[2] 鲁迅:《致杨霁云(1934年5月15日)》,选自《鲁迅全集》第12卷,人民文学出版社1981年版,第409页。

表明了他"改良思想，补助文明"[1]的宗旨和提倡科学、启迪民智的目的，收到了很好的效果。

在教育小说的翻译方面，以包天笑的影响最大。包天笑（1876—1973），初名清柱，后改名公毅，字朗孙，外号仓山，笔名天笑、天笑生、钏影等。江苏吴县（今苏州市）人。年轻时接触西学，研习英、日文。1906年移居上海，长期从事刊杂的编辑工作，主编过《小说时报》、《妇女时报》、《小树林》、《小说天地》、《小说画报》等10余种杂志。他从1901年开始发表译作，至"五四"时，翻译的小说已达七八十部（包括与人合作的）。其翻译小说涉及面甚广，计有历史小说、社会小说、教育小说、侦探小说、科幻小说、言情小说等多种类型，而以教育小说的影响最大。主要译作有《馨儿就学记》（1910）、《苦儿流浪记》（1912）、《埋石弃石记》（1912）、《儿童修身之感情》（1905）、《无名之英雄》（1905）、《孤雏感遇记》（1913）等。前三部小说曾得到当时教育部的奖励，其中尤以意大利的艾米西斯所著《馨儿就学记》影响为大，先后发行数十万册，深受读者欢迎。[2]其译作多采用浅近的文言，平易晓畅，轻灵秀曼，可读性较强，有吸引读者的魅力。

近代对西方历史小说的翻译介绍也很重视，以伍光建党翻译最有代表性。伍光建（1866—1943），字昭晨，笔名君朔，广东新会县人。少年时智慧好学，15岁考入天津北洋水师学堂，几年后以优异的成绩毕业，并被保送到英国格林威治皇家海军学院深造5年，对数学、物理、天文等颇有研究，并兼学欧美文学。回国后被派往母校任教，编写过物理和英语等方面的教科书，在当时影响颇大。甲午战争后，开始用业余时间从事翻译，后转为专门从事翻译，前后达50年，所译文学、历史、哲学等方面的书籍有130余种。"五四"运动前的翻译以历史小说最著名，主要作品有法国大仲马的《侠隐记》（今译作《三个火枪手》，1907）和《续侠隐记》（今译作《二十年后》，1907）以及《法官秘史》（前后编，1908）等古典名著。这些小说都是用纯正成熟的白话文来译的，译笔简洁畅达，生动传神，深受读者的欢迎。如他的《侠隐记》出版后，《新青年》曾发文予以赞扬，茅盾先生也曾推崇说："不是我们喜欢做《新青年》的应声虫，这《侠隐记》的译文实在有它的特点。用《侠

[1] 鲁迅：《月界旅行·辨言》，选自《鲁迅全集》第10卷，人民文学出版社1981年版，第152页。

[2] 包天笑：《钏影楼回忆录·在商务印书馆》，香港华大出版社1971年版，第388页。

隐记》常见的一个词儿——实在迷人。我们二三十岁的大孩子看了这译本固然着迷，十二三岁的小孩看了也着迷。自然因为这书原是武侠故事，但译文的漂亮也是一个最大的原因。"[1]

只要粗略浏览一下近代翻译文学史，我们就会发现，中国近代的翻译小说，以长篇小说为主体，"短篇小说还很少，读书人看惯了一二百回的章回体，所以短篇便等于无物"[2]。再加上短篇小说的译者主张"直译"，所译小说保留了西方的章节格式，中国读者看不习惯，因此，短篇小说在当时并不受读者的欢迎。例如周树人（鲁迅）、周作人兄弟合译的《域外小说集》（二册），虽然它在中国翻译文学史上占有很重要的地位，标志着中国"直译"小说的开始，"为译界开辟一个新时代的纪念碑"[3]。但自 1909 年出版后，10 年中只卖出去了 21 本，由此可见短篇小说在当时读者心中地位之一般。尽管如此，近代的翻译短篇小说仍然取得了很大的成就，最有影响的翻译家是周瘦鹃。

周瘦鹃（1895—1968）是鸳鸯蝴蝶派的代表作家之一。原名国贤，别署紫罗兰庵主人，笔名泣红、怀兰等。江苏吴县（今苏州市）人。6 岁丧父，靠母亲的辛勤劳动维持生计。早年读中学时就爱好文学。曾先后担任过中华书局、申报馆、大东书局、《新闻报》等处编辑；主编过《申报》副刊《自由谈》和《春秋》、《礼拜六》、《紫罗兰》、《半月》、《乐观月刊》等，同时在他编辑的刊物上发表大量的创作小说、散文和翻译作品。他从 1911 年（时年 16 岁）始发表译作，至"五四"运动前，共发表各种翻译作品 159 种，其中以他编译的《欧美名家短篇小说丛刻》影响最大。这是继《域外小说集》（1909）之后的又一部短篇小说专集。1917 年 3 月由上海中华书局出版，全书分为上、中、下三卷：上卷收"英吉利之部"18 篇，中卷收"法兰西之部"10 篇和"美利坚之部"7 篇；下卷收"俄罗斯之部"4 篇，"德意志之部"2 篇及意大利、匈牙利、西班牙、瑞士、丹麦、瑞典、荷兰、塞尔维亚、芬兰诸国各 1 篇，共计收录了 14 个国家的 47 位作家的 50 篇小说。这是近代收录外国短篇小说名家名著最多、国别最广、数量最富的一部选集。此专集出版后，得到鲁迅等人的很高评价，认为该选集"搜讨之勤、选择之善……足为进来译事之光"，是"昏夜之微光，

[1] 茅盾：《伍译的〈侠隐记〉和〈浮华世界〉》，载《文学》第 2 卷第 3 期，1934 年 3 月 1 日。
[2] 阿英：《晚清小说史》，东方出版社 1996 年版，第 218 页。
[3] 许寿裳：《亡友鲁迅印象记》，人民文学出版社 1981 年版，第 54 页。

鸡群之鸣鹤"[1]。并代教育部通俗教育研究会为该书写了评语，呈请教育部批准，发布"褒奖令"，给予奖励。

总之，在近代翻译小说界，林纾最负盛名，陈冷血以翻译虚无党小说著称，周桂笙以翻译侦探小说闻名，徐念慈等以提倡科幻小说为最，包天笑以翻译教育小说驰名，伍光建长于翻译历史小说，周瘦鹃以翻译欧美名家短篇小说引人注目。一时间，翻译小说界群星灿烂，各擅胜场；译作缤纷，争奇斗艳，为近代翻译文学，也为近代小说创作的繁荣昌盛做出了重要贡献。

（《高等函授学报》1998 年第 4 期）

---

[1]　鲁迅、周作人：《〈欧美名家短篇小说丛刻〉评语》，载《教育公报》第 4 年 15 期，1917 年出版。

# 中国近代文学的爱国主义主题的时代特征

　　爱国主义是一个复杂而又内容丰富的范畴，简而言之，爱国主义就是对祖国的忠诚和热爱。但不同的时代，它有着完全不同的内涵和特征。正如毛泽东同志所说："爱国主义的具体内容，看在什么样的历史条件下来决定。"[1] 几千年来，爱国主义不仅成为中华民族的主旋律，而且一直是中国进步文学的共同主题。1840 年鸦片战争后，西方帝国主义列强以其坚船利炮轰开了闭关自守、夜郎自大的中国的大门。从此，中国社会发生了极其深刻的变化，封建社会一步一步地沦为一个半殖民地半封建的社会。社会的剧变，导致了整个社会基础和上层建筑的巨大变化，也导致了文学的深刻变化。因而，这一时期的文学作品中所表现出来的爱国主义主题具有着鲜明的时代特征。下面仅就这一个问题做一个粗浅的探讨。

　　首先，中国近代文学的爱国主义主题带有鲜明的反帝色彩。鸦片战争以前，即中国古代文学作品中所表现出来的爱国主义主题，常常带有狭隘的民族观念，具有不同程度的阶级局限性。就其性质而言，基本上属于中华民族在长期发展、融合过程中的压迫与反压迫、掠夺与反掠夺的性质。尽管其中仍有正义与非正义、侵略与反侵略的区别，但它基本上还是中国民族大家庭内部的民族纷争，属于内部矛盾。如曹操的《观沧海》、诸葛亮的《出师表》、杜甫的《石壕吏》、苏轼的《教战守策》、

---

[1]　毛泽东：《中国共产党在民族战争中的地位》，选自《毛泽东选集》第二卷，人民出版社 1966 年版，第 486 页。

文天祥的《指南录后序》等作品所反映的内容以及作者们所经历的战争，就是很好的证明。

而鸦片战争后，西方资本主义列强已发展到帝国主义阶段，他们以奴役和掠夺贫穷落后、弱小民族，变其成殖民地为目的，发动了侵略战争。此时的中国，社会性质发生变化，中华民族与西方帝国主义列强的矛盾已经上升为国内的主要矛盾，奋发图强、救亡图存亦成为全国各族人民的一致呼声和愿望。因此，中华民族团结起来，共同反对世界殖民主义、帝国主义的侵略，挽救民族的危亡，争取民族的独立和解放，争取民主主义革命的胜利，就成为中国近代文学爱国主义的基本主题。如张维屏的《三元里》、龚自珍的《送钦差大臣侯官林公序》、魏源的《海国图志叙》、黄遵宪的《书愤》、徐珂的《冯婉贞》、无名氏的《三元里抗英》、秋瑾的《黄海舟中日人索句并见日俄战争地图》等等，就是这方面的优秀代表作。

其次，中国近代文学的爱国主义主题逐步由忠君向批判君权、反对封建专制方向发展，具有改良的特点。在中国古代，当异族入侵，民族矛盾上升为主要矛盾时，国家（社稷）、民族、君主往往被视作三位一体，君主也就自然地成为民族和国家的代表，自然地成为号召人民团结一致共同对敌的一面旗帜。因此，古代文学作品中所表现出来的爱国主义主题，常常与忠君爱民思想联系在一起。如诸葛亮的《出师表》、魏征的《谏太宗十思疏》、范仲淹的《岳阳楼记》、苏轼的《教战守策》等等，无不如此。再如屈原、李白、杜甫、陆游、辛弃疾、文天祥等历代爱国主义文学家的作品，皆表现出这一特点。

而近代文学尤其是中日甲午战争后的文学的爱国主义主题则表现不同，它把矛头直接指向了封建统治阶级及其专制制度，并要求维新变法，进行改良。如李伯元的《文制台见洋人》，不仅揭露了帝国主义者的侵略罪行，还着力描写了那些上层官僚畏惧洋人，谄媚洋人，欺凌下属，压制人民的奴颜媚态，表现了作者反对侵略、同情人民的爱国热情。梁启超的《少年中国说》，针对称中国为"老大帝国"的谬论，进行驳斥，提出"少年中国"之说；深刻批判了清朝政府的腐败和封建专制制度的没落，洋溢着爱国激情。谭嗣同在《仁学》中则更是大胆地抨击封建专制、封建的伦理纲常，要求冲决一切罗网，宣传资产阶级民主，主张"自新"、"去故"，为维新变法制造舆论；甚至将"忠君"与助纣为虐相提并论。严复在《辟韩》中，用西方资产阶级民主主义的观点，批判中国几千年来的封建专制主义，揭露封建专制制度是残酷地压迫人民、剥削人民的各种罪恶的根源。这些言论，无不闪耀着反对封建君主专制的民主主义思想的光辉。

再次，中国近代文学，特别是资产阶级革命派的文学作品中的爱国主义主题，还与推翻清朝政府的封建统治的革命斗争紧密结合在一起，富于革命的彻底性。在我国古代，尽管出现过不少抨击统治阶级腐朽统治，揭露社会现实黑暗，要求变革现实，同情下层劳动人民的疾苦的文学作品。其中有些作品的言辞甚至很激烈。但其前提是在不触动封建专制政体的情况下，要求统治者进行一些改革，目的在于通过改革时弊，维护封建专制统治，使封建政权更加巩固。如柳宗元的《捕蛇者说》、杜牧的《阿房宫赋》、胡铨的《戊午上高宗封事》、张溥的《五人墓碑记》等等，都是这方面的作品。

到了近代则不一样。从鸦片战争开始，经过中法战争、中日甲午战争和八国联军入侵，中国近代先进的知识分子，一直在摸索、探求救国富民的道路。一次次的失败，血的历史教训，使一部分激进的资产阶级民主派认识到，维新改良是没有前途的，只有进行民主革命，用暴力推翻封建专制统治，建立资产阶级民主共和国，中华民族才有希望。因此，这一时期的文学，将爱国与推翻清朝政府的封建专制统治、建立民主共和国的革命斗争紧密结合在一起，更加扩大了爱国主义的内涵，赋予了爱国主义崭新的时代特点。如林觉民的《与妻书》（亦名《与妻诀别书》、《绝笔书》），表达了一个革命党人为了推翻封建专制统治，甘愿"为天下人谋永福"而舍弃家庭幸福，舍身赴义，为国捐躯的大无畏精神和崇高品质。孙中山的《〈黄花岗烈士事略〉序》，充满革命激情，回顾了艰难曲折的民主革命历程，赞扬了死难烈士的献身精神，高度评价了黄花岗战役的伟大历史意义，并勉励国人继承先烈遗志，将革命斗争进行到底。再如章炳麟的《驳康有为论革命书》、《〈革命军〉序》，邹容的《革命军》，柳亚子的《鉴湖女侠秋君墓碑》等等，无不表现出资产阶级革命派为推翻封建专制统治的那种高昂的革命斗志和大无畏的战斗精神。

此外，中国近代文学的爱国主义主题带有西方资产阶级民主主义的色彩。它也是区别于古代文学的爱国主义主题的又一鲜明特征。早在鸦片战争时期，龚自珍就在《病梅馆记》中通过"病梅"和"疗梅"的描写，以梅议政，含蓄委婉地批判了清王朝专制统治摧残、扼杀人才的罪行，表达了自己渴望解除思想桎梏和追求个性解放的思想，具有明显的资产阶级启蒙思想的特点。随着中日甲午战争的失败，奋发图强，救亡图存的呼声进一步高涨。资产阶级维新派、革命派走上政治舞台，思想启蒙的号角便吹得更响。如维新志士们在讲求爱国人人有责时，就是借助了西方"天

赋人权"学说的思想武器，针对中国"历古无民主"的状况，尖锐地批判君权，批判纲常名教，主张"兴民权"、"君末民本"，宣传"人人平等，权权平等"的自由、平等思想。严复悉心翻译一系列西方社会科学著作，介绍资产阶级世界观和方法论。尤其是他翻译的《天演论》（即"进化论"），被称为"中国西学第一"，出版后风靡一时，有如一声春雷，震动了当时的思想界。于是，"物竞天择"、"优胜劣汰"、"适者生存"的进化论观点广为流传，深入人心。而女革命家秋瑾，除积极投身推翻清王朝专制统治的民主革命斗争外，还创办《中国女报》，发表一系列文章，宣传民主革命思想，提倡女权、妇女解放，主张男女平等。所有这些，都表现出浓厚的西方资产阶级民主主义色彩。

综上所述，中国近代文学多角度、多层次和多方面深刻地反映了近代中国的社会现实，揭露了帝国主义侵略者烧杀掳掠、凶残无耻的罪行和封建统治者的腐败无能、屈膝媚敌的丑恶行径，记述了中国走向近代化的艰难历程，再现了中国人民英勇反抗帝国主义侵略及其走狗清政府的卖国投敌的顽强斗争精神。可以清楚地看到，反帝爱国、救亡图存的主题，反帝爱国、思想启蒙的内容，是贯串整个中国近代文学史的主线；而充满爱国主义和民主主义的进步文学潮流，则是中国近代文学八十余年发展的主流。中国人民前赴后继反抗外来侵略，振兴中华的爱国主义业绩，在中国文学史上留下了光辉的一章。

（《语文教学学与研究》1989 年第 12 期）

# 异彩纷呈的近代词派

在中国近代词的发展史上，清代词占有极其重要的地位，被称作是"词的中兴光大时代"[1]。一时间，词坛上的流派众多，名家辈出，呈现出一派欣欣向荣的气象。我们甚至可以说，有清一代，无论是词的创作队伍，还是词的创作流派；无论是词作所反映的社会内容，还是词的理论研究成果等方面，较之宋词来说，都有过之而

---

[1] 叶恭绰：《全清词钞·序》，中华书局 1982 年版。

无不及。而近代词在整个清代词中，又占有举足轻重的地位，做出了卓越的贡献。在近代词的创作、研究中，近代各词派的贡献尤大，且过去于此注意不够，故下面特就近代几个主要而又有影响的词派，做些简要的介绍。

**浙西词派** 亦称"浙派"。由清初著名词人朱彝尊所开创。他为词以姜夔、张炎为宗，标举"清空"的风格与"醇雅"的宗旨，以求廓清明词的颓靡风气。中期的代表作家是厉鹗、吴锡麒和项鸿祚。这一派一直延续到近代，鸦片战争前后，尚有姚燮、黄燮清、李慈铭等人殿其后。

姚燮（1805—1864），字梅伯，号复庄；一字野桥（或野樵），别号大梅山民、小浃江老人等。浙江镇海人。他是近代学识广博、多才多艺、卓有成就的文学家、艺术家和学者。他除创作诗、骈文、戏曲、小说、散曲外，亦工画，其墨梅、白描人物、写意花卉颇享时誉；又是小说、戏曲研究专家，著有《今乐考证》12 卷，选有《今乐府选》500 卷，其《读红楼梦纲领》和评点亦享有盛名；还是著名的词人，被史家称为"乾嘉后词人之冠"[1]。其词有《疏影楼词》5 卷、《续疏影楼词》8 卷，他的词分为前后两个时期：前期词内容较贫乏，大多反映其冶游生活；后期词主要是题画之作，有部分反映鸦片战争前后社会现实生活的词作较有意义。《贺新凉·宋信国公文丞相铁如意》、《月下笛·绝塞》、《石州慢·四五人家》、《霓裳中序第一·故苑》等是其名作。其词的主导风格是委婉而清丽。

黄燮清（1807—1864），原名宪清，字韵甫，号韵珊，自号吟香诗舫主人。浙江海盐人。中举后累试不第，遂居家著述自娱。他诗、词兼工，还是著名的戏曲家。他的词华美而缠绵，颇为时人传颂，被称为"已挹周、柳之袖，入姜、张之室"[2]。著有《倚晴楼诗余》4 卷及《拙宜园词》。其《烛影摇红·红光江城》、《鹊桥仙·月邪香几》、《明月棹孤舟·银汉微茫迟画舸》、《扫花游·小楼霁雨》等皆为人传颂。也有部分词意境开阔，格调清华刚劲，如《满江红·半壁江山》、《浪淘沙慢·看江上》等。

李慈铭（1830—1894），初名模，字式侯，后改名慈铭，字爱伯，号莼客，别号花隐生、越缦老人等。浙江会稽（今绍兴）人。光绪六年（1880）进士，官至山西道监察御史。他说近代著名文学家和学者。平生博学精思，工诗、词、文、书画、骈文，皆自成一家，尤长于史学、小学，著作丰富，仅其《越缦堂日记》就有 64 册，数百万字，多发人所未发，流传甚广。其词作有《霞川花隐词》、《越缦堂词录》等。

[1] 见《国朝三修诸暨县志·经籍志·丁部》，民国五年（1916年）刻印本。
[2] 张炳堃：《倚晴楼诗余·序》，同治六年（1867年）钱塘宗景藩刻本。

这一派的重要词人尚有陈元鼎（？—1850）、杜文澜（1815—1881）、王诒寿（1830—1881）。直到民国时，还有冒广生（1873—1959）为其尾声。

**常州词派**　清代嘉道年间由张惠言（1761—1802）和其弟张琦（1764—1833）所开创的一个重要词派。因张氏兄弟系常州人而得名。他们于嘉庆二年（1797）编选了《词选》一书，阐发其"意内言外"的宗旨，主张作词应用"比兴"、"寄托"，这对提高词的地位和纠正浙西词派寄兴不高、贫弱狭窄的词风有一定意义，一时和之者甚众。

周济（1781—1839），字保绪，一字介存，号止庵，江苏荆溪（今宜兴）人。常州词派的中坚。嘉庆十年（1805）进士，官淮安府教授。著有《晋略》80卷。他于词学用力特著，卓有建树，曾选有《宋四家词选》、《词辨》，并著有《味隽斋词》、《存审轩词》及《介存斋论词杂著》等。其词讲究寄托，佳作甚多，并提出了一套词典创作理论。他鉴于鸦片战争前夕的现实，发挥张惠言"意内言外"之说，明确提出"诗有史，词亦有史"的观点，主张词应该反映历史的盛衰兴亡，抒写词人的真情实感，反映时代的要求，不仅对常州词派词论的最后确立做出了贡献，而且对近代词坛产生了深远的影响。

鸦片战争以后，常州词派进一步发展，庄棫和谭献继之而起，成为此派后期的代表作家。

庄棫（1830—1879），字希祖，号中白，江苏丹徒人。自幼聪慧好学，善诗文，尤精填词，著有《蒿庵词》（亦名《中白词》）4卷等。其一生无功名，曾应曾国藩之聘，至淮南书局校勘经籍。庄棫论词，将比兴手法视为至尊，并形成词的艺术表现及体制上的一种固定模式，用它来评价作品。其词多抒写离愁别绪、身世飘零和怀才不遇之感；也有部分咏物或写爱情的。但他的词既讲究词美韵谐，又注重出神入化，极为自然、流畅。他善于吸取众家之长而自铸新词，具有独到之处，历来受到词学名家的推崇。《壶中天慢·行云行处》、《浪淘沙慢·湿阴沍》、《小梅花·孤灯碧》、《念奴娇·流水乍歇》等是其代表作。

谭献（1832—1901），原名廷献，字仲修，号复堂，浙江仁和（今杭州）人。同治六年（1867）举人。一生怀才不遇，只做过几任县令。晚年辞官归里，以讲学著述为生。工诗、文和骈体文。治经倾向今文学派，喜谈天下治乱得失，尤致力于词学研究，曾评点周济《词辨》，以阐发自己的论词主张，影响甚大。又辑选清人词为《箧中词》9卷，学界奉为圭臬。著有《复堂词》、《复堂词论》等。谭献论词，

"承常州派之绪",而"上溯风骚",并且使"词之门庭,缘是益廓"[1]。他对周济"词非寄托不入,专寄托不出"的观点极为推崇,并进一步发挥云:"以有寄托入,以无寄托出,千古文章之能事尽矣,且独填词为然。"[2]他论词主张以意高、情真、调雅、词美为标准,比较全面,词风委婉含蓄。其词内容较狭窄,多抒写封建士大夫的生活情趣,脱离社会现实,但文辞隽秀,朗朗可诵,尤以小令最为人称道。《青门引·人去阑干静》、《蝶恋花·玉颊妆台人道瘦》、《临江仙·和子珍》、《秦淮感秋·瑶流自碧》等,有较鲜明的形象,沉郁凄婉,是词中的佳品。

常州词派后期的重要作家还有冯煦（1843—1927）等。

**彊村词派** 彊村词派是因其中心领袖朱祖谋家乡湖州（今浙江吴兴）祖居埭溪镇位于上彊山麓而得名。除朱氏外,这一流派的代表作家还有王鹏运、郑文焯、况周颐。朱祖谋早年在京师为官时,常与王鹏运等在一起研讨词学,论词主张和创作风格基本趋向一致。朱氏晚年归寓苏州,而郑文焯、况周颐和这一派的重要成员张尔田、陈锐等也都聚集于吴下,围绕在朱氏周围,往来甚密,形成了"彊村词派"的群体。朱、王、郑、况四人,都致力于词学,同为彊村词派的待变作家,皆有词集传世。而四人声气相通,时常唱和,为一时之盛。且四人皆有论词著作传世,总结或指导了当时词坛风尚,所以史家又称他们为"清末四大词人"。彊村词派在理论上受到常州词派的一定影响,但在吸取中有发扬、创造,从而形成了自己的完整体系。此派的影响从清光绪年间直到民国20年以后,其弟子众多,声势超过了常州词派。

朱祖谋（1857—1931）,一名孝臧,字古微,号沤尹,又号彊村。光绪七年（1883）进士,官至礼部侍郎、广东学政。朱氏原以诗名,著有《彊村弃》;官京师后,与王鹏运交,弃诗而致力于词,至于"集清季词学之大成","且为词学之一大结穴"。[3]著有《彊村词》,晚年重订为《彊村语业》2卷。其词初学南宋格律派词人吴文英（梦窗）,守律甚严,素有"律博士"之称,被人称为"独得梦窗神髓的嫡派"[4],表现出一种绮丽精工、绵密曲折的艺术风格。晚年崇尚苏、辛,于婉约中见苍劲,词风遂由隐晦而趋于开朗。其词多忆旧怀人、写景题画之作,思想价值不高,也有一些词能"声与政通"的。如《采桑子·今年旧燕花边路》、《夜飞鹊·香港秋眺》、《声

---

[1] 叶恭绰:《广箧中词》,1935年家刻本。

[2] 谭献:《复堂日记》,"半厂丛书"初编本。

[3] 叶恭绰:《广箧中词》,1935年家刻本。

[4] 张尔田:《彊村遗书·序》,上海古籍出版社1989年版。

声慢·鸣蛩颓慨》、《洞仙歌·无名秋病》等。或直叙时事，表达其强烈的爱国之情；或怀人寄意，抒发国破家亡之痛；或吟咏史事，流露出对祖国前途的忧虑。朱祖谋尤精于校勘，曾在王鹏运整理校勘的基础上，辑校唐、五代、宋、金、元人词 163 家，近 180 种，260 余卷，是迄今所见较完善的词苑大型总集之一，是词学研究的重要资料。又辑《湖州词徵》24 卷、《国朝湖州词徵》6 卷、《沧海遗音》13 卷，校勘精审，向为学术界所推崇。

王鹏运（1848—1904），字幼霞（亦作佑遐），自号半塘老人，晚号鹜翁、半塘僧鹜等。广西临桂（今桂林市）人。王氏一生遭遇坎坷，中年丧妻失子，终身仅中举人，为官数十年，却与当道不合。担任江西道监察御史，以直名震朝野。仕途郁郁不得志，遂寄托于词。著有《袖墨集》等 9 种，晚年删定为《半塘定稿》。其词早年多写身世之感，中年则主要抒发其对清廷江河日下趋势的哀叹。晚年受时代影响，甲午战争时积极主战，后又支持并参加维新变法等运动，所写词亦多伤时感事之作。如《祝英台近·次韵道希感事》、《谒金门·霜信骤》、《满江红·送安晓峰侍御谪戍军台》、《念奴娇·男儿堕地》、《念奴娇·登旸台山绝顶望明陵》等，苍凉悲壮，颇有壮士扼腕之慨。王氏论词兼词体，尚体格，提倡词的"重"（指词的品格和气格）、"拙"（是纯真朴素）、"大"（指题材扩大）与"自然从追逐中来"，[1] 对后世影响甚大。有的学者认为，王氏"于词学独探本原，兼究蕴奥，转移风会，领袖时流"，"为桂派先河"。[2] 王氏对词学的另一大贡献是花了 25 年的时间，辑录、校勘《四印斋所刻词》（36 卷）、《四印斋宋元三十家词》（30 卷），博采旁搜，极为精审，向为学者所称道。

况周颐（1859—1926），原名周仪，因避宣统（溥仪）讳，改名周颐，字夔笙，号蕙风，又号玉梅词人、蕙风词隐等。以广西桂林人。20 岁中举人，后累试不第，遂致力于词，前后 50 余年。他 15 岁开始填词；20 岁前论词主"性灵"，"好为侧艳语"[3]；20 岁后在京与王鹏运等人交往，闻"重、拙、大"之说，遂重体格，词风始变。著有词集 9 种，合刊为《第一生修梅花馆词》，后删定为《蕙风词》2 卷，其《苏武慢·寒夜闻角》、《曲玉管·忆虎门旧游》、《摸鱼儿·咏虫》等，历来为人所推崇。其后期写了不少反映时事，感慨颇深的词作，风格哀怨凄凉，被学者

---

[1] 况周颐：《餐樱词·自序》，"半厂丛书"初编本，光绪十一年（1885 年）刻本。

[2] 叶恭绰：《广箧中词》，1935 年家刻本。

[3] 赵尊岳：《蕙风词史》，收入门人赵尊岳于民国十四年（1925 年）编刻之《惜阴堂丛书》。

推崇为"寄兴渊微，沉思独到，足称巨匠"[1]。况氏精于词的鉴赏，其词评《蕙风词话》7卷，被朱祖谋称为"千年来之绝作"[2]。他泛论历代词人，举其佳篇名句，兼涉考据，标举"重、拙、大"三大要义和"情真、景真"四字，对用意、造句、守律等问题，时有精辟见解，是近代词坛有较大影响的词论专著。

郑文焯（1856—1918），字俊臣，号小坡、叔问，又号大鹤山人、冷红词客等。奉天铁岭（今属辽宁）人，隶汉军正黄旗。光绪元年（1875）举人，官内阁中书，后累试不第，遂绝意仕进，为幕客多年。郑氏毕生致力于词，且"格调独高，声采超异，卓然为一代作家"[3]。著有《瘦碧》、《冷红》、《比竹余音》、《苕雅余集》等词集（晚年合订为《樵风乐府》9卷）。其词"体洁旨远，句妍韵美"[4]，艺术性很高，但多为纪游、咏物与感怀时事、身世之作，或抒发遗老的故国之思，思想内容较贫乏。反应中日甲午战争和庚子事变的作品，如《莺啼序·登北固楼感事再和梦窗》、《菩萨蛮·望月有怀》、《贺新郎·秋恨》二首等，抒发了国势日衰的忧思，表现了作者对时局的关注。郑文焯对近代词坛的重要贡献，在于他对宫调乐律的考校。他认为词的音律关键在研求声乐，而不仅限于守阴阳平仄，并于当时讲求四声清浊之外，进一步上推遗谱，成《词源斠律》（2卷），是关于词乐的重要著作。

此外，彊村词派的重要作家尚有张尔田（1874—1945）、陈锐（宣统年间在世）、陈曾寿（1878—1949）、夏敬观（1875—1953）等。

**临桂词派**　在"清末四大词人"中，王鹏运、况周颐以及后来的重要作家刘福姚等，皆为广西临桂（今桂林市）人，故又被称为"临桂派"。此派承袭彊村词派理论，词格崇尚"重、拙、大"，而又受时代的影响，重视词的社会价值和文学功能，努力以词为表现手段，参与现实政治，写出了不少关心国事、感慨时艰、忧国忧民的词作，为当时的文坛所重视，亦为学界所推崇。此派代表作家王、况二人已在前文介绍，故此处从略。

总之，近代主要词派的大致情形如上所述，他们为近代词创作的繁荣昌盛，为有清一代（包括近代）词的创作的"中兴光大"，做出了重要贡献。

当然，近代词坛还有一大批不属于其他词派而自成一家的著名词人，他们同样为清词的繁荣增色添彩，留作后续。

（《高等函授学报》1996年第3期）

---

[1]　叶恭绰：《广箧中词》，1935年家刻本。

[2]　龙榆生：《清季四大词人》，《暨大文学院集刊》一集，1931年1月版。

[3]　叶恭绰：《广箧中词》，1935年家刻本。

[4]　俞樾：《瘦碧词·序》，光绪十四年（1888年）刻本。

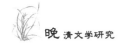

# 各树一帜的近代词家

笔者曾撰有《异彩纷呈的近代词派》一文（见《高等函授学报》1996年第3期），对近代各词派的发展概况和创作成就做过简要的介绍。其实，近代还有一批不隶属于任何词派而自成一家的杰出词人，他们以各自词的创作实绩，为近代乃至整个清代词的"中兴光大"增添了光彩。

龚自珍是近代首开风气的杰出思想家和诗人，也是杰出的词人。龚自珍（1792—1841），字璱人，号定庵，浙江仁和（今杭州市）人。道光九年（1829）进士。他一生仕途不得意，晚年愤而辞官，南归故里，以授徒为生。然其人才华横溢，精工诗、词、文。其词在远承苏、辛、周、秦的基础上，独辟蹊径，熔铸新章，自成一家。龚氏19岁始填词，著有《无著词》、《怀人馆词》、《影事词》、《小奢摩词》、《庚子雅词》五种。其词多写男女爱情及身世之感，比较含蓄、委婉，有的甚至迷离，如《减字木兰花·人天无据》、《太常行·一身云影堕人间》、《长相思·仙参差》等。但他亦有不少词写得既飞扬雄丽，又委婉缠绵，将豪放与婉约有机地融合在一起，抒发其感情、怀抱和理想，如《湘月·天风吹我》、《金缕曲·我又南行矣》、《台城路·山阴法物千年在》等。龚氏之词，艺术性很高，谭献就说过，他的词"绵丽飞扬，意欲合周辛而一之，奇作也"[1]；又说："定公能为飞仙剑客之语，填词家长爪梵志也。"[2]龚自珍词的不足在于过分重视艺术性，而缺乏现实社会内容。

鸦片战争前后，词坛出现了一位杰出的女词人，她就是顾太清。顾太清（1799—1877），名春，字子春，号太清，自署西林、太清春等。本满洲西林觉罗氏，鄂尔泰曾孙女。幼遭变故，为顾氏收养，改姓顾。她美貌多才，嫁乾隆帝的玄孙贝勒奕绘为侧室。奕绘去世，顾被遣出，在府外抚养子女成立，晚景很凄苦。她工诗词，善书画，著有词集《东海渔歌》4卷。其词取法周姜、易安等，清丽隽永，深稳真淳，

---

[1] 谭献：《复堂日记》，，"半厂丛书"初编本，光绪十一年（1885年）刻本。

[2] 谭献：《箧中词》卷四，"半厂丛书"初编本，光绪十一年（1885年）刻本。

音律谐美，自由表露真情实感，"绝无一毫纤艳涉其笔端"[1]。在闺秀词中，可谓别具一格。王鹏运说："满洲词人，男中成容若（纳兰性德），女中太清春。"[2]俞陛云也认为：顾氏"菲特八旗之冠，亦清代之名家"[3]。其词多为咏物、题画之作，常常以物喻人，借题发挥，抒写自己的感慨和寄托；也有一些忆旧送别之作，含真情挚意，委婉感人，如《早春怨·杨柳风斜》、《醉翁操·修然天长》、《江城梅花引·雨中接云姜信》、《江城子·落花》等。

在浙西词派逐渐走向衰落，常州词派日益兴盛之际，不依傍门户而卓然自立于词坛的杰出词人是蒋春霖。蒋春霖（1818—1868），字鹿潭，江苏江阴人。父尊典曾官荆门知州，幼时即随侍父所读书。年轻时风流倜傥，负有才名，曾"登黄鹤楼赋诗，老苏敛手，一时又'乳虎'之目"[4]。后父殁，家道中落，奉母游京师。但累累失意科场，仅做过两淮盐曹等地方小官 10 余年。母去世后弃官，生活更加窘迫，晚年靠亲友救济生活，终自沉于吴江垂虹桥。蒋氏早年工诗，风格与李商隐相近；中年转而致力于词；晚年遂将其词删定成集，因爱慕纳兰性德之《饮水词》和项鸿祚之《忆云词》，遂名词集为《水云楼词》。词中多抒写仕途坎坷，咏叹天涯沦落的身世，凄凉哀怨，悲惋深沉，如《台城路·易州寄高寄泉》、《卜算子·燕子不曾来》、《清平乐·琐窗朱户》等；尤其是关心时事民生、伤亡悼乱的作品，情真意切，感人肺腑，如《台城路·惊飞燕子魂未定》、《木兰花慢·江行晚过北固山》、《扬州慢·乱草埋沙》等，都是词中佳作。但蒋氏也有一些敌视太平天国、歪曲现实生活的词作。在艺术上，蒋春霖广取各家之长，熔于一炉，自成一家。其词讲究律度，长于造境言情，工于字句锻炼，词风婉约多姿，在词坛享有很高声誉。谭献认为，蒋词"婉约深至，时造虚浑，要为第一流矣"[5]。又称他与纳兰性德、项鸿祚词为清代词坛的"分鼎三足"[6]。朱祖谋也认为："水云词，嘉道间名家，可称巨擘。"[7]词曲专家吴梅更推崇说：蒋词"骎骎入两宋之室"，"有清一代，以水云为冠，亦

---

[1] 况周颐：《东海渔歌·序》，民国三年（1914 年）竹西馆铅印本。

[2] 冒广生：《天游阁诗集·跋》，清宣统二年（1910 年）神州国光社排印本。

[3] 俞陛云：《清代闺秀诗话》。

[4] 金武祥：《粟香室文稿·蒋君春霖传》。

[5] 谭献：《复堂日记》，"半厂丛书"初编本，光绪十一年（1885 年）刻本。

[6] 谭献：《箧中词》卷四，"半厂丛书"初编本，光绪十一年（1885 年）刻本。

[7] 朱祖谋：《手批〈箧中词〉》，转引自钱仲联选注《清词三百首·蒋春霖》，岳麓书社1992 年版，第 254 页。

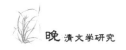

无愧色矣"；并指出，"词中有鹿潭，可谓止境"。[1]

鸦片战争后，民族矛盾日益尖锐。一批词人突破了题材上伤春悲秋、吟花咏柳、离愁别恨的局限，转向描写现实的反侵略斗争，抒发保家卫国的爱国思想。这些词人中，张景祁最著名，成就最大。张景祁（1827—约1894），字蘩甫，号蕴梅，别号新蘅主人。浙江钱塘（今杭州市）。同治十三年（1874）进士，曾官福安、连江等地知县。晚年宦游台湾淡水、基隆等地。著有《新蘅词》9卷，外集1卷。张氏生当乱世，所作多伤时感世之音。填词推崇姜夔、张炎，讲求声律，被谭献等奉为导师。[2]尤其是一部分反映中法战争和中日甲午战争等重大历史事件的词作，如《望海潮·插天翠壁》、《酹江月·楼船望断》、《曲江秋·马江秋感》、《齐天乐·客来新述瀛洲胜》等，写得悲壮豪健，苍凉凄清，而又平实厚重，故有"词史"之称。[3]叶衍兰评其词曰："选调必精，摘辞必炼，有石帚（姜夔）之清峭而不偏于劲，有梅溪（史祖达）之幽隽而不失之疏，有梦窗（吴文英）之绵丽而不病其秾，有玉田（张炎）之婉约而不流于滑；寻声于清浊高下之别，审音于舌腭唇齿之分，剖析微茫，力追正始。"[4]但张氏早期写过一些仇视太平天国的作品，影响了他作品的价值。

在近代中期的词坛上，不为各派所囿，能上承苏、辛词风而异军突起，卓然而立，享有盛名的杰出词人是文廷式。文廷式（1856—1904）字道希，号云阁，晚号罗霄山人、纯常子。江西萍乡人。曾随父侨居广东，从番禺陈澧为师。光绪十六年（1890）参加会试，中榜眼，授翰林院编修；二十年（1894）大考（翰林、詹事升职考试）夺魁，升翰林院侍读学士，兼日讲起居注官。屡上书言事，倾向维新；戊戌变法发生，避祸日本。晚年归国参加爱国会、自立会，贫困交加，病卒于家。平生博学多才，工诗文，善绘画，尤精填词。著有《云起轩词钞》等。文氏论词崇北宋而轻南宋，尊词体而反对"诗余说"，主张"写其胸臆"。所作词忧时伤世，抒怀写志，激扬慷慨，内容充实，现实性较强。如《水龙吟·落花飞絮茫茫》、《八声甘州·响惊飙、越甲动边声》、《蝶恋花·九十韶光如梦里》、《忆旧游·怅霜飞榆塞》等，都是为人传诵的佳作。文氏词学苏、辛，大多寓情于景，托物言志，风格以雄健豪放为主，而其令词则写得秾丽婉约。胡先骕认为：文词"意气飘发，笔力横恣，诚可上拟苏辛，俯视龙洲（刘过）。其令词秾丽婉约，则又直入《花间》之室。盖其风骨道上，

[1] 吴梅：《词学通论》（第九章），商务印书馆1932年版。
[2] 谭献等：《箧中词续》，"半厂丛书"初编本，光绪十一年（1885年）刻本。
[3] 谭献等：《箧中词续》，"半厂丛书"初编本，光绪十一年（1885年）刻本。
[4] 叶衍兰：《新蘅词·序》，光绪九年（1883年）百亿梅花仙馆刻本。

并世罕赌，故不从时贤之后，局促于南宋诸家范围之内，诚如所谓美矣善矣"[1]。朱祖谋更推崇他"拔乾异军成特起"，"兀傲故难双"。[2]

近代后期，杰出学者、文学家王国维以其独特的内容和风格受到词坛的重视。王国维（1877—1927），字静安（一作静庵），又字伯隅，号观塘。浙江海宁人，光绪秀才。年轻时至上海，向往维新变法，1901年赴日留学，翌年回国，在通州（今南通市）、苏州等地任教。1907年赴京，任学部图书局编译名词馆协修，从事中国戏曲史和词曲的研究。辛亥革命爆发，亡命日本，以遗老自居。1916年回上海仓圣明智大学任教。1924年被聘为清华大学国学研究院教授。1927年怀着复杂的心情自沉于颐和园昆明湖。王氏一生著述丰富，词作有《人间词甲乙稿》（朱祖谋删定为《观堂长短句》）。其词描写人生的痛苦和困惑，正是他悲观厌世、孤寂矛盾的心理再现。或寄托深远，讲求意境，字锻句炼，开前人未开之境，如《蝶恋花·昨夜梦中多少恨》、《蝶恋花·百尺朱楼临大道》、《蝶恋花·窗外绿阴添几许》等；或寓哲理于情景之中，形象自然，言显而意深，如《蝶恋花·阅尽天涯离别苦》、《点绛唇·屏却相思》、《蝶恋花·窈窕燕姬年十五》、《浣溪沙·本事新词定有无》等；或描绘大自然的雄浑和壮丽，既有气势，又有情趣，如《蝶恋花·落落盘根真得地》、《蝶恋花·连岭去天知几尺》等；或抒发遗老孤臣的郁怨哀思，自然浑成，如《浣溪沙·掩卷平生有百端》、《摸鱼儿·秋柳》等。故有学者谓其词"往复凄咽，动摇人心，快而能沉，直而能曲，不屑屑于言词之末，而名句间出，往往度越前人。至其言近而旨远，意决而辞婉，自永叔以后，殆未有工如君者也"[3]。王国维于1908年发表的《人间词话》，是近代后期重要的词论著作。它将中国古典文论与西方哲学、美学熔于一炉，而形成自己崭新的理论体系。它首标"境界说"，论境界的隔与不隔和有我之境、无我之境以及景语、情语等，全面分析了意境的基本特点和构成，接触到艺术特点、艺术形象和主观与客观的关系等问题，是对我国意境理论的集中总结。次论写景与造景，以中西文论比较研究的方法，分析现实主义和浪漫主义的区别与联系，触及文艺创作的方法问题。再次，论文艺家"入乎其内"，"出乎其外"的观察体验人生的原则，涉及作家的创作修养问题其中时有精辟而独到的见解，是古代文论的新发展。

辛亥革命前后，资产阶级民主革命家的词作，以其鲜明的时代特征、强烈的爱

---

[1] 胡先骕：《评文芸阁云起轩词钞》、《学衡》1924年第27期。

[2] 朱祖谋：《望江南·杂题我朝诸名家词集后》，转引自钱仲联选注《清词三百首·文廷式》，岳麓书社1992年版，第314页。

[3] 樊志厚：《观堂长短句·序》，民国十七年（1928年）版《观堂集林》本。

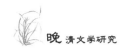

国思想、昂扬的革命斗志、豪放的艺术风格，给词坛带来一股清新的风。秋瑾和柳亚子是其代表。

秋瑾（1877—1907），字璿卿，别署剑湖女侠，后易名瑾，字竞雄。浙江山阴（今绍兴市）人。她是近代后期杰出的女文学家，也是著名的民主革命家。其词以 1904 年赴日留学、参加同盟会、光复会为界，分为前、后两个时期。前期词多写闺中愁绪，多咏物以述志，如《踏莎行·将锦遮花》、《满江红·小住京华》、《昭君怨·恨煞回天无力》等，抒写壮志未酬、时光流逝的抑郁和幽怨，表现其对命运的抗争与探索，婉约中显露出豪气。后期投身革命洪流，多写革命壮怀，意境广阔，词风一变。如《鹧鸪天·祖国沉沦感不禁》、《满江红·肮脏尘寰》、《望海潮·送陈彦安、孙多琨二姊归国》等，宣传民主革命思想，表达对民族命运、国家前途的关注，具有浓郁的革命激情和献身精神，表现出一种慷慨豪壮的风格。

柳亚子（1887—1958）是追随时代不断前进的民主革命家、南社领袖和杰出的文学家。柳氏原名慰高，字安如；后改名人权，字亚卢；再更名弃疾，字亚子。江苏吴江人。为词提倡自然，推崇苏、辛，故其词如其诗，"慷慨悲歌，英气勃然，毫无争秾斗纤之气"[1]，堪称"词史"。《满江红·祝民呼日报（用岳鄂王韵）》、《沁园春·寿巢南三纪初度》、《满江红·遍地膻腥》、《虞美人·题稼轩词》等，或叙写亡国灭种之痛，或缅怀先烈志士，或表达驰骋疆场拯救中华的志向，豪迈明快，气势雄壮，激越苍凉，洋溢着强烈的爱国激情。诗人也还有《小重山·魂》、《行香子·感旧》、《蝶恋花·塞夜忆内》等一类词，写得婉转清丽，悱恻缠绵，情真意切，别是一种风格。

除上面所述词人之外，近代著名的词家尚有邓廷桢（1775—1846）、周之琦（1782—1862）、吴藻（1799—1862）、王闿运（1832—1916）、黄人（1866—1913）、金天羽（1874—1947）、吴梅（1884—1939）、黄侃（1886—1935）等，限于篇幅，这里不一一介绍了。

（《高等函授学报》1997 年第 1 期）

---

[1] 碧痕：《绿雨竹窗词话》，载《民权素》第 9—14 集，1915—1916 年出版。

# 中国古典小说在近代衰败的主要原因

只要翻开中国小说史，仔细观察一下，你就会发现，中国小说发展的历史，就像人类社会发展的历史一样，是以波浪式不平衡地向前发展的。而中国的古典小说，大致走过了一条马鞍形的道路，虽然曾经有过光辉的历史，相继产生过像《三国演义》、《水浒传》、《西游记》、《封神演义》、《金瓶梅》、《儒林外史》、《红楼梦》这样的长篇巨著，也产生过以《聊斋志异》为代表的短篇文言小说和以"三言"（即《喻世明言》、《警世通言》、《醒世恒言》）"二拍"（即《拍案惊奇》、《二刻拍案惊奇》）为代表的短篇白话小说。但自《儒林外史》、《红楼梦》之后，中国古典小说的发展却突然从高峰跌下，犹如跌进了万丈深谷之中，出现了一个长达100多年的低潮期。在这个100多年的低潮期里，就包括了近代前期的50余年，即近代文学史上的第一个历史时期（近代文学史共分为三个历史时期）——从鸦片战争到中日甲午战争（1840—1894）。

在这一时期，小说领域大量流行的是《施公案》、《彭公案》、《三侠五义》、《品花宝鉴》、《青楼梦》、《花月痕》、《海上花列传》、《荡寇志》、《儿女英雄传》等侠义公案小说、狭邪小说、讲史小说和言情小说；短篇小说虽然很多，但主要还是追摹《聊斋志异》，题材仍然以谈鬼狐精魅为多。这些小说无论是其思想性，还是其艺术性，都无法与前人相比肩，因而，中国古典小说的创作呈现出一种衰败、倒退的状态。直到19世纪90年代，中国资产阶级维新变法思潮勃兴后，沉寂100多年的小说领域才又迎来了历史上罕见的谴责小说和翻译小说空前繁荣的局面。

中国古典小说创作为什么在乾隆中期以后，尤其是在近代会出现这种衰败、倒退的现象呢？如果我们认真考察一下，就会发现以下几个主要原因。

首先，是当时满清的专制统治所致。众所周知，清代是我国历史上最严酷的封建王朝之一。满清贵族为了钳制汉族知识分子的思想，防止广大汉族百姓的反抗，以达到维持他们在中原的统治地位的目的，他们不仅实行严厉的民族歧视和残酷的

阶级压迫，还实行文化上的专制政策，制造了一系列骇人听闻的"文字狱"，动辄株连九族，牵连甚众，搞得知识分子人心惶惶，朝不保夕。

与此同时，朝廷和地方官府还经常发布禁毁小说、戏曲的命令。如乾隆十八年（1753），就明令禁译《水浒传》，以免"愚民之惑于邪说"；已译者亦要查出烧毁（《大清高宗纯皇帝圣训》卷263《厚风俗》三）。翌年又认为《水浒传》"以凶猛为好汉，以悖逆为奇能，跳梁漏网，惩创篾如……市井无赖见之，辄慕好汉之名，启效尤之志，爰以聚党逞凶为美事，则《水浒》实为教诱犯法之书也"，应予禁止，毁其书版（江西按察司衙门刊《定例汇编》卷3《祭祀》）。至嘉庆十八年（1813），清政府又下令禁毁稗官小说，禁开小说坊肆及扮演好勇打斗等杂剧，认为此种小说、戏曲易使"无知小民，多误以盗劫为英雄，以悖逆为义气，目染耳濡，危害尤甚"。（《大清仁宗睿皇帝实录》卷276和卷281）

正因如此，一般知识分子皆像龚自珍所说的那样："避席畏闻文字狱，著书都为稻粱谋"（《咏史》），循规蹈矩，不敢有丝毫越轨；即使有人写小说，也不外乎是一些粉饰太平、歌功颂德或叙写侠义、公案及狭邪等方面的作品。鲁迅先生曾在他的《流氓的变迁》中说过：

> 满洲入关，中国渐被压服了，连有"侠气"的人，也不敢再起盗心，不敢直斥奸臣，不敢直接为天子效力，于是，跟一个好官员或钦差大臣，给他保镖，替他捕盗，一部《施公案》，也说的很分明，还有《彭公案》、《七侠五义》之流，至今没有穷尽。

这就准确地概括了鸦片战争至甲午战争时期侠义公案等小说产生的社会原因和它们的思想倾向与不良影响。由此亦可见当时小说创作之一斑。

其次，是阶级矛盾日益尖锐、农民起义风起云涌的结果。翻开清王朝的统治历史，我们就会清楚地看到：由于满清贵族的凶狠、残暴，封建专制统治的腐朽、黑暗，致使民不聊生，怨气沸腾，因此，自乾（隆）嘉（庆）至道（光）咸（丰）年间，几乎年年都有农民、市民起义爆发，其中影响较大的有"天地会起义"、"八卦教起义"、"闻香教起义"、"天理教起义"、"箱工起义"、"东南海上起义"、"太平天国革命"以及"捻军起义"等。

尤其是川楚的白莲教起义，遍及四川、湖北、陕西、甘肃、河南五省地区，坚持斗争达9年（1796—1805）之久，参加起义的农民多达数十万人。而1813—1814年，林清和李文成领导的天理教起义，曾一度攻入皇宫，给清王朝以很大的震动。洪秀全领导的太平天国革命，自清咸丰元年始至同治三年止（1851—1864），历时14年，太平军纵横全国18个省，屡败清军，先后参加太平革命军队农民达百万人之多，并建立了与封建的清王朝相对抗的农民革命政权。而在太平天国革命影响下爆发的捻军起义，参加的农民达数十万；活动范围遍及安徽、山东、河南及江苏等10个省区，坚持斗争更是长达18年（1851—1868）之久。

以上的这些农民起义，此起彼伏，遥相呼应，都给予清王朝的封建专制统治以沉重打击，使清朝统治者惊慌失措，疲于奔命，穷于应付，更恨之入骨。因此，封建统治阶级在残酷镇压农民起义的同时，迫切需要一种符合自己要求的文化宣传，即瓦解百姓思想，瓦解起义军斗志，宣扬为朝廷效命、镇压农民起义的功绩，美化封建制度，以巩固清王朝的封建专制统治。于是，一批御用文人和封建知识分子闻风而动，积极效命。如生活在嘉（庆）道（光）年间（1794—1849）的俞万春，就是自觉地站在封建阶级的立场上，极端仇视农民起义，对《水浒传》中梁山的英雄受招安等内容非常不满；他积极为封建统治阶级出谋献策，主张"尊王灭寇"，维护封建统治。为了抑制《水浒传》在广大人民中的影响，他又接续金圣叹所传七十回本《水浒传》，从第七十一回卢俊义做噩梦、忠义堂失火开始，"三易其稿"，历时20余年（1826—1847），着意撰成一部70回的与《水浒传》针锋相对，歌颂镇压农民起义的反动小说——《荡寇志》（又名《结水浒传》）。因为这部小说意在说明"当年宋江，并没有受招安、平方腊的话，只有被张叔夜擒拿正法一句话"，"与《水浒传》绝无交涉"（俞万春《荡寇志·卷首引言》；写梁山泊的一百单八英雄非死即诛，"无一能逃斧钺"的结局，就是要达到既使平民百姓"知忠义之不可伪托，而贼之终不可为"（半月老人《荡寇志·续序》）；又"使天下后世，晓然于贼之终无不败，忠义之不容假混蒙，庶几尊君上之心，油然而生"的目的（徐佩珂《荡寇志·序》）。因此，小说出版后，倍受统治阶级的赞扬和支持，并一版再版。也正因如此，侠义公案小说和《荡寇志》之类的讲史小说便迅速兴盛起来。

再次，与当时的士林风气有直接关系。在我国，写妓女的小说出现很早，如唐代的传奇《李娃传》、《霍小玉传》等；明代的拟话本《卖油郎独占花魁》、《杜十娘怒沉百宝箱》等，都是这方面的名篇佳作。而且，这类小说多不涉淫秽，表现的主要是妓女们作为一个普通女性对美满真诚的爱情生活的热烈追求以及她们悲惨的命运，具有较高的审美价值。

然而，至明代以后，由于放荡之风盛行，一般文人的精神生活空虚，常常流连于勾栏、妓院，借妓女、优伶以浇愁泄欲，故明代小说中出现了不少不健康的因素。至清代，逛妓狎伶之风更盛，文人中专记妓女的笔记就有数十种，据古籍记载：乾（隆）嘉（庆）以降，城市经济进一步发展，城市规模越来越大，市民阶层逐年增加，城里青楼、戏院遍布；而"京师狎优之风，冠绝天下，朝贵名公，不相避忌，互成惯俗。其优伶之善修容饰貌、眉听目语者，亦非外省所能学步，是故梨园坐满。客之来，不仅为聆音赏技已也"。（邱炜爰《菽园赘谈》）流风所被，以至"执役无俊仆，皆为不韵；侑酒无歌童，便为不欢"。（柴桑《京师偶记》）尤其是"咸丰时，妓风大炽，胭脂石头胡同家悬纱灯，门揭红帖。每过午，香车络绎，游客如云，呼酒送客之声，彻空寰耳。士大夫相习成风，恬不为怪"。（徐珂《清稗类钞》）因此，这种狎优、狎妓的社会风尚和士林风尚，就为狭邪小说的兴起创造了条件，提供了土壤。而那些封建的知识分子，本身就经常出入勾栏、妓院，加之他们追求封建功名富贵的幻想破灭，于是，便将他们在现实生活中的落魄失意的感伤和精神空虚，通过小说反映出来——这种以长篇形式专写妓女生活，充满了淫秽场面、低级趣味的小说，被称之为"狭邪小说"。但由于狭邪小说的叙写不同明清以来的言情小说，它能给读者一些新鲜的感觉，使封建知识分子在严酷的思想控制下产生了一种同病相怜之感。所以，这种小说同狭义公案等小说一样，很快得以广泛流传。

此外，小说的社会作用尚未受到文人的普遍重视。在中国，历史正统文人只重视诗文，看不起小说，将小说称为"壮夫所不为"的"雕虫小技"。尽管这种文学观念从明代开始已逐渐有所转变，但并未被正统文人所普遍接受。至道（光）咸（丰）以后，中国社会发生了剧烈变化，并逐步半殖民地化，清王朝的封建统治已处于崩溃的边缘。那些启蒙思想家和具有进步思想倾向的文学家们，虽然已经认识到封建社会面临着的巨大危机，并纷纷拿起诗文这个武器，猛烈抨击和揭露封建制度的黑暗和弊端，热情讴歌新思想、新观念和新事物，反映他们变革社会现实的要求和理想，表达他们学习西方先进的科学技术和文化思想、抵御外辱、富国强民的爱国思想。但他们尚未认识到小说所能起到的巨大社会作用。因此，当思想界、诗文领域已经热火朝天，取得了很大成绩的时候，小说领域却仍然是暮气沉沉，死水一潭。这时期出现的小说作品，仍然出自封建的没落文人之手；小说作者的思想仍处于封建思想的严重束缚之下，所写小说或粉饰、美化现实，或回忆、留念旧时生活，反映他们对功名利禄的追求和向往，企图挽救封建末世的覆灭。新的思想风貌迟迟未反映到小说领域中来，这与蓬勃兴起的反帝反封建的时代精神，是很不相称的。

总之，由于以上这些主要原因，致使中国古典小说沉寂了100多年，直到19世纪90年代，由于社会危机和民族危机的日益深重，民众的忧患意识强烈勃发，而资产阶级维新思想家们认识到小说对于宣传革命思想的重要性，于是极力鼓吹小说的社会作用和文学地位，才使中国古典小说重新得到空前的繁荣和发展。如果我们认真地反思一下，是可以从中获得一些有益的启迪的。

（《高等函授学报》1997年第5期）

# 京剧的发展及其影响

我国的戏剧有着悠久的历史。它萌芽于先秦的祭祀乐舞和民间歌舞，经过两汉百戏、六朝傀儡戏和唐代参军戏的缓慢发展，至宋、金时期的杂剧才告初步形成；而元杂剧（即北戏）和温州杂剧（即南戏）的出现，则标志着我国戏剧的走向成熟。在元代，北杂剧得到兴盛和繁荣；元末，北杂剧逐渐衰落，而南戏逐渐兴盛和繁荣起来。明代是传奇剧繁荣发展的时期。传奇剧是在宋元南戏的基础上吸取元杂剧的长处而发展起来的，是比南戏和杂剧更为成熟、更为完美的一种戏曲形式。清朝前期，传奇剧仍很繁荣，杂剧也很兴盛；至清中叶及整个近代，传奇和杂剧逐渐衰落，而各种生活气息浓郁、表演优美动人、声腔高亢、变化自如、兴起于明末清初的地方戏则在近代兴盛繁荣起来，使我国的戏剧进入到了一个新的发展时期。在众多的地方戏剧中，京剧无疑是剧坛的盟主。京剧以"西皮"和"二黄"两种曲调为主调，是中国戏剧艺术的精华。它的形成与发展，大致经历了三个时期。

第一个时期为徽调和汉调的融合时期。乾隆五十五年（1790）是乾隆皇帝的八十大寿，全国各地的戏班纷纷进京献技祝贺。徽调著名演员高朗亭率领扬州的三庆班，借给乾隆皇帝祝寿的机会来京演出，并震动了北京剧坛。接着，安徽的四喜班、启秀班、霓翠班、春台班、和春班、三和班亦相继进京演出。其中以"三庆"、"四喜"、"春台"、"和春"最负盛名，世称"四大徽班"。徽戏主要演唱的是二黄调，它是清初由吹腔、高拨子在徽班中演变而成，一般认为来源于湖北的黄冈、黄陂，进京后又吸收了弋阳腔和秦腔的长处。四大徽班以其新颖动听的曲调，广泛生动、通俗易懂的剧目，受到宫廷皇亲国戚、王公贵族和京城普通市民的欢迎和喜爱。清道光八年（1828），湖北汉调著名演员李六、王洪贵、余三胜等也陆续进京演出。楚班主要演唱的是西皮调，它是明末清初秦腔经湖北襄阳传到武昌、汉口一带，同当地的民间曲调结合演变而成。由于徽班和楚班演唱的声腔非常相近，两班艺人经常同台演出，且相互吸收对方长处为己所用，所以，徽、汉两剧在唱腔与表演艺术方面逐渐出现了相互融合的趋势。

第二个时期为京剧的形成时期。清道光年间（1821—1850），徽班和楚班在同台演出的过程中，经过程长庚、余三胜、张二奎（他们三人被称为"老三鼎甲"）等艺术家的共同努力，相互合作，相互影响，不断吸取昆腔、秦腔、京腔的部分剧目、曲调和表演方法以及一些民间曲调，在道光二十七年（1847）前后，便逐渐发展、形成为一种以皮黄声腔为主，脱离对徽、汉二调的依附，在音乐唱腔、表演艺术方面都有自己完整、独特风格的新剧种——北京皮黄戏，即京剧。因北京曾一度被称为北平，故京剧又曾被称为"平剧"。

第三个时期为京剧的成熟和繁荣时期。清咸丰年间（1851—1861）至民国初年，是皮黄戏发展的极盛时期。在这半个多世纪中，经过众多艺术家的不断加工、完善、革新和创造，皮黄戏多数剧目的唱白语言，已具有明显的北京语言的特点，一批富有京剧特点的剧目业已形成，京剧的角色行当也基本定型，而"同光名伶十三绝"（即程长庚、卢胜奎、张胜奎、杨月楼、谭鑫培、徐小香、时小福、余紫云、杨巧玲、朱莲芬、郝兰田、刘赶三、杨鸣玉）、"新三鼎甲"（即谭鑫培、汪桂芬、孙菊仙）、"四大须生"（即余叔岩、言菊朋、高庆奎、马连良）、"四大名旦"（即梅兰芳、程砚秋、尚小云、荀慧生）等一大批技艺高超的艺术家和京派、海派等不同艺术流派的相继出现，则标志着京剧已走向成熟和繁荣。

京剧是一个音乐性和舞蹈性很强的剧种。在音乐上基本属于板腔休，其唱腔可根据剧本和人物感情的需要来安排设计各种节奏不同、快慢缓急的板式，采用的伴奏乐器有京胡、二胡、月琴、三弦、笛、唢呐等管弦乐器和鼓、锣、铙钹、板等打击乐器，大大增强了音乐的表现力。在表演上，歌舞并重，并将武术技巧通过虚拟性动作有机地融合在其中，念白也具有音乐性，不仅节奏感很强，而且技术要求也很高，形成了一整套唱（歌唱）、做（身段动作）、念（说白）、打（武打）兼备，手、眼、身、步皆精的具有浓烈民族戏曲特点的艺术体系。尤其是脸谱的运用，富有装饰性和夸张性，成为中国戏曲的象征。因此，外国戏曲界称中国的京剧是"最难得的一种写意派艺术"[1]。

京剧的角色根据男女老少、俊丑正邪等不同情况分成生、旦、净、丑四个大的行当（"行当"指传统戏曲演员专业分工的类别），各有比较细密的分工。一般青壮年男子称"生"，中年以上男子称"老生"（亦称"须生"），青少年男子称"小生"，擅长武艺的青壮年男子称"武生"。一般妇女称"旦"，在剧中扮演主要女性角色者称"正旦"（亦称"青衣"），扮演天真活泼或放浪泼辣的青年妇女者称"花旦"，扮演老年妇女者称"老旦"，扮演勇武妇女者称"武旦"，扮演诙谐或邪恶妇女者称"彩旦"。品质、相貌或性格特异的男子趁"净"（亦称"花脸"、"花面"），其中擅长武艺者称"武净"。幽默诙谐、心地善良或邪恶卑鄙的男子称"丑"（亦称"小花脸"），其中擅长武艺而又性格机警、语言幽默者称"武丑"。

京剧艺术因为地区、表演风格的差异，在19世纪末20世纪初逐渐形成了"京派"与"海派"两大流派，他们都为近现代京剧的繁荣、兴盛和发展做出了积极的贡献。

"京派"以北京为基地，以重视戏剧表演的基本功，讲究严格的艺术规格，而艺术思想比较保守为特点，在继承戏剧优良传统和保存遗产方面做出了独特贡献。著名的表演艺术家有咸丰、同治年间的程长庚、余三胜、张二奎等；光绪年间的谭鑫培、孙菊仙、汪桂芬、刘鸿声、杨小楼、萧长华等；民初有余叔岩、言菊朋、高庆奎、马连良、杨宝森等。旦角则有梅巧玲、余紫云、田桂凤、陈德霖、王瑶卿以及民初以后出现的"四大名旦"——梅（兰芳）、程（砚秋）、荀（慧生）、尚（小云）。

"海派"则以上海为基地，以勇于创新、善于吸收新事物、及时反映社会现实生活为特点，其不足在缺乏深度。它对我国戏剧艺术改革的贡献较大。著名的表演艺术家有黄月山、王鸿寿、汪笑侬、李春来、潘月樵、夏月润、冯子和、盖叫天（张英杰）、林树森、周信芳等。

京剧在其形成和发展的过程中，积累了十分丰富的剧目。而剧目的流传与保存主要靠师徒的目传心授和艺人们的传钞收藏。新中国成立后，人民政府组织力量对其进行了认真的加工整理，据陶君起先生所主编的《京剧传统剧目初探》一书记载，已经收集到的京剧传统剧目就有1 383种，其中经常在舞台上演出的多达三四百种。

---

[1] 转引自王宏凯《第一流的舞台艺术》，载《世界之瑰宝 民族之骄傲》一书，人民教育出版社1991年8月版。

这些剧目取材广泛、内容丰富、形式多样，其中取材最多的是《三国演义》、《东周列国志》、《封神演义》、《隋唐演义》、《水浒传》、《杨家将》、《说岳全传》、《英烈传》等历史演义和英雄传奇的故事，由此亦可看出编演者对古代政治、军事斗争的重视。流传较广的京剧传统剧目主要有《群英会》、《宇宙锋》、《打渔杀家》、《四进士》、《霸王别姬》、《贵妃醉酒》、《空城计》、《玉堂春》、《三击掌》、《连升店》、《挑滑车》、《将相和》、《四郎探母》、《三岔口》等等。这些优秀的剧目经过编演者长期的艺术加工和舞台实践，融进了新的时代内容和民族意识，塑造了众多为民众爱戴的英雄形象，从不同的角度反映了封建社会的种种矛盾，表达了古代劳动人民美好的理想和愿望，歌颂了古代劳动人民的斗争智慧和斗争精神，具有高度的人民性和民族性。

《群英会》取材于小说《三国演义》，演述赤壁之战时，孙权与刘备联合抗曹，诸葛亮亲赴东吴同周瑜共商破曹对策，两人在大战前夕相互斗智斗勇的故事。剧中围绕赤壁之战这场尖锐复杂的军事斗争，通过舌战群儒、蒋干盗书、草船借箭、责打黄盖、火烧战船等情节，成功地塑造了诸葛亮、周瑜、曹操、鲁肃、蒋干等人物形象，如周瑜的才智过人，多谋善战而又心胸狭隘，嫉贤妒能；曹操的雄才大略而又奸诈和得意忘形；鲁肃的热情憨厚，心直口快；蒋干的不学无术而又自作聪明，无不刻画得鲜明、形象、生动，给观众留下深刻印象。尤其是诸葛亮的深谋远虑、料事如神、胸怀坦荡、顾全大局、运筹帷幄的艺术形象，成为智慧与勇敢的化身。因剧中周瑜曾召集东吴文武百官进行宴会，以接待曹操派来的说客蒋干，剧目由此而得名。

《打渔杀家》由秦腔《庆顶珠》摘编而成。全本《庆顶珠》后面尚有《双卖艺》、《拿高登》和《昊天关》等。经过清末京剧表演艺术家的不断锤炼和润色，遂形成一个独立完整、优秀的传统剧目。此剧的故事取材于《水浒后传》，叙写梁山老英雄萧恩（阮小二的化名）在起义失败后，携女儿桂英隐居太湖边，以捕鱼为生。因天旱水浅，鱼不上网，欠下了渔霸丁子燮的鱼税未交。丁府派家丁前来催讨鱼税，萧恩赔礼忍让，恰被萧恩的好友倪荣、李俊遇见，甚为不平，遂将丁府恶奴顶撞回去。丁子燮闻报大怒，立即派大教师等来武力相逼，萧恩忍无可忍，被迫起来反抗，打跑了大教师。随即到衙门报案。不料丁子燮与官府早有勾结，赃官吕子秋不问青红皂白，就将萧恩重打四十大板，并勒令他连夜过江去丁府赔罪。萧恩愤怒已极，遂带着女儿以献珠赔罪为名，过江浸入丁府，杀了丁子燮全家，然后逃往他乡。全剧通过恶霸与官府勾结，勒索欺压百姓和百姓不堪忍受，终于走向反抗道路的内容，反映了封建社会里阶级矛盾的尖锐对立和普通百姓的反抗意志，表现了进步的思想内容和积极的斗争精神；而且结构紧凑严密，情节穿插巧妙，戏剧冲突尖锐，细节描写生动，人物形象鲜明，语言简洁流畅，是一个深受百姓喜爱、广为流传的优秀传统剧目。

《玉堂春》写一位心灵纯洁、忠于爱情的妓女苏三（玉堂春），同尚书之子王金龙倾心相爱，但遭到鸨母的迫害，被卖给富商作妾，后又被富商之妻诬陷，蒙冤论死。此时的王金龙已官升八府巡按，奉旨巡查，得以复查此案，并为苏三平了反。最后以王、苏喜结良缘为结局。剧中鞭挞了黑暗的封建专制制度，对被压迫、被欺凌的妇女寄予了极大的同情，反映了人民群众鲜明的爱憎感情。

尽管京剧正式诞生后，很快风靡全国，而且一直繁荣不衰，显示了这个剧种巨大的生命力。但是，由于京剧产生于封建社会，它不可避免地受到封建思想或落后的甚至反动思想的影响，或宣扬封建的伦理道德，或渲染色情凶杀，或诋毁农民起义，都是应该剔除的封建糟粕。

京剧的兴盛繁荣，也促进了花部（指清中叶除昆腔以外的各种地方戏曲剧种）的全面发展。清道光以后，地方戏曲剧种便扩展到全国各地，出现了遍地开花的活跃局面。据不完全统计，近代的地方剧种已超过300种，剧目多达5万余个。京剧在其流布过程中，与各地的方言和民间音乐相结合，不断衍生出一个又一个以原声腔为基础又具有鲜明地方特点的新剧种，形成为一种庞大的皮黄声腔系统。属于这一声腔系统的，除京剧外，还有汉剧（"汉剧"包括湖北汉剧和广东汉剧）、徽调、婺剧、湘剧、桂剧、邕剧、粤剧、滇剧以及川剧中的胡琴戏，流布南北各地。

京剧不仅对各地方戏曲剧种的发展产生了广泛的影响，成为近代以来在中国流传最广、影响最大、最具有代表性、最受群众喜爱的一种剧种；而且开始走向世界，进入世界戏剧之林。自1919年梅兰芳先生（1894—1961）相继率团访问日本、美国和欧洲后，中国的京剧艺术便得到西方戏剧界的高度评价和各国人民的热烈欢迎，在世界上产生了很大的影响。美国著名评论家罗伯特·里特尔就极力推崇中国的京剧，称它"是一种以令人迷惑而撩人的方式使之臻于完美的、古老而珍贵的艺术"[1]。美国著名文艺评论家布鲁克斯·阿特金逊也感慨地说："我们自己的戏剧形式尽管非常鲜明，却显得僵硬刻板，在想象力方面从来没有像京剧那样驰骋自由。"[2] 前苏联著名作家西蒙诺夫对中国的京剧倍加称赞，认为"中国京剧是世界第一流的艺术，

---

[1]　转引自谭志湘：《京剧，属于世界》，载《戏曲艺术》1990年第2期。

[2]　转引自谭志湘：《京剧，属于世界》，载《戏曲艺术》1990年第2期。

这种表现方法只有中国才有，全世界任何一个国家都学习不到"[1]。而日本的戏剧家们在观看了梅兰芳等人演出的《天女散花》、《贵妃醉酒》、《法场换子》、《空城计》后，很快就将它们译成日文或改编成新剧本，在日本演出。

我国近现代著名京剧表演艺术家梅兰芳先生更是蜚声中外。他的表演自成一派，被德国著名戏剧家布莱希特誉为世界戏剧表演三大体系之一。[2]梅兰芳先生卓越的表演天才和独创精神，得到各国艺术家和观众的一致推崇。前苏联剧评家称梅兰芳是："中国京剧的改革者"，"真正的革新者，而同时又继承了过去的伟大传统"。[3]美国评论界称梅兰芳是"艺术的使者"，美国人民则称梅兰芳是"文化使者"[4]。前苏联对外文化协会曾在邀请梅兰芳访苏的信函中写道："梅兰芳先生，阁下优美之艺术，已超越国界，遐迩闻名，为苏联人士所钦敬，特敦请阁下莅临莫斯科表演，以求广为介绍苏联民众之前……"[5]由此可见梅兰芳先生在世界各国的影响。我们可以这么说，在近现代中外文化交流史上，京剧扮演了重要的角色，做出了重要贡献。

总之，京剧是中华民族的瑰宝，虽然它从诞生起至今也不过两百年的历史，但它曾有过辉煌的昨天，在世界艺术之林中独树一帜，我们应该特别珍爱它，使它发扬光大，继续为世界文化宝库增添光彩。

（《高等函授学报》1999年第5期）

# 南社在中国近代文学史上的地位与影响

南社是中国近代人数最多、活动时间最长、影响最大、成就最高的一个以诗歌创作为主体的资产阶级的革命文学团体。1907年酝酿筹备，1909年11月13日在苏州虎丘张国维祠正式成立。活动中心在上海。南社与同盟会的关系非常密切。它的三位发

---

[1] 转引自谭志湘：《京剧，属于世界》，载《戏曲艺术》1990年第2期。

[2] 世界戏剧表演三大体系指的是俄国的斯坦尼斯拉夫斯基、德国的布莱希特和中国的梅兰芳。

[3] 转引自谭志湘：《京剧，属于世界》，载《戏曲艺术》1990年第2期。

[4] 转引自谭志湘：《京剧，属于世界》，载《戏曲艺术》1990年第2期。：

[5] 转引自谭志湘：《京剧，属于世界》，载《戏曲艺术》1990年第2期。

起人和主要组织者陈去病、高旭和柳亚子当时皆为同盟会员。苏州虎丘的第一次雅集，出席者 17 人之中，有 14 人是同盟会员。辛亥革命前，会员有 200 多人；辛亥革命后，会员发展到 1 180 多人，大多数是民主革命派或同情革命的知识分子。辛亥革命时期，它的不少社员还为革命献出了宝贵的生命。故南社在当时有"同盟会宣传部"之称。

南社虽是一个文学团体，但它的命名却含有鲜明的政治色彩。陈去病在《南社长沙雅集纪事》中说："南者，对北而言，寓不向满清之意。"高旭则说："当胡房猖獗时，不佞与友人柳亚子、陈去病于同盟会后倡设南社，故以文字革命为职志，而意实不在文字间也。陈柳二子深知乎往时人士入同盟会者思想有余而学问不足，故借南社以为沟通之具，殆不得已之苦思欤。"（《无尽庵遗集序》）另一位主要成员宁调元也说："钟仪操南音，不忘本也。"（《南社诗序》，《南社》第二集）柳亚子更加明白地说："旧南社成立在中华民国纪元前三年，它的宗旨是反抗满清，它的名字叫南社，就是反对北庭的标志了。"[1]

南社有着明确的宗旨。柳亚子在《新南社成立布告》中宣称："我们发起的南社，就是想和中国的同盟会做犄角的。因为民族主义，本来是中国历史上的产物，赵宋、朱明的末代，更有鲜艳的血史，在文学界上占着重要位置。所以我们的提倡，就侧重在民族主义那一边。"因此，南社成立后，奉行的宗旨是"研究文学，提倡气节"，即以文学为武器，以民族主义相号召，提倡革命气节，致力于民族独立和民主共和，推翻清王朝的封建专制统治。事实上，以文学创作反抗满清的专制统治，鼓吹资产阶级民主革命，亦成为南社的政治目标和文学主题。

南社自成立之日起，发展迅速，至辛亥革命后，会员已达 1 180 多人。除产生了柳亚子（1887—1958）、陈去病（1874—1933）、高旭（1877—1925）、苏曼殊（1884—1918）、马君武（1881—1940）等著名文学家外，在艺术上较有成就的作家尚有黄节（1873—1935）、于右任（1879—1964）、宁调元（1873—1913）、诸宗元（1875—1932）、徐自华（1873—1935）、吕碧城（1873—1943）、周实（1885—1911）、张光厚（1881—1932）、吴虞（1872—1949）、沈尹默（1883—1971）、黄侃（1886—1935）、王德钟（1887—1927）等。袁世凯窃取辛亥革命胜利果实后，南社成员逐渐分化，终于 1923 年 10 月底完全解体。尽管 1923 年 10 月柳亚子、叶楚伧、胡朴按、余十眉、邵力子、陈望道、曹聚仁、陈德澂 8 人曾发起组织了新南社，但那已属于

---

[1] 柳亚子：《新南社成立布告》，《南社纪略》，选自《柳亚子文集》，上海人民出版社1983 年版。

中国现代文学史上的事情，且活动的时间也不长。

南社是中国近代一个重要的革命文学团体。它以自己的实绩，奠定了它在中国近代文学史乃至中国革命史上的历史地位，对中国文学的发展也产生了积极的影响。

南社的成立，正值20世纪初。当时，以孙中山为代表的资产阶级民主革命党人为了拯救祖国，振兴中华，正在同清王朝进行着艰苦卓绝的斗争。南社一成立，它的成员们便自觉地配合同盟会的革命斗争，积极创办各种报刊，以文学为武器，热情讴歌民主革命，呼唤民主自由，鞭挞封建专制，表现出强烈的爱国主义和民主主义精神。正如南社成员徐蔚南所说："南社的成立，等于中国同盟会成立一个革命宣传部。"[1]辛亥革命后，袁世凯脱去伪装，开历史倒车，南社成员又以自己的作品，声讨民贼，批判独夫，坚决斗争，表现出了对民主、共和理想的坚贞不渝。在血与火的斗争中，周实、宁调元等一批社员还慷慨捐躯，献出了宝贵的生命，展现出一代革命党人和爱国者的精神风貌和高尚情怀，为后来者树立了光辉榜样。因此，"南社在中国革命史上自有它不可磨灭的价值"[2]。南社文学出现于近代文坛时，也正值中国文学处于重要转变的时期：一方面，有着辉煌历史的中国古典文学已进入到了它的末期；另一方面，令人耳目一新的外国文学已越过重重阻碍闯入古老的中国。南社成员没有退缩，而是迎头而上，对如何继承和发扬民族的优良文学传统，如何对待由外国涌来的新的文学样式，如何处理文学与时代、文学与政治、文学与人民以及思想与艺术、普及与提高的关系，如何创造新的风格、新的形式，并为中国文学开创崭新的局面和前途等等问题，都进行过可贵的探索和实践。因此，总结南社发展、兴盛以至衰落的历史和南社对中国文学发展探索、实践的经验，也将给我们以有益的启示。

南社的创作，就整体而言，具有比较鲜明的现实性、战斗性和强烈的爱国主义精神。他们用自己的作品无情地批判清政府的腐朽、黑暗和卖国行为，表达了对日益严重的民族危机的深深忧虑；他们在作品中热情歌颂资产阶级的民主革命，抨击独夫民贼，反对帝国主义的侵略，挽救祖国的危亡；他们还用自己的作品鼓励人民积极投身民主革命斗争，为争取祖国的独立和富强，为建立一个强大的资产阶级民主共和国努力奋斗。他们的这些作品，对于社会启蒙，对于组织和动员革命力量，

---

[1]　徐蔚南：《南社在中国文学史上的地位》，《南社诗集》第一册；另见杨天石、王学庄编著：《南社史长编》，中国人民大学出版社1995年版，第644页。

[2]　朱剑芒：《我所知道的南社》，见江苏文史资料第三辑，江苏人民出版社1964年版。

对于提高人民的爱国主义觉悟，鼓舞他们争取民族解放、祖国独立的斗争热情，都曾起过重要作用。

南社中的不少诗人，还继承了资产阶级改良派倡导的"诗界革命"的传统，在诗歌中以旧风格融新理想、新意境、新感情、新名词，突破了传统格律诗的束缚。高旭、马君武等诗人还进行过新体诗的尝试，写过一些形式自由、语言通俗的诗歌和一些明白晓畅的歌词，谱上曲即可歌唱，为传统诗歌的革新，为中国现代新诗的形成、产生，做出了积极的贡献。

正因为如此，对于南社的文学成就和历史地位及其影响的评价问题，一直受到学术界的普遍关注和重视。有些南社成员出于对南社的感情不免评价过高。南社的重要成员徐蔚南说："南社在中国文学史上必然要获得地位，并且是极崇高的地位，其所以能如此者，也无非因为南社文学不是玩物表示，退婴保守的沉淀物，而是创造时代，积极作战的意志文学的缘故而已。"[1] 也有些学者对南社采取的是一种故意贬低的态度，认为："南社诸人，夸而不实，滥而不精，浮夸淫琐，几无足称者。"[2] 因此，柳亚子就曾指出过："对于南社，我觉得二十年来的评坛上很少持平之论；捧南社的讲它是如何有功于革命，我自己就颇有些赧颜。我认为南社文学，在反清反袁上是不无微劳的。不过它不能领导文学界前进的潮流，致为五四运动以后的新青年所唾弃，却也是事实。"[3] 既肯定南社的功劳，又承认它存在不足，评价是比较公允的。

在南社的评价问题上，比较客观、公正的，是鲁迅兄弟和曹聚仁。1929 年鲁迅在燕京大学国文学会演讲时，就曾说过："希望革命的文人，革命一到，反而沉默下去的例子，在中国便曾有过的。即如清末的南社，便是鼓吹革命的文学团体，他们叹汉族的被压制，愤满人的凶横，渴望'光复旧物'。但民国成立以后，倒寂然无声了。我想，这是因为他们的理想，是在革命以后'重见汉官威仪'，峨冠博带。而事实并不这样，所以反而索然无味，不想执笔了。"[4] 诚如鲁迅所说，民国成立后，

---

[1] 徐蔚南：《南社在中国文学史上的地位》，《南社诗集》第一册；另见杨天石、王学庄编著：《南社史长编》，中国人民大学出版社 1995 年版，第 644 页。

[2] 胡适：《寄陈独秀》，见《中国新文学大系·建设理论集》，上海文艺出版社 1980 年版，第 32 页。

[3] 柳亚子：《关于纪念南社》——即《给曹聚仁先生的公开信》，《南社诗集》第一册；另见《南社纪略》，选自《柳亚子文集》，上海人民出版社 1983 年版。

[4] 《鲁迅全集》第 4 卷，人民文学出版社 1981 年版，第 134—135 页。

确有部分南社成员"成为新的运动的反动者"[1]；但民国成立后，也有不少南社成员保持了革命斗志，追随历史潮流前进，同袁世凯的倒行逆施行为做过坚决斗争，表现了民主革命作家的骨气，并没有都"沉寂下去"，从此"寂然无声"。但从总体而言，鲁迅既肯定了南社的贡献，也批评其存在的弱点，还是比较客观和深刻的。

周作人的评价也是比较公正的："南社的名士在现在看去似乎已是老辈，但与清朝诗人却又声气不相通的。譬如陈佩忍（陈去病）、黄晦闻（黄节）未必会同王壬秋（王闿运）、樊樊山（樊增祥）往来，这虽只是推测，大致总不会错罢？"[2] 曹聚仁是"新南社"八位发起人之一，他则着重从文学成就方面对南社进行了肯定："南社首先揭出革命文学的旗帜，和同盟会的革命运动相呼应……有一句话我们可以说：南社的诗文，活泼淋漓，有少壮朝气，在暗示中华民族的更生。那时年青（轻）人爱读南社诗文，就因为他是前进的革命的富有民族意识的……我们纪念南社，也就是纪念富于革命性的少壮文艺。"[3] 这确实是客观公允、符合实际的评价。就在南社分裂后，柳亚子作为南社的主任，始终是跟随时代前进的。当柳亚子1942年离开日寇占领下的香港，经东江抗日根据地抵达桂林时，周恩来同志曾在一封信中表示："亚子先生出险，欣喜无量。其行止自以在桂林小住为宜。退隐峨嵋，亦未尝不可重整南社旧业。"[4] 当时，正是抗战最艰难的时期，周恩来同志写这封信，信中提及南社也仅"重整南社旧业"短短一语，却表明了中国共产党高级领导人对南社历史地位的充分肯定，希望柳亚子能发扬南社的革命精神，继续为抗日战争鼓吹、呼号。

尽管南社在其整个发展过程中还存在着明显的局限和不足，如宣扬民主主义的深度不够，所写题材过分集中在种族问题上，反映现实的面不够宽，艺术上也不够成熟，比较粗糙，缺乏鲜明的艺术个性等等。但南社以气节相号召，推崇"唐音"，反对崇尚宋诗的"同光体"，弘扬民主主义和爱国主义，倡导浪漫主义，开创了一代新文风，具有鲜明的时代性和战斗性。而南社的诗文创作，朝气勃勃，激昂高亢，雄浑粗犷，充满了强烈的民族意识和革命激情，富有浓厚的浪漫主义色彩，成为近代资产阶级民主革命的战斗号角，也成为中华民族的共同呼声，无疑是中国近代文

[1] 《鲁迅全集》第4卷，人民文学出版社1981年版，第234页。

[2] 《曼殊全集》第四册，北新书局，第393页。

[3] 曹聚仁：《纪念南社》，《南社诗集》第一册；另见杨天石、王学庄编著：《南社史长编》，中国人民大学出版社1995年版，第637—638页。

[4] 郑逸梅：《周恩来同志关怀柳亚子》，载《地战增刊》1979年第四期。

学史上的一座丰碑，在当时以及后来都产生过广泛的影响，理应当在中国近代文学史上占一个重要的地位。

（《高等函授学报》2001 年第 3 期）

# 湖北近代作家对辛亥革命的反应

## 一

提起辛亥革命，人们都知道，它是中国资产阶级领导的、我国近代史上一次伟大的民主革命运动。它以 1911 年 10 月 10 日（辛亥年八月十九日）爆发的武昌起义为主要标志。这次革命一举推翻了清王朝，结束了中国两千多年的封建君主专制制度，建立了中华民国，使民主共和国的观念从此深入人心。对中国近代的历史产生了深远的影响，曾得到列宁、毛泽东等中外伟人的高度评价。它的丰功伟绩是永垂不朽的！

湖北位于中国大陆的中部，长江的中游，四面环山，中部为长江和汉江冲击而成的江汉平原，不仅土地肥沃，物产丰富，是全国少有的鱼米之乡；而且四通八达，交通极为便利，自古就有"九省通衢"之美誉。在日益高涨的资产阶级民主革命运动中，湖北的民主革命派顺应历史潮流，于 1911 年 10 月 10 日晚发动了武装起义，打响了革命的第一枪，迅速占领省城武昌，成立湖北军政府。随后，各省纷纷响应，先后宣布脱离清政府而独立，促使清朝统治迅速解体。湖北的民主革命派和广大人民为辛亥革命的成功立下了汗马功劳！

文学是社会政治和经济在意识形态方面的反应。对于辛亥革命这样一场伟大的民主革命运动，湖北近代的作家同全国的民主革命派作家一样，也表现出了积极的态度。他们以诗文为武器，积极投身民族民主革命运动，对辛亥革命时期的民族矛盾、阶级矛盾、社会现状以及资产阶级民主革命的要求等，做了较全面的反映。本文拟就湖北近代作家对辛亥革命的反应做一个简括的梳理和粗浅的分析，以就教于方家。

二

湖北近代作家在辛亥革命时期，敏锐地意识到这场革命的深远意义和自己所肩负的历史责任，自觉地投身民主革命活动，并用诗文记录下了辛亥革命的整个历史进程，内容颇为广泛，主题也很鲜明。其反映的具体内容表现在以下几个方面。

首先，积极宣传民主革命思想，号召人民投身民族民主革命运动，推翻清朝的封建专制统治。从1905年开始，至1907年，资产阶级民主革命派与资产阶级改良派围绕"改良还是革命"、"君主立宪还是民主共和"等根本性问题展开了一场激烈的论战。年轻的民主革命家黄侃（1886—1935），此期间正在日本留学，是同盟会员。为澄清人们的认识，积极投身论战之中，先后在《民报》等报刊上发表了《专一之驱满主义》、《哀贫民》、《释侠》、《论立宪党人与中国国民道德前途之关系》、《哀太平天国》等一系列充满革命激情的政论、时评文章，向清政府和保皇派展开了猛烈的攻击，极大地鼓舞了革命党人的斗争意志，也为民主革命派取得这次论战的胜利做出了贡献。

尤其是武昌起义前夕黄侃所写的时评《大乱者，救中国之妙药也》，产生了广泛的影响：

> 中国情势，事事皆现死机，处处皆成死境；膏肓之疾，已不可为。然犹上下醉梦，不知死期之将至，长日如年，昏沉虚度，软瘫一朵，人人病夫。此时非有极大之震动，激烈之改革，唤醒四万万人之沉梦，亡国奴之官衔，行见人人欢然自戴而不自知耳。和平改革，既为事理所必无，次之则无规则之大乱，予人民以深创巨痛，使至于绝地，而顿易其亡国之观念，是亦无可奈何之希望。故大乱者，实今日救中国之妙药也。呜呼！爱国之志士乎！救国之健儿乎！和平已无可望矣。国危如是，男儿死耳！好自为之，毋令黄祖呼佞而已。

1911年七八月间，已从日本返国在鄂东一带积极从事武装活动的黄侃来到武昌，《大江报》社长詹大悲设宴款待。饭后谈论时政，黄侃对现实十分不满，认为立宪派提出的和平改革方案纯属欺骗，痛加贬斥。当即奋笔为《大江报》撰写了这篇时评，署名"奇谈"。翌晨便动身回蕲春去了。这篇时评虽仅两百余字，却充满了一个革命者对封建专制制度的切齿痛恨和渴望决一死战的战斗豪情。同时，它像一把利剑刺中了清王朝的要害，成为讨伐清政府的战斗檄文。此文一经刊出，对革命党人来说，有如一声惊雷，震撼神州大地，勇气倍增；而清王朝则大为惊恐，认为这是大逆不道，竟下令封闭《大江报》，逮捕了社长詹大悲和主笔何海明。由此亦可见此文的影响之大。文章发表不及三月，武昌起义爆发，它成为这次起义的简接导火索。

其次，抨击清政府的腐朽黑暗，揭露清朝统治者对革命志士的迫害。晚清政府可说是最腐败无能的统治集团之一：他们对外奴颜屈膝，卖国求荣；对内则残酷剥削压迫农民，尤其是对那些革命志士更是倍加迫害。民主革命志士刘静庵（1875—1911）曾写过一首《九月初七日移新监作》：

> 向前已是凄惨极，那信惨凄更有深！六月雪霖河海冻，半天云雾日星昏。
> 中原有士兆民病，上帝无言百鬼狞。敢是达才须磨炼，故教红炉泣精金。

1906年，刘静庵因积极策划支援萍（乡）浏（阳）醴（陵）起义活动，被清政府发觉，逮捕入狱。与刘同时被捕的尚有朱元成等8人。刘静庵受刑最重，被打得骨肉尽见。1909年夏，刘静庵被判处永远监禁，转入新监后写了这首诗。诗中揭露清朝政府中的"百鬼"们，将中国搞得"日星昏"；而对那些"兆民病"革命志士则残酷迫害，惨不忍睹，对清政府统治下的黑暗现实表示了强烈的愤慨和诅咒。黄侃曾写过一首《偶感》：

> 民力凋残硕鼠多，哀鸿遍野欲如何？与人尽解均贫富，岂独青神王小波。

诗中同样对清政府中的那些"硕鼠"将中国折腾得"民力凋残"，以至"哀鸿遍野"、民不聊生的黑暗现实，进行了揭露和抨击；对普通民众的疾苦已不只是同情了，而是代表民众向统治者提出了控诉和抗议，支持"均贫富"的农民起义，这与他在《哀贫民》等政论中表达的思想是一致的。他还在《梦谒母坟图题记》一文中，描绘故乡的风土景物，叙写母亲的坟茔和自己的梦谒，将其对故国（此时作者因从事民主革命活动遭清政府通缉正流亡日本）和亡母的无限眷念之情，融入故国的山水景色和幽邃、凄清的文字里。文章结尾则用《诗经》中"岂不怀归，畏此罪罟"的诗句，表达了作者的家国之痛和对清政府迫害革命志士的愤怒不满，洋溢着强烈的爱国主义激情。

其三，忧虑时局，反对外来侵略，呼吁挽救国家、民族的危亡。自中日甲午战争以后，中华民族的危机进一步加深，使一批又一批的仁人志士奋起为挽救国家、民族的危亡而斗争。吴禄贞（1880—1911）是一位长期打入清军中工作的民主革命家，在《步王梧生先生己酉守岁十首原韵》（选一）中写道：

苦将事业望骄常，山上云偏出岫忙。高视敢夸千里目，忧时徒转九回肠。

长安现弈成残局，列国争雄启战场。沧海无情天地窄，驰驱容易误年光。

诗中指出，帝国主义列强穷兵黩武，肆意瓜分中国，而自己为中国倍受西方列强侵略感到深深忧虑，将希望寄托在组织武装革命，却遭到清政府的遏制，发出了虚度光阴、年华流逝的感叹。在《过华岳狂吟》中亦写道：

策马过华岳，我气何熊熊！手把三尺剑，斫断仙人峰。

问我何人者？恨汝无神功：西陲正多事，汝独如痴聋；

不能诞英灵，为国平西戎！累我天山路，长江雁塞风。

既辜生灵望，未免负苍穹；待我奏凯旋，再拜告天公。

诗人运用奇思妙想和拟人化手法，责问华山为何不降生英杰，去扫平沙俄的侵略，表达了他对西陲危亡的深深忧虑和要求坚决抵御帝国主义入侵的焦急心情。其《潼关望黄河》还写道：

走马潼关四扇开，黄河万里逼城来。西连太华成天险，东望中原有劫灰。

夜烛凄凉数知己，秋风激烈感雄才。伤心独话兴亡事，怕听南飞塞雁哀。

诗人每与知心朋友秉烛谈论国家兴亡大事时，便感慨万分：对日、俄帝国主义在我国东北境内进行的强盗战争，清政府却不闻不问的事件，感到愤慨；对国家军队腐败，边防松弛，形势危急的时局感到悲痛，呼唤有雄才大略的人出来挽救国家、民族的危亡。

其四，表达革命党人为夺取革命的胜利而不畏牺牲的坚强意志和义无反顾的决心。辛亥革命是我国历史上的一场伟大革命，湖北的作家（诗人）也和历代进步作家（诗人）一样，发扬优良传统，提倡民族气节，立志杀身成仁，舍生取义，以实现革命理想，表现出一种视死如归的英雄气概和慷慨捐躯的献身精神。吴禄贞写有《戍边楼落成，登临有感》诗一首，曰：

筹边我亦起高楼，极目星关次第收。万里清缨歌出塞，十年磨剑笑封侯。

鸿沟浪静金瓯固，雁碛风高铁骑愁。西望白山云气渺，图们江水自悠悠。

1906年，诗人被派往延吉（今属吉林省）帮办边防事物。在延吉，他认真整顿军伍，修筑工事，积极筹划边防。给予日本侵略军沉重打击。诗中表现了一个爱国军官高尚的情怀和保家卫国的壮志，充满了抗敌御侮的自豪感。

革命志士许学源（1888—？）于1912年初写有《同黄克强元帅、张振武部长渡江》和《同蒋翊武部长夜坐》两首诗：

> 青山隐隐水迢迢，一叶扁舟任动摇。寄语中流行渡者，满江风雨莫停桡。

> 幸有生还日，弹刀唱大风。思飘云雾外，人坐月明中。

诗中鼓励那些"中流行渡者"和"幸有生还"者，尽管革命途中尚有不少风浪、险阻，仍须继续努力，奋勇向前，切不可半途而废。表达了革命志士与清政府和窃国大盗袁世凯势不两立、取得革命最后胜利的决心。

革命党人朱元成（1876—1907）留学日本归国后，因策应萍浏醴起义而被捕，受到严刑拷打，仍坚贞不屈，后死于狱中，留下《绝命词》一首：

> 死我一人生天下，且看革命起雄兵。满清窃国归乌有，到此天心合我心。

诗中指出，清王朝窃据的国家即将化为乌有，彻底完蛋；并表示如果牺牲我一人能换来天下人的生存和革命的胜利，那也是值得的，自己也心甘情愿。表现了革命党人不畏牺牲、舍生忘死的高尚品质和献身精神。刘静庵在《秋夜感怀》（三首选一）中亦高唱道：

> 金以炼益精，水以澄益清。浮云塞四野，秋日掩其明。
> 动心而忍性，大任所由胜。明夷在羑里，千古有典型。

诗人指出，尽管反革命势力还很强大，革命遭到挫折，起义（指萍浏醴起义）失败，但革命党人经得起种种考验和锻炼。鼓励革命者只要坚定自己的意志，磨炼自己的性格，就能担负起革命的"大任"，推翻清王朝，取得革命的最后胜利，充满了革命必胜的信心，表现出革命者高昂的斗争精神和坚强的革命意志。

其五，悼念、赞颂为民主革命献身的烈士，宣扬民族主义，激励人们继承烈士遗志。刘道一是留学日本的同盟会员，1907年因回国参与组织萍浏醴起义，被捕殉难，年仅22岁。孙中山、黄兴等许多民主革命家都曾写过挽诗、悼词，表达了对刘道一的赞颂、惋惜之情。黄侃亦写过一篇《刘烈士道一像赞》：

> 岳岳衡山，高上造天。郁勃轮囷，乃生异人。而弄沉冥，宝爱其种。
> 话言孔多，惟夷狄是恫。风声所敷，起者如云。以予所闻，焉有刘君。矫
> 矫刘君，志存攘夷。幼而倜傥，颇嗜恢奇。殊方朱离，君通其言。异域绝学，

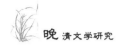

君识其源。藏学相时，期行所志。所志伊何，剪除非类。志不克就，遽婴网罗。

呜呼昊天，有恨如何！华夏式微，斯痛莫大。不能事仇，即死亦快。矧君虽死，

尚有贤兄。速行君志，庶慰君魂。汉终不亡，君名不死。嗟我后人，视此君子！

文中对刘道一的人品、才学和献身精神给予高度赞扬，对他的牺牲深表惋惜，并鼓励革命党人要以他为榜样，完成他的未竟事业，以慰藉烈士的在天之灵。文辞华美，感人至深。

1911年10月8日，孙武等在俄租界宝善里制造炸弹，为武昌起义做准备，不慎爆炸失事。俄国巡捕赶来巡查，并通报清政府。10月9日，蒋翊武见形势危急，召集临时会议，决定将起义时间提前至当夜12点，而以南湖炮声为号。刘复基、彭楚藩等人在武昌小朝街起义总指挥部楼上等待。至11点半，巡警突然破门而入，刘复基、彭楚藩和杨洪胜被捕。湖广总督瑞澂连夜对刘、彭、杨进行审讯，并于10月10日凌晨将他们杀害。当晚7点，起义开始，经一夜激战，攻克总督衙门，夺取了省城武昌，这就是震动全国的武昌起义。为纪念三位烈士，革命党人胡石庵（？—1926）写下光辉诗篇《三烈士赞》（二首选一）：

> 龟山苍苍，江水泱泱，烈士一死满清亡。
>
> 掷好头颅报轩皇，精神栩栩下大荒，功名赫赫拔武昌。
>
> 呜呼！三烈士兮，汉族之光！
>
> 永享俎豆于千秋兮，与江山而俱长。

诗中高度赞扬了烈士的献身精神，认为三烈士尽管牺牲了，未见到清朝灭亡，革命取得胜利，但三烈士的英名却万古长存，他们的英灵将会永远得到后人的祭奠，永垂不朽。诗人意犹未尽，又写了《悼三烈士》诗：

> 苌孤舌断血成碧，子胥头悬眼尚睁。革命未成遗恨在，江流呜咽作悲鸣。

诗人赞扬三烈士对民主革命一片赤诚，但尚未见到革命成功便为革命献出了宝贵生命。因而对他们的牺牲表示了深深的惋惜和哀悼。

总之，湖北近代作家用自己的诗文作品迅速、全面、深刻地反映了辛亥革命的全过程，为后人留下了一笔宝贵的财富。

## 三

以上几个方面是湖北近代作家对辛亥革命历史进程所做出的反映的主要内容。当然，除以上主要内容外，也还有一些其他的内容，如对袁世凯窃取革命胜利果实和阴谋复辟帝制的行径进行抨击和揭露，以及袁世凯窃取革命胜利果实后部分革命党人看不到前途而表现出的消极、低沉的情绪，等等。限于篇幅，这里就不一一论列了。

应该指出的是，湖北近代的这些诗文作家，绝大多数都是民主革命家或政治家、思想家，他们都是在繁忙的政治活动或戎马倥偬之余，偶有所感而为诗文，或记录某一重大历史事件，或怀念某一人物，或表明对某事物的看法，或抒发自己的真实感受，并用它们来直接为当时正在进行的如火如荼的现实斗争服务。许多作家由于文化层次较高，具有比较深厚的文学功底，因此，他们的诗文作品或写得慷慨激昂，雄浑豪放；或写得苍凉悲壮，沉挚愤激。这些作品可以说，都是用鲜血和生命谱写的乐章，成为时代的召唤，成为战斗的号角。但也有一些作家本来文化层次就不高，缺少文学的熏陶，又忙于各种政治活动，因而，他们的诗文作品不仅思想认识水平存在局限性，而且笔调沉郁感伤，凄清哀怨，或文字较粗浅，艺术技巧上缺乏必要的锤炼，产生过一些消极影响。湖北近代作家的这种文学创作现状，基本上可以反映出辛亥革命时期文学创作的整体水平和面貌。

综前所述，辛亥革命时期的文学，具有鲜明的时代性和战斗性，充满了强烈的民族意识和革命激情，富有浓厚的浪漫主义色彩，同辛亥革命一样，在中国近代文学史乃至中国文学史上也占有重要的地位。而湖北近代作家在辛亥革命时期的文学创作，又是辛亥革命时期文学创作的一个重要组成部分，作品中所表现出来的革命党人那种宽广的胸襟、坚定的信念，崇高的品质、高洁的情操和献身精神，是留给我们的一笔宝贵财富，值得我们珍惜，更值得我们很好地继承和发扬。

（《高等函授学报》2001 年第 5 期）

# 后　记

　　1983 年 7 月大学毕业后，我留校做了辅导员，从事学生的思想政治教育工作。两年后，因工作需要，我被调到系办公室做主任，开始从事行政管理工作。那时的业余文化生活非常单调，白天都在上班，早晚除了锻炼，就是看书。至于节假日，多数时间是去逛书店，看书、买书。不久，应系里的同事、老乡的邀请，参加了由林非先生主编的《中国散文大辞典》的编撰工作，分工我负责整个近代散文部分。自此时起，我的所有业余、节假日时间，都用在了跑书店、泡资料室和图书馆、撰写辞典的词条上。也就是从这个时候起，我才正式接触中国近代文学，才开始广泛地搜寻、阅读近代文学的图书资料。20 世纪 80 年代后期，经过几年的学习，对近代文学有了一些了解和心得体会，便尝试着将自己的理解和这些心得体会写成文章送到刊物发表。90 年代初，辞典中我承担编写的任务基本完成（这部辞典直到 1997 年 6 月才由中州古籍出版社出版）。当时，学校的函授、夜大（几年后还有不少校内的成教脱产班）的学生很多，遍及中南五省，老师的教学任务很重，很辛苦。我便利用寒、暑假的时间，在丘铸昌老师的指导下，到外地去上函授课；也利用节假日或晚上在校内给夜大、成教脱产班的学生上课。根据学生学习的需要，我结合教学、撰写辞典的一些思考和心得体会，经常写一些教辅文章和研究论文发表；同时，还应老师、同事、朋友、学生之约，不时也写一点文艺评论、书评、鉴赏之类的文章。这样积少成多，至上个世纪末，居然有六七十篇。只是这些文章、论文写得太杂：从时段上来说，既有古代和近代的，也有现代和当代的；就研究的文体来讲，则涉及散文、诗歌、词、小说、戏剧和翻译文学；就研究的具体对象来看，既有具体的作家，也有某个流派、社团或某个具体问题；就文章类别来说，有学术论文，有文艺评论，有书评，有学者专访，有赏析文章，还有管理方面的论文。

　　收在这个集子中的 30 篇文章，主要完成于 20 世纪的 80 年代末和整个 90 年代；考虑到全书的容量问题，本世纪初撰写的文章、论文仅收进去 3 篇。这也算是对我在上个世纪后期学习、研究中国近代文学的一个小结。如果可能的话，我希望在不久的将来，也能将在本世纪所写的关于中国近代文学方面的文章、论文，再结集出版。

这30篇文章，根据其研究的具体对象和研究的具体文体，我把它分成了五辑：第一辑5篇，都是研究龚自珍的文章；其中的《龚自珍成功的原因探析》，是二十年前根据讲稿完成的一篇旧稿，未发表过，此次考虑到辑与辑之间的均衡，就把它翻出来仍按原样收进来了。第二辑5篇，全是研究黄侃的文章。第三辑7篇，主要是研究近代散文的文章。第四辑6篇，全部是研究中国近代翻译文学的文章。第五辑则是综合类，共7篇，研究的对象涉及诗、词、小说、戏剧和社团流派以及近代文学研究中某些重要的问题。这些文章除了少数地方的明显错字予以改正外，全部保持了发表时的原貌。至于每一辑中所收文章的顺序，则基本上是按照其发表时间的先后排列的。

在这里，有一个问题是必须要交代的：那就是关于"晚清文学"与"中国近代文学"的提法问题。熟悉近代文学的同仁知道，20世纪70年代中期之前，学术界虽然也有一些学者将从1840年鸦片战争起至1911年清王朝灭亡或至1919年"五四"运动这一历史阶段的中国文学，称之为"中国近代文学"，如舒芜等编选的《中国近代文论选》（人民文学出版社1959年版）、复旦大学中文系1956级中国近代文学史编著小组编著的《中国近代文学史稿》（中华书局1960年版）等，但并不多；而多数学者还是将其称之为"晚清文学"，如吴闿生主编的《晚清四十家诗钞》（北平文学社1924年刊行）、郑振铎编选的《晚清文选》（上海生活书店1937年版）、阿英著《晚清小说史》（商务印书馆1937年版）、阿英编《晚清戏曲小说目》（上海文艺联合出版社1954年版）、阿英著《晚清文艺报刊述略》（古典文学出版社1958年版）、阿英编《晚清文学丛钞》（中华书局1960—1962年版）等等。而70年代中期以后，学术界虽然也有一些学者将这一历史阶段的中国文学，称之为"晚清文学"的，如胡从经著《晚清儿童文学钩沉》（少年儿童出版社1982年版）、福建师范大学历史系华侨史资料选辑组选编的《晚清海外笔记选》（海洋出版社1983年版）、袁健、郑荣编著的《晚清小说研究概说》（天津教育出版社1989年版）等；但多数学者还是将其称之为"中国近代文学"，如郑方泽编《中国近代文学史事编年》（吉林人民出版社1983年版）、任访秋著《中国近代文学作家论》（河南人民出版社1984年版）、钟贤培等选注《中国近代文学作品选》（广东人民出版社1984年版）、时萌著《中国近代文学论稿》（上海古籍出版社1986年版）、陈则光著《中国近代

文学史》（计划出三册，只出了上册，中山大学出版社 1987 年版）、任访秋主编《中国近代文学史》（河南大学出版社 1988 年版）、中国社会科学院文研所编写的《中国近代文学百题》（中国国际广播出版社 1989 年版）、郭延礼著《中国近代文学发展史》（三卷本，山东教育出版社 1990—1993 年版）、管林和钟贤陪主编的《中国近代文学发展史》（上、下册，中国文联发展公司 1991 年版）、程翔章选注的《中国近代文学作品选》（华中师范大学出版社 1999 年版）、程翔章和丘铸昌编著的《中国近代文学》（华中师范大学出版社 2003 年版）等等。由此可见，尽管"晚清文学"所指的时限稍短，"中国近代文学"所指的时限稍长，而在特定的情况下，它们又是可以互称的。

了解了这些情况，我这个小册子取名叫《晚清文学研究》就不难理解了：好友戴建业教授主编一套"桂苑古代文学研究丛书"，邀我完成一本。我主要研究"近代文学"，"近代文学"又可称为"晚清文学"，"晚清文学"自然是"清代文学"的一个组成部分，而"清代文学"为"古代文学"的一个部分则是毫无疑问的了。

还有一个问题必须在这里说明一下：前面已经说过，收在这个集子中的文章，都是十几年前、有的甚至是二十多年前发表的文章。那时对文章注文的要求不是那么严格、规范，都比较简略。乘这次结集的机会，按照出版社的要求，对引文的出处绝大多数都做了补充，尽量做到准确、完整。但由于相隔的时间太久，仍有一些注释因找不到原书而未能补出，还望读者见谅。

作者

2014 年 4 月 20 日